ハヤカワ文庫NV
〈NV1485〉

暗殺者の献身

〔上〕

マーク・グリーニー
伏見威蕃訳

早川書房
8713

RELENTLESS

by

Mark Greaney

Translated by

Iwan Fushimi

First published 2021 in Japan by
HAYAKAWA PUBLISHING, INC.
This book is published in Japan by
arrangement with
TRIDENT MEDIA GROUP, LLC
through THE ENGLISH AGENCY (JAPAN) LTD.

アリソンに捧げる
二〇二〇年九月二十六日
愛している

謝　辞

ジョシュア・フッド（JoshuaHoodBooks.com）、J・T・パットン（JTPattenBooks.com）、リップ・ローリングズ（RipRawlings.com）、クリス・クラーク、ジョン・ハーヴィー、アシュレイ・グッドナー、ドクター・ジョン・グリフィン、アリソン・グリーニーに感謝する。

私のエージェントであるトライデント・メディア・グループのスコット・ミラーとCAAのジョン・カシア、編集者のトム・コルガン、ペンギン・ランダム・ハウス社のすばらしいスタッフ――サリーア・ケイダー、ジン・ユー、ローレン・ジャガーズ、ブリジット・オトゥール、ジーン＝マリー・ハドソン、クリスティン・ボール、アイヴァン・ヘルド――にも感謝したい。

強さは身体能力ではなく、不屈の意志から生じる。

——マハトマ・ガンディー

暗殺者の献身

〔上〕

登場人物

コートランド・ジェントリー……………………グレイマンと呼ばれる暗殺者。CIAの契約工作員
マシュー（マット）・ハンリー……………CIA作戦本部本部長
ゾーヤ・ザハロワ………………………………CIAの契約工作員。元SVR（ロシア対外情報庁）将校
ザック・ハイタワー……………………………CIAの契約工作員
スーザン・ブルーア……………………………ハンリー本部長直属の計画立案担当官。ジェントリーとゾーヤの調教師《ハンドラー》
クラーク・ドラモンド…………………………元NSA（国家安全保障局）のコンピューター科学者
ルドルフ（ルディ）・シュパングラー……シュライク・インターナショナル・グループ社主
アニカ・ディッテンホファー（ミリアム）、リック・エニス、トニー・ハチンズ、グレートヒェン・ブルスト、モイセス、ヤニス…………同社員
スルタン・アル＝ハブシー（ターリク）……アラブ首長国連邦信号情報局作戦担当副長官
ラシード・アル＝ハブシー……………………同首相。ドバイの首長。スルタンの父親
ヘイディーズ（キース・ヒューレト）……傭兵チームのリーダー
ジャヴァード・ササーニー……………………イラン大使館員
カムラン・イラヴァーニー……………………大学生
ハズ・ミールザー………………………………イランのゴドス軍の不活性工作員
ヴァヒード・ラジャヴィ………………………同司令官
アズラ・カヤ……………………………………医師
マクシム・アクーロフ…………………………ロシア・マフィアの殺し屋。元スペツナズ隊員
セミョーン（セム）・ペルヴァーク、インナ・サローキナ、アーニャ・ボリショワ……アクーロフのチームの一員

プロローグ

まずいことになったと、その資産《アセット》は察した。作戦と自分の両方が、脅威にさらされている。窮地に陥ったと、たちどころに気づいた。

そのアメリカ人資産は、何事も見逃さず、あらゆるものに疑いを抱くよう、数十年にわたって現場工作で鍛えられていた。たいがいの人間は黒と白だけの世界に生きているが、彼には灰色の濃淡が見えるし、そこを巧みに切り抜けるすべを知っていた。これまでそれで生き延びてきたが、今夜ばかりは、問題の性質をいちはやく突き止め、鍛錬にものをいわせて切り抜けられるかどうかが、まだはっきりしなかった。

ある些細《ささい》なことを、資産ははっきり見極めていた。ひとことでいうと、ターゲットの身ぶりとそぶりが、追われている人間らしくないのだ。

ターゲットは諜報技術《トレードクラフト》を身につけている。資産《アセット》もおなじで、ふたりともこういうろくでもないことを、一生ずっとやってきた。ターゲットはまわりに目を配るやりかたを心得ている。ごく自然にそういう動きができるはずだ。ターゲットの五十五歳のアメリカ人が、暖かいカラカスの夜、市場通りの屋台のあいだを歩き、まわりで起きていることに関心を示さないで手作りの革製品や小さな工芸品をぼんやり眺めているのは、罠に誘い込もうとしているからかもしれないと、資産は疑っていた。

資産は、この危険に直面しても、過剰な反応は示さなかった。その代わり、徒歩での尾行を切りあげて、左のほうへ曲がり、市場を行き交うひとびとを尻目に、ぶらりと路地にはいっていった。なにも気にしていないふりをしていたが、五感すべてを最大限に働かせ、めまぐるしく頭脳を回転させていた。ここから急いで逃げ出す必要があることだけはたしかだった。

急げ。

市場が見えなくなると、資産は足を速めた。

考えている場合ではなく、行動しなければならなかったが、闇を独りで音もなく進むあいだ、なにが悪かったのかと思わずにはいられなかった。どうして見破られたのか？　カラカスははじめてで、自分の縄張りではないが、どんな群衆にも溶け込めるという自信がある。

だが、正体がばれたのは明らかだった。そうとしか考えられない。危地を脱したらできるだけ早く上司たちに連絡し、作戦全体への被害を最小限にとどめるのが、いまの唯一の目標だった。

セシリオ・アコスタ通りの先、交通量の多い道路の向こう側にとめてあるレンタカーのトヨタ・ハイラックスまで、あと五〇メートルほどだった。その車に乗ってUターンすれば、数分後にフランシスコ・ファハルド・ハイウェイに乗れる。

もう安全だと、資産は思った。

そうではなかった。

外見からしてベネズエラ人とおぼしい男が八人いた。政府に雇われた悪党のにおいが漂っている。警官ではない。堂々とした態度で自信をみなぎらせているので、国内保安部門の人間だろうと資産は判断した。八人は威風あたりを払う感じで、連携して身構えていた。路地で距離を詰めるあいだ、彼らは鋭い視線を資産に据えていた。

銃は見えなかったが、所持しているはずだった。こんな状況で銃器を持たずに近づいてくるやつはいない。

アメリカ人資産も、武器を抜くことはできた。九ミリ口径のワルサーPPQをウェストバンドに差し込んである。だが、これはその手の作戦ではなかった。荒っぽいことになったらぶん殴ってもいいが、ベネズエラのスパイどもを相手に撃ち合うことはできない。

そいつらの生死を気にしていたからではない。この連中は腐敗した政権の手先の悪党どもだ。しかし、これを血の海に変えたら、上司たちに吊るし首にされるから、撃ち合うことはできない。シャツの下の拳銃は、国際事件を起こすために所持しているのではなく、避けられない路上犯罪をさばくための武器だ。

資産はスペイン語があまりできないので、路地で行く手をさえぎっている男たちに近づいたときには英語を使った。「わかった。今夜の予定は？」

冷酷な目をした私服のひとりが、資産のほうへ歩いてきた。両手は空《から》で脇にのばし、殴れる距離に達すると、右のクロスパンチを放った。

アメリカ人資産は、その動きをはじめから予測していた。身をかがめてパンチの下をくぐり、強力な左フックをまわし打ちで相手のキドニー（背中の腎臓部分の急所）に叩き込んだ。ベネズエラ人が、水浸しの土嚢《どのう》のように地面に倒れた。

もうひとりが進み出た。その男がステンレス製の特殊警棒をふりおろしたが、アメリカ人は体をまわして距離をあけ、サイドステップでよけてから、相手の顎《あご》にアッパーカットを見舞った。

だが、あとの男たちがその隙に詰め寄り、アメリカ人がつぎのパンチを繰り出す前に襲いかかった。拳《こぶし》、足、膝《ひざ》にくわえ、小さな棍棒《こんぼう》や警棒を使った。資産は精いっぱい反撃して、三人目を倒し、四人目の眼窩《がんか》を肘《ひじ》打ちして気絶させたが、どこからともなくふりおろされた金属製の警棒がぼんのくぼに命中した。アメリカ人は地面に倒れ、頭を抱えて胎児の姿勢になり、できるだけ打擲《ちょうちゃく》をしのごうとした。

してやられたのはわかっていたし、どこかでどじを踏んだせいで痛い目に遭っているのだと思った。

アメリカ人は意識を失わなかった――しぶといくそ野郎なのだ――だが、時間がわからなくなっていた。殴られたり蹴られたりしたあと、フードをかぶせられ、車の後部にほうり込まれ、ひきずられ、乱暴に歩かされて、ほとんど運び込まれるようにして建物内に入れられた。鋼鉄のドアがガタンという音をたてて閉まり、しばらくはどこへも行けないとわかった。

もう資産《アセット》ではない。捕らわれの身だ。

部屋に押し込まれ、べつのドアがうしろで閉まって、フードをはずされた。四人の男によって、肘掛けに鉄の手錠が取り付けられている椅子に座らされ、手錠をかけられた。

連行班のなかでも若手の酷薄そうな目つきの男が、棚からボトルドウォーターを一本取り、キャップを取って、アメリカ人の頭に水をかけ、汗と血をすこし洗い流したが、それで楽になったわけではなかった。

肋骨《ろっこつ》が痛み、後頭部が切れ、両目のまわりに黒い痣《あざ》ができていたが、筋肉に護《まも》られたがっしりした体はたいして傷《いた》んでいなかったので、アメリカ人資産はほっとした。

水と血が流れ落ちろあいだ、捕らわれた資産はじっと座っていた。やがて、白髪《しらが》まじりの男が前に来て、しゃがんだ。

男が英語でいった。「スペイン語がわかるか？」

資産は首をふった。

「おまえはSEBINに拘束された。なんだか知らないといったら、おれを侮辱したことになる」

資産はSEBINがなにかを知っていたが、相手を侮辱するのにやぶさかでなかったので否定した。「聞いたこともない。おれは観光客だ。この国じゃ、旅人をこういう目に遭わせるのか？」落ち着いているそぶりは演技だった。SEBINはベネズエラ・ボリバル共和国の国家情報機関、内務司法省諜報局の略語だった。アメリカのFBIとCIAの両方の機能を兼ね備えている。この難局から脱け出せるかもしれないという一抹の希望があったとしても、そんなものは消し飛び、完全に窮地に陥ったと資産は確信した。

アメリカ人資産は床に血が混じった唾《つば》を吐いてからいった。「あんたらの美しい国で通りを歩いただけでおれを逮捕したわけを聞かせてくれ」間抜けのふりをしたが、それまでずっと間抜けを地で演じていたのかもしれないと気づいた。

だが、だれかがそれに答える前に、部屋の向かいのドアがあき、暗い廊下からひとりの男がはいってきた。椅子の上の明かりに照らされたところに男が来たとき、資産はだれであるかを見分けた。

クラーク・ドラモンド。資産が市場で尾行していたターゲットだった。

ドラモンドは五十五歳のコンピューター科学者、ソフトウェア・エンジニアで、NSA（国家安全保障局）に勤務していた。とにかく、一年前に行方不明になるまではそうだった。ドラモンドが所有する全長約八メートルの〈シー・レイ〉のモーターボートが、激しい雷雨のあとで転覆してチェサピーク湾に浮かんでいるのが発見され、航走中の事故だったのだろうと、当然の推理がなされた。

だが、こうして生きている。ベネズエラで情報機関の支援を受けて、ひそかに暮らしている。しかも、自分がこの国を牛耳《ぎゅうじ》っているかのようなあつかましい態度で、ここに姿を現わした。

ドラモンドが、捕らわれた資産の前で椅子に腰をおろし、得意げな薄笑いを浮かべた。

「おまえはいま混乱しまくっているにちがいない」

「そうかね？」資産がいった。「あんた、大使館の人間か？　こいつらはどこからともなくやってきて、おれを叩きのめし――」

「無駄口はやめろ」ドラモンドが、かすかに笑みを浮かべていった。「わたしが大使館と無関係なのは知っているはずだ。おまえはわたしがだれかを知っていて……おまえにとっては不運なことに、わたしもおまえがだれかを知っている」

資産は答えなかったが、それでも頭をめまぐるしく働かせていた。作り話を押し通せ。なにがあっても押し通すんだ。

「だれがおまえをよこしたかも知っている」ドラモンドがつづけた。「わたしが生きているのを、どういうわけかCIA《エージェンシー》が突き止めた。わたしはそうならないように願っていたんだがね」両膝に手をついて、背すじをのばした。「やつらはまた資産を送り込んでくるだろう。いや、おそらく現時点では、容疑者引き渡しを要求するチームを送り出そうとしているかもしれない。どうせSEBINがCIAのつぎのチームもしょっぴくだろう。おまえをしょっぴいたみたいに」いまでは歯をむき出して笑っていた。ドラモンドが心底自信たっぷりなのを、アメリカ人資産は見てとった。「マシュー・ハンリーがいくらがんばっても、わたしを鎖で縛ってアメリカに連れ戻すことはできない」

資産は小首をかしげた。間抜けのふりをしろ。間抜けのままでいろ。「マシュー・ハンリーってだれだ？」

クラーク・ドラモンドが、あきれたというように目を剝《む》き、笑みが消えた。「下手《へた》な芝居にはうんざりだ。ハンリーはCIAの作戦を動かしていて……おまえを動かしているのも明らかだ。いや、もう動かすことはできない。おまえはしばらくどこへも行けない」

ドラモンドが立ちあがり、ドアに向かいかけたところで、ふりむいた。「わたしがなにを持っているか、ハンリーはおまえにいわなかったんだろう？」

アメリカ人資産は答えなかった。

「去年、アメリカを離れたとき、容疑者引き渡しの証拠になりうるツールをわたしは持ち出した。おまえがわたしの家の近所で防犯カメラに捉えられたとき、わたしは自分の目で動画を見てSEBINに報《しら》せた。数時間以内に、SEBINがおまえを追っていた」

資産は湧き起こる怒りを隠した。自分が見つけるよう命じられたターゲットが工作員を容易に識別できる手段を持っていることは、聞かされていなかった。その情報はまちがいなく役立っただろうし、知っていれば監視のやりかたを変えていたはずだった。

だが、それでもアメリカ人資産は黙っていた。なにをいおうが変わりはないからだ。じめじめした不潔なベネズエラの刑務所に送り込まれることはまちがいない。あとのことはすべてゴミ情報だ。

ドラモンドが出ていきかけたが、戸口でもう一度立ちどまり、手錠をかけられているアメリカ人のほうを向いた。「おまえはハンリーに騙《だま》されたんだ、ハイタワー。勝ち目はまるきりなかったんだよ」

つぎの瞬間、鋼鉄のドアが音をたてて閉まり、ザック・ハイタワーは肩を落としてうなだれた。打ちひしがれていた。どうしてこうなったのか、見当もつかなかったが、打ちひしがれていた。

1

テンプルトン3別館のことをあらかじめ知っていないかぎり、そこを見つけるのは不可能に近い。メリーランド州プリンスジョージズ郡の広大な非法人地域（郡の一部だがどの基礎自治体にも属さない地域）にある無味乾燥なオフィスパークの奥にあり、アンドルーズ統合基地から南に数分の距離で、正面ドアにはパーマー・ホールディングズ合同会社《LLC》という表札があるだけだった。だが、パーマーはいないし、持ち株《ホールディングズ》もなく、ドアの奥のオフィスに合同会社《リミテッド・ライアビリティ・カンパニー》はなかった。

テンプルトン3別館は、ＣＩＡ非合法作戦要員向けに運営されている秘密医療施設だった。秘《ひ》匿性《とくせい》の高い作戦に従事した人間に、通常の医療を受けさせることはできないからだ。

テンプルトン3別館は、物理的に見つけづらいだけではなく、ＣＩＡの活動の深奥に埋もれていて、その存在を知るのはごく少数にすぎない。

　パーマー・ホールディングズの正面ドアを偶然に通った人間は、これまでひとりもいなかったが、たとえいたとしても、受付に座っているとりたてて特徴のない制服を着た警備員ふたりに追い返されたはずだった。よく訓練された眼力の持ち主なら、どうしてこんな頑健な若い男が辺鄙《へんぴ》なところにあるオフィスパークで底辺の警備の仕事についているのだろうと不思議に思うかもしれないが、ふたりのそばを通らないと来訪者は奥のオフィスへ行けない――それに、警備員ふたりは手の届くところにヘッケラー&コッホMP7個人防護武器を隠し持っている。

　だが、雨が降る八月の火曜日、午前四時五十分に、適切な身分証明書を持っている人物が正面ドアを通り、警備員ふたりの前に行った。訪問の時刻と来訪者の身許にびっくりした警備員たちは、第二のドアの電子錠を解除し、レインコートから水を滴《したた》らせている男が、そこを通った。こんどは小ぶりな食堂に座って第三のドアを護《まも》っている警備員ふたりに出遭った。ロビーの警備員が無線で問題ないことを伝え、来訪者は手をスキャナーにかざすよう指示された。ロックが解除され、警備員が来訪者に付き添い、広い階段をおりて、四階建てのビルの地階へ行った。

　短い通路の奥にまた警備員がいて、ここではもう武器を隠そうとしてはいなかった。首からサブマシンガンを吊った警備員が、第四のドアのそばでテーブルの前から立ちあがり、二度調べているのだから形式的にすぎなかったが、来訪者の身分証明書をあらためた。第四のドアがあき、早朝の来訪者はようやくテンプルトン3別館の深奥部にはいった。CIA本部《ラングレー》の人間が来るのは、めずらしいことではなかったが、午前四時五十分の来訪者は稀《まれ》なので、深夜勤務の医師ユージーン・キャシーは、はっとして立ちあがった。居眠りしていたところだったので、それをごまかそうとして、すこし身をこわばらせ、モニターに囲まれたデスクの奥で立っていた。

そして、濡れたレインコートを着た大男がだれだかわかると、いっそう身をこわばらせた。キャシーの知るかぎりでは、CIA作戦本部本部長のマシュー・ハンリーは、いままで一度も来たことがなかった。

そのことと、時刻のせいで、厄介《やっかい》なことになりそうだとキャシーは察した。そして、そのとおりになった。

挨拶《あいさつ》代わりに、ハンリーがきいた。「患者のぐあいは？」

キャシーはそばに立っていた女性看護師のほうを見た。女性看護師が断わりをいってべつの部屋へ行った。

「安定していますが、ぜったいに作戦に復帰できる状態ではありません」

ハンリーが大きな溜息《ためいき》をついてから、暗く殺伐《さつばつ》とした部屋の向こうの閉ざされたドアを見た。ドアに小さな窓があり、そこから病室が見えた。電子機器のモニターの光があるだけで、なかは暗かった。

「説明しろ」

キャシーが咳払いをして、デスクをまわり、その前に立った。「彼は鎖骨の下をナイフで刺されました。かなり深く。刃先が鎖骨下動脈をそれたので命拾いしましたが、ここに運ばれてきたときには、左上肢を動かせなくなっていました。原因を突き止めました。ナイフが腕神経叢《そう》を傷つけていたんです。それはかなり回復しましたが、左手に麻痺《まひ》とチクチクする痛みが残っています」

「あいつは右利きだ」ハンリーがいった。

キャシーが首をかしげ、ちょっと間を置いてから説明をつづけた。「神経はしばらくしたら治ると確信しています。問題はそのことではないんです。患者の鎖骨の下の刺創《しそう》が感染症を起こしました。刃の小さな破片が鎖骨内で折れて、抗生物質をかなり投与しても細菌がなくなりませんでした。そこを消毒しなければならなかったので、十六針縫《ぬ》うことになり、患者はひどい苦痛を味わい、いまも感染症と戦っています。骨のなかが感染している可能性が高く、それを和らげるために、抗生剤を大量に点滴する必要があります。治りますが、時間がかかります」

「どれくらいかかる？」

「数週間です」

ハンリーが、また溜息をついた。そう広くないナースステーションの奥の壁に並んでいる機器やモニターなどの医療設備を見まわした。病室がほかにも数室あったが、ドアがあき、照明が消えていた。

テンプルトン３別館には、たったひとりしか患者がいない。

ハンリーはいった。「数週間待てないとしたらどうなる？」

「どうしてそんな――」

「いますぐにあいつを連れ出したら、どうなる？」

キャシー医師が、顎《あご》を突き出して、やんわりと抵抗した。「専門医としての意見では、本部長の部下は容態が悪くなって死にます」

ハンリーが、キャッチャーミットのような手で顔をなでた。心配しているのか、それともただむっとしただけなのか、キャシーにはわからなかった。「最悪の場合を想定して、容態が悪化するまでどれくらいかかる？」

それを聞いて、作戦本部本部長が隣の病室にいる患者の健康に関心を持っているのは、自分の資産《アセット》を早く現場に戻したいからなのだと、キャシーは悟った。

キャシーはもう軽蔑《けいべつ》を隠そうともしなかった。「憶測しかできませんし、わたしは――」

「憶測してくれ」

キャシーは口ごもってから、かすかな怒りをこめて答えた。「わかりました。あなたが彼をここから連れ出し、抗生剤を点滴ではなく経口で投与するようにしたとします。それでひょっとすると感染は抑えられるかもしれないが、治りはしません。一週間以内に……最長でも二週間以内に倒れて、重篤《じゅうとく》な状態になり、もっとも近いICUに入れなければならなくなるでしょう」

ハンリーが、キャシーにではなく自分に向かってうなずくと、病室のドアに向かった。

「時間はじゅうぶんだ」

自分でも驚いたことに、キャシーは思わずハンリーの腕をつかんだ。ハンリーもびっくりした。「患者の状態についての説明が足りなかったようですね」

ハンリーは足をとめた。「あいつが必要なんだ、ジーン。あいつをここにいさせることができないくらい、必要としている。単にそういうことだ」

キャシーは怒りのあまり、大胆になっていた。「ほかのだれかを使えばいい」

ハンリーが、また溜息をついた。「使ったんだ」それだけいうと、暗いなかでその言葉を宙ぶらりんにした。病室の外のコンピューターやモニター機器の音よりもひときわ高く、その声が漂っていた。

「いいですか」キャシーはなおもいった。「こういう資産。本部長の資産のことです。本部長は彼らを過剰に酷使しているし、現場でなにを彼らがやったにせよ、回復する時間をじゅうぶんにあたえない」キャシーはなおもいった。「壊れてしまった彼らをここに連れてきて、わたしにそれを修繕する時間をじゅうぶんにくれない。先月の女性もそうだった。活動できる状態に戻っていなかったのに、本部長のところの人間が迎えにきた」

「彼女が必要だった。いまはあいつが必要だ」ハンリーは、にべもなくいった。「あいつはしぶとい。だいじょうぶだ」

「医師でもないのにそういえるんですか、ハンリー本部長?」

ハンリーが唇《くちびる》をなめ、白髪まじりのブロンドの髪を手で梳《す》いた。「古いジョークがある。サッカーの選手が試合で蹴られて気絶した。トレーナーがフィールドからひきずり出して調べると、選手が意識を取り戻した。コーチがそばに来て、小声でトレーナーに、だいじょうぶかときいた。トレーナーがいった。〝自分の名前も思い出せないでしょうね〟。コーチが答えた。〝それなら、おまえの名前はペレだといってやって、フィールドに戻せ〟」

ユージーン・キャシー医師は、目を丸くしてハンリーを見つめた。

ハンリーが、はっきりといった。「おれがいいたいのは、こういうことだ。おれたちが資産にだいじょうぶだといってやれば、そいつは元気になる」

「お言葉ですが、ハンリー本部長。医療はそんなふうに成り立ってはいません」

「いや、この場合、アメリカの安全保障はこういうふうに成り立っている」ハンリーは、ドアのほうをふりかえった。話が決まったことを、ふたりとも承知していた。ハンリーはきいた。「いま、目を醒《さ》ましているか？」

「わかりません。でも、目を醒ましているときには、宙を見つめているだけです。テレビがあって、インターネットにもつながっています。しかし、三週間近く、彼は壁を睨《にら》んでラジオで音楽を聴いているだけで、ほかのことをやっているのを見ていません。精神状態も心配——」

「あいつに精神科医は必要ない」ハンリーはきっぱりと答え、声を殺してつけくわえた。

「もう手遅れなんだ」ドアのほうへ進んだ。キャシーは腕を離さなければならなかったが、ヒポクラテスの誓い（医師の職業倫理）を果たす最後の試みとして、歩いているハンリーの背中に向けていった。

「わたしがここに配置されたのは、本部長に忌憚《きたん》のない意見をいうためでしょう」

ハンリーが、また足をとめた。「いや、ここに配置されたのは、おれの資産を作戦可能な状態にしておくためだ。いいか、先生、おれがこういうことをやるのは、人でなしだからじゃない。やらなければならない重要な仕事があるからだ。さあ、あいつを連れていってもいいだろう？」

キャシーはしおれてデスクに戻り、腰をおろした。「本部長はなんでも好きなことができるし、わたしにはとめられません」

ハンリーはドアに向けて歩いていった。「おれたちの関係がわかっているかどうか、念を押したかっただけだ」

2

マット・ハンリーが狭い病室にはいると、そこはそれまでいた部屋よりもさらに暗かった。ベッドの両側の壁沿いで数台の機器が低いうなりを発していたが、室内は涼しかった。

患者は目をあけていたが、ベッドカバーの上で仰向《あおむ》けになり、うつろな目つきだった。葡萄茶《えびちゃ》色のトラックスーツのズボンをはき、シャツは着ていない。左肩と胸の上のほうが包帯に覆《おお》われていた。

ほんのすこし白髪《しらが》が混じる焦茶色《こげちゃいろ》の長い顎鬚《あごひげ》が、顔から垂れさがっていた。髪は肩近くまでのびて、だらしない感じだった。

部屋のどこかにあるラジオから、カントリーミュージックらしき音楽が聞こえていたので、ハンリーはびっくりした。

ふたりの目が合った。

ハンリーはいった。

「元気そうだな、コート」

ＣＩＡの契約工作員で暗殺者のコートランド・ジェントリー、暗号名ヴァイオレイターが、ゆっくりとまばたきをした。それがはじめての生きている兆候だった。ジェントリーはそっと答えた。「ああ」

ハンリーは、音源がどこにあるのか探した。ラジオは窓のない部屋の網棚にあった。

「カントリーが好きなのか？」

「カントリーじゃない。ドライヴバイ・トラッカーズ。ロックだ」

ハンリーは肩をすくめた。「カントリーみたいに聞こえる。消してもらえないか」

ジェントリーが、シーツに隠れていた小さなリモコンを出し、音楽が消えた。

「気分はどうだ？」

ジェントリーは、年配の男から目をそらして、壁を見つめた。「胸をナイフで刺された気分だよ」

ハンリーは、キャスター付きの椅子を引き寄せて、ジェントリーのベッドの左側で腰をおろした。急ににやりと笑い、大声を響かせた。ふざけた口調だった。「胸じゃなくて肩だろうが、若造。鎖骨の下だ。おおげさにいうんじゃない」

ジェントリーは笑わなかった。「そうだな」

「ドクター・キャシーが、おまえはもうちょっとで治るといっている」

ジェントリーのとろんとした目が、ハンリーに向けられた。ハンリーを見据えていたが、悪意はなかった。「それはいい」とだけ答えた。

ハンリーのいったことを信じていないのは明らかだった。

「話ができるか？」ハンリーがきくと、ジェントリーは痛まないほうの肩をすくめた。

「ロサンゼルスのことかな？」

数週間前に、ジェントリーはロサンゼルスである仕事をやった。その終わりかたにハンリーは激怒したが、いずれべつの作戦にこの最高の腕利きを使う必要があるので、大目に見て、カリフォルニア南部から隠密脱出させた。すぐに現場に復帰させることをもくろんでいたからだ。

しかし、東海岸へ向かう大陸横断飛行の最中に、同乗していた医師がハンリーに連絡し、ジェントリーは深刻な状態なので、ＩＣＵにどうしても運ばなければならないと伝えた。

そこで、ハンリーはジェントリーを使う計画を捨て、代わりにザック・ハイタワーをベネズエラに送り込んだ。

「いや、ＬＡのことじゃない」ハンリーは答えた。「それどころか、そのことはもう持ち出さないようにしようじゃないか。おれたちの長期の関係には、そのほうがいいかもしれない」

「こっちはそれでかまいませんよ」ジェントリーが、枕に頭をあずけ、目を閉じた。ハンリーの馬鹿でかい声は、狭い静かな病室にふさわしくなかった。「こういうことなんだ。ざっくばらんにいって、おまえが必要だ。それもきのう必要だった」

ジェントリーは目をあけて、ベッドの自分の体を見おろした。「こんなおれが……必要？」

「そうだ。カラカスで。ザックが行ったんだが、しょっぴかれた」

ジェントリーは上半身を起こし、そうしたときに肩が痛んだので顔をしかめた。「連邦警察に？」

「ザックはエル・エリコイデに連れていかれた。ベネズエラ内務司法省諜報局が使っているビルだ」

「スパイどもか、くそ」ジェントリーは、キャスター付きのベッドサイドテーブルに手をのばして、水が注いであるプラスティックのコップを持ち、ゆっくりと飲みながらきいた。「しょっぴかれた理由は？」

「はっきりわかっていない」

「はっきりわかっていない？　手がかりがひとつもない？」

ハンリーが、すこし口ごもってから答えた。「手がかりはまったくない」

「それで……なにを？　そこへ行ってザックを救い出せとでも？」

「ちがう」ハンリーは肩をすくめた。「ザックはそのうち助け出す。しぶといやつだからだいじょうぶだ。一カ月もたったら、看守とポーカーをやっているだろう」どうでもいいというように肩をすくめてつけくわえた。「いまそれは優先事項じゃない」

ジェントリーは、コップを置いた。話が読めた。「ザックが失敗した任務。そのためにおれを送り込みたい」

「そのとおり」

「ザックはこの手のことを長年やってきた、マット。ドジを踏んだとは思えない」

「どこに手落ちがあったのか、突き止めようとしているところだ。だが、いまはそれを解明する時間がない」

「それで、どこから秘密が漏れてるかわかっていないのに、おれを送り込むのか？」

「作戦を変更する。ザックとはちがうやりかたで潜入しろ。自分の計画を立て、自分なりにやれ。いいか、やらなければならないことだし、いますぐにやらなければならないんだ」

「任務の内容は？」

「服従しない人間を連れ出す」

「つまり……拉致《らち》」

「どう呼ぼうがかまわない」ハンリーが、片手で中空を払った。「カラカスにいるアメリカ人だ。質問するためにこっちへ連れてきたい」

「理由は？」

ハンリーが、小さな溜息をついた。ジェントリーの反応が腹立たしいときに出るいつもの癖だ。ハンリーは、部下が質問せず、敬礼して出かけていくことを望んでいる。それでも答えた。「ターゲットはクラーク・ドラモンド。だれだか知っているだろう？」

ジェントリーは、小首をかしげた。「去年死んだNSAの大物か？」

ハンリーは首をふった。「いや、去年死んでいなかったNSAの大物だ。三週間半前に、カラカス支局勤務の局員が、ラ・カステリャーナ地区で見かけた。ドラモンドが銀行から通りに出てきたのを、たまたま見つけたんだ。局員は人混みで見失ったが、まちがいなくドラモンドだった。ラ・カステリャーナ全域に工作担当官を行かせたが、ひとりまたひとりとSEBINにしょっぴかれ、容疑をでっちあげられて、ひそかに国外退去させられた。カラカス支局に、残った工作担当官は温存しろと命じて、ザックを送り込んだんだ」

「それでもおなじようにしょっぴかれた」

ハンリーが、また顔をこすった。「すこしたってからだったが、そうだ。ザックはドラモンドを二日間尾行した。町の南西部にある家を突き止め、市場を通って尾行し、だれかと会うかどうかたしかめようとした。そのときにザックは襲われた。たしかに、ドラモンドは監視を見抜けるよう行動する技倆《ぎりょう》を身につけている。NSA局員だったとはいえ、何十年も世界中の現場で活動してきたからな。報告によれば、諜報技術《トレードクラフト》はかなりしっかりしている。しかし、それでも……納得がいかない。SEBINは現地のわれわれの工作員すべてに、それが男だろうと女だろうと目をつけている。それはわかっている。しかし、ザックはカラカスで活動したことはないし、現地で大使館の人間と連携していなかった。だいたい、もうCIAに属していないんだ。この五年間、CIAの仕事をしていたという記録は、どこにもない」

「そうだな。ザックはポイズン・アップルの資産《アセット》だ。記録には載っていない」

「そのとおり」

ジェントリーの声は、ハンリーの声とおなじくらい大きくなっていた。「おれとおなじように」

ハンリーはゆっくりと息を吐き、部屋のなかを見まわした。「コーヒーはないのか？」

「おっと、悪かった。礼儀知らずだった。カプチーノか、それともマキアートか？」

ふたりは暗いなかで見つめ合い、やがてジェントリーがいった。「午前五時だ。朝食は七時に持ってくる。そのときにコーヒーが飲める」

ハンリーは聞き流した。「いいか、ベネズエラでの秘密漏洩《ろうえい》はまったく理解できないが、おまえがCIAの潜入手段を使わず、ひとりでカラカスへ行けば、だいじょうぶだと思う」

ジェントリーは、またすこし水を飲んだ。ようやく口をひらいた。「ドラモンドをどうするつもりだ？」

「やつがよその主体《エンティティ》のために働いているとしたら、それが国家機関にせよ、犯罪組織にせよ、なにをやっているのか知りたい」

「ベネズエラの手先になっているんじゃないのか？」

「ちがうとわれわれは考えている。安全な隠れ家の見返りに手を貸しているかもしれないが、ほんとうに大事なものを渡すつもりはないだろう。ドラモンドは技倆をひととおり備えている。特殊な才能を駆使できる。そういったことで格別貴重な存在になれる。しかし、そういった才能がベネズエラのインテリジェンス・コミュニティで発揮されている気配はないんだ。ちがうな。やつはカラカスに住み、SEBINに保護されているかもしれないが、ほんとうの技倆はほかのだれかのために使っているんだ」

「この一年、ドラモンドを目撃した情報はなかった？」

「まったくなかった」ハンリーはつけくわえた。「だが、やつだけではなかった」

ジェントリーが、とまどった表情になった。「やつだけではなかった？　なにが？」

「去年のあいだに姿を消したアメリカのインテリジェンス・コミュニティの人間は、ドラモンドだけではなかった。図式ができあがっている。男や女が退職し、行方不明になる。いまではアメリカ、イギリス、フランス、オーストラリア、イスラエル、南アフリカで。十二人くらいがそうなった」

「国家機関か大手情報会社のような何者かがヘッドハンティングをやって、優秀な人間をひそかに集めているような感じだ」

「ああ」ハンリーはいった。「まったくそんな感じだ。しかし、何者だ？　それに、理由は？　どうしてドラモンドは死んだように偽装しなければならなかったんだ？」

ジェントリーはいった。「どうしてドラモンドがあんたたちにとってそれほど重要なのか知りたい」

ハンリーは、腹立ちを隠そうとしなかった。「おい、若造、ザックはそんなふうに詮索《せんさく》しなかったぞ」

「だからこうなった」医療機器の低いうなりが聞こえるだけで、部屋は静まり返った。

ようやくハンリーがうなずいた。「一本とられたな。NSAにいたときに、ドラモンドは特定の……情報にアクセスできた。勝負の流れを変える画期的な情報だ。その情報は、兵器化できる可能性がある。渡してはならない相手の手にそれが渡されたら、きわめて危険なことになる。おまえにいえるのは、それだけだ」

ジェントリーは、情報不足にたじろぎはしなかった。むしろ逆で、そういうことに慣れていた。

「この一年間、その情報をドラモンドが何者かに渡すかもしれないと思っているのか？」

「その情報をドラモンドの所在はわかっていなかったから、なにをやっていたのかはわからない。現地へ行って、SEBINの監視をくぐり抜け、ドラモンドの脇腹に銃を突きつけて、口を割らせろ。やつのハードディスクや携帯電話などを手に入れろ」また顔をこすった。「おい、かなり厳しいだろうが、おまえはグレイマンだ。任せたぞ」

「おれの状態について、あんたは明るい見通しをいったが、五〇パーセントの状態だというのは、おたがいにわかっている。半人前のグレイマンだ」

「それでも使いたい。さあ行こう」

ジェントリーは動かなかった。「それで、ドラモンドが口を割らなかったら、なにをやればいい？」

「数年前におまえを探したとき、ドラモンドがおれたちのところへ配属された。やつが開発した文書と顔を認証するソフトウェアを使って、おれたちはおまえを追跡しようとしたが、おまえは逃げるのが上手《じょうず》だった」ジェントリーは黙っていた。「グレイマンが送り込まれたことを知ったら、生き延びるためにおまえのいうことを聞くしかないと、ドラモンドは悟るだろう。あらいざらい吐くはずだ」

「人間は予想もしていなかったことをやるんだ、マット。命懸けのときはなおさら」

ジェントリーの見たところ、マット・ハンリーはグレイマンが任務に失敗するはずはないと思っていたようだった。はじめてその可能性に考えが及んだらしく、暗いなかでじっと座っていたが、ようやく口をひらいた。「やつが口を割らなかったら……おまえが万事に疲れ果てたら、いいか、なにもできなくなったらという意味だぞ――集められるだけ物的情報を集めて、秘密漏洩の原因を取り除け」

「やつを殺せという意味だな」ジェントリーはいった。

ハンリーが、ラインバッカーなみのたくましい肩をすくめた。「やつを殺せ」

ジェントリーは、枕に頭を戻して、天井を眺めた。それから肩をすくめた。「わかった、ボス。まあいいさ」

ベッド脇に脚をおろしたとき、ジェントリーは痛みに顔をしかめた。ハンリーはすばやく立ちあがり、ジェントリーの服を探した。

3

港湾都市アデンの暗い通りを走る巨大なアメリカ製のインターナショナル・マックスプロ対地雷／伏撃防護装甲車（九人が乗っているので、ボディを大型化したXL型と思われる）のエンジンが、つぎの獲物を見つめているライオンのように咆《ほ》えた。午後十時で交通量はすくなかったが、たえず車が走っていた。夜間外出禁止令が敷かれていたが、ほとんど無視されていた。イエメンでは激しい内戦が六年もつづいていたが、アデンは反乱軍が脱出したため、現在はほとんど戦闘がなく、地元住民はめったにない平穏な状態に乗じて外出している。

月が出ていたが、北の山地が月光をいくらかさえぎっていたので、南のサイディー通りに出る直前にヘッドライトを消すと、大型装甲車はほとんど見えなくなった。

装甲車の後部、運転手のすぐうしろで、九人編成のチームのリーダーが、手袋をはめた手の指でＭ４アサルト・カービンのアッパー・レシーヴァー（機関部の上部覆い）を叩いていた。Ｍ４は膝《ひざ》に横向きに置かれ、サプレッサーが装甲車の小さな銃眼のすぐ手前にあった。通りを銃撃する必要があるときには、その銃眼の扉をすぐにあけられる。マックスプロがアルムアッラ地区のほうへ曲がったとき、リーダーは銃眼の上にある厚い右サイドウィンドウから外を見た。道路沿いに集合住宅が並び、歩道にかなりひとが出ていることからして、多くの住民が出歩いているようだった。

小さな店の正面で椅子に座ったり、集合住宅のバルコニーに立ったりしている住民もいた。

チーム・リーダーのヘッドセットに声が届いた。「マーキュリー（ローマ神話の神々の使者メルクリウスのこと）からヘイディーズ（ギリシャ神話の冥府の支配者ハデスのこと）へ」

アサルト・カービンを膝に置いたリーダーは、サイドウィンドウからなおも外を見ながら、無線インターコムの送話ボタンを押し、中西部のなまりの英語で応答した。「ヘイディーズだ、どうぞ」

フロントシートからマーキュリーがいった。「今夜はやけに人出が多い。情報では、いまごろは静かになってるはずだった」

ヘイディーズの隣に乗っていたサブ・リーダーの武装警備員《オペレーター》が、無線を使わず、左のサイドウィンドウから外を見て、ゆっくりした南部なまりでいった。「だいじょうぶかな、ボス？」

リーダーが答える前に、ふたりの無線機のヘッドセットから雑音まじりの声が聞こえた。「マーキュリーからヘイディーズへ。ターゲットを目視。正面ゲートに警備なし」チーム・リーダーが決然とうなずき、サブ・リーダーにいった。「だいじょうぶだ」無線で伝えた。「実行」

マックスプロ装甲車は数秒後に、公共事業機関の隣のゲートがある複合オフィスビルのエントランスまで二〇メートルのところで、道端に寄ってとまった。まったくおなじ三階建てのビルふた棟から成り、なかが見えない高いフェンスと鋼鉄のスライド式門扉に護《まも》られている。

八人がマックスプロから列をなして出て、運転手のマーキュリーだけが残った。ヘイディーズは、四人組の三番手として、アサルト・カービンのスコープに目を当てながら、通りを渡った。足首まである寛衣を着た年配の男ふたりが歩いていたので、敵かもしれないとすばやく判断し、四人はふたりの前で銃身を左右にふった。そのふたりを脅威ではないと見なすと、アメリカ人たちはつぎに、ボンネットをあけたセダンのそばに立っていた若い一般市民四人に注意を向けた。四人は煙草《たばこ》を吸いながら、大型装甲車両から出てきた重武装の男たちを眺めていた。

若者たちは、筋肉ひとつ動かさなかった――それほど愚かではなかった――四人のアメリカ人はすぐにその横を通過し、複合オフィスビルを目指して通りを南へ進んだ。

正面ゲートまで一〇メートルというところで、マックスプロの周囲に配置された四人のうちのひとりが、無線で伝えた。「ソール（北欧神話の神トールのこと）からヘイディーズへ。路地の入口、西側からおれたちを見ている兵役適齢の男の一団を発見。そちらの位置の二ブロック南。受信しているか？」

ヘイディーズは、まっすぐにのばした人差し指をアサルト・カービンのロウアー・レシーヴァーに添えて片手で持ち、反対の手で無線のスイッチを入れた。「はっきり受信している。そいつらが武器をふりまわしたら、撃て」

「了解した」

急襲班の四人は、ゲートの前でとまった。突破係が、錠前に小さな爆薬を取り付けるあいだ、あとの三人が掩護《えんご》した。起爆準備ができたとき、通りで銃声が響いた。

四人のアメリカ人は、ニーパッドを付けた膝をついて身を低くし、自分たちの位置の二ブロック南の銃口炎を見分けた。

マックスプロの周囲の四人が応射し、敵と味方の放った弾丸が行き交って、コンクリートの壁から跳ね返った。一般市民は伏せたり、物蔭で縮こまったりした。闇雲《やみくも》に走りまわって、必死で避難しようとするものもいた。

それ以外のものは、立ったまま死に、きりきり舞いをしてアスファルトの路面に倒れた。ヘイディーズは、銃口炎が見えただいたいの方角に向けて、短い連射を放った。練度が高い射手が撃ちまくっているカービン八挺の弾幕から必死に逃れようとして、何人もが走ったり、重なり合って倒れたり、店や路地に跳び込んだりしているのが、薄暗いなかで見えた。

M4が弾薬切れになったので、ヘイディーズは弾倉を交換するためにゲートのそばにとまっていた小型パネルバンの蔭でかがんだ。ボルトキャッチリリース（薬室が空になった状態で弾倉を交換して初弾を薬室に送り込む効率的な手順）をやるときのガチャリという音は、銃撃の音でまったく聞こえなかったが、ヘイディーズはそれをやりながら反対の手で無線のスイッチを入れて叫んだ。「マーズ（ローマ神話の軍神マルスのこと）！」マーズは、錠前に爆薬を仕掛けた男のコールサインだった。「つぎの手だ！　つぎの手をやれ！」

突破係はすかさずゲートに戻った。そばの錠前に取り付けた爆薬はそのままにして、バックパックを急いでおろして引きあけた。重さが一〇キログラムくらいある小さなバックパックを出し、それもあけた。なかにはいっていた装置のダイヤルをまわしてボタンを押し、バックパックごとそれを持ちあげて、ゲートの上から複合オフィスビルの狭い庭に投げ込んだ。

マーズがふりむいて、カービンを持ちあげ、片手で通りのほうを撃ちながら、反対の手で無線の送話ボタンを押した。「三十秒！」

ヘイディーズが、数メートルしか離れていないパネルバンの蔭の位置からすぐさま応答した。「離脱！」

ゲート前の男たちが路地めがけて撃ちながら、通りを跳ぶように走って装甲車へひきかえすあいだ、銃撃が激しさを増した。ヘイディーズは、通りの先のバルコニーの手摺《てすり》から見おろしていた男を撃ち倒した。男は武器を持っていなかったが、用心に越したことはないので撃った。

ひとりが、ヘイティーズの横でどなった。「破片手榴弾投擲《フラッグ・アウト》！」野球のボールほどの大きさの手榴弾を投げた。舗道ではずみ、滑っていった手榴弾が、路面に設置されていた屋台と小さな折り畳みテーブルにぶつかり、駐車してあったパネルトラックの下に逃げようとしていた男のそばで破裂した。

急襲チームの四人は、弾倉を何本も使い果たして、通りの南へ発砲し、北にも何度か連射を放った。ターゲットがいたわけではなかったが、そちらから撃ってきた場合のための制圧射撃だった。

三ブロック離れたところで2ドア・ハッチバックが道路に曲がり込んできた。ソールが

M249分隊自動火器でフルメタルジャケット弾を浴びせた。ハッチバックを運転していた男がブレーキを踏み、小さな車をバックさせたが、脇道に数メートル戻ったところで、ガソリンタンクに引火し、後部が爆発してすさまじい炎に包まれた。

ヘイディーズとあとの三人が前を通って装甲車にはいるあいだ、ソールは撃つのを中断した。急襲チーム四人がふたたとマックスプロに乗り込むと、装甲車の外に配置されていた警備班四人も、すぐさま南のターゲットとの交戦を切りあげて乗り込んだ。

突破係が爆薬のタイマーのスイッチを入れてから二十六秒後に、装甲車のハッチがすべて閉ざされた。ヘイディーズはそのときも頭のなかでカウントダウンしていて、無線で叫んだ。「行け！　行け！」

装甲車がガクンと揺れて前進した。

ヘイディーズの隣で、サブ・リーダーがまた南部なまりでいった。「みんな爆発でやられちまうぞ！」

ヘイディーズは、両手でイヤプロテクターを押さえて耳を保護した。「やられてたまるか！」

ぴったり三十秒で起きた爆発は、装甲車のなかにいて全員がイヤプロテクターを付けていたにもかかわらず、現実離れしたもの凄《すご》さだった。爆発の衝撃波が装甲車を包み込み、破片が装甲と厚いプレキシグラスのウィンドウを激しく叩いた。フロントシートにいたひとりが、ヘイディーズのほうへ飛ばされ、ヘイディーズは右のボディ内側に叩きつけられた。

だが、巨大なアメリカ製装甲車は猛スピードで南に走りつづけ、殺戮《さつりく》地帯を脱した。「みんな、無事か?」ヘイディーズが、無線で叫んだ。応答があるまで数秒かかった。ヘイディーズの部下たちは番号を唱えたが、脳震盪《のうしんとう》や攻撃後も残っていたアドレナリンのせいで、返事が馬鹿でかい声になっていたものもいた。

全員無事だったので、すぐに狭い車内で背中を叩いたり、拳《こぶし》を打ち合わせたり、ハイファイヴをやったりした。だが、そのあいだヘイディーズは、土煙《つちけむり》が消えはじめた通りを眺めて、歩道に転がっている一般市民の死体を見た。ほとんどが、爆発の前に銃火から逃れようとして隠れた場所で死んでいた。

爆弾はM112方形《ほうけい》爆破薬(方形の非金属容器に爆薬を充塡したもの)十個から成っていた。C－4プラスティック爆薬を接続して同時に爆発する仕組みになっている。複合オフィスビルにいる人間を殺すために巨大な爆発を起こしたのだが、無差別の攻撃だった。爆発半径内にいたものは、装甲車に乗っていないかぎり、助かりようがない。

ヘイディーズがどこを見ても、一般市民の死体や、手足がちぎれた体ばかりだった。

爆発時に複合オフィスビルで会合していたイエメンの政党アル＝イスラーフの幹部三人も死んだはずだ。

ターゲットはアル＝イスラーフだった。あとの犠牲者は、たんなる副次的被害にすぎない。

副次的被害のことなど、ヘイディーズとチームの面々は気にしていなかった——まったく平気だった。今夜、彼らは目標を達成した。目標を達成すればクライアントは満足し、また仕事をくれることはまちがいない。

九人は全員、アメリカ軍の精鋭部隊の出身だったが、もうアメリカの旗幟《きし》のために働いてはいない。ヘイディーズとその部下は、イスラエルが所有し、シンガポールで登録している会社に、クライアントのための直接行動戦闘部門として雇われている。

今夜のターゲットはテロリストだったというのが、ヘイディーズたちの見かただった。

そして、彼らのクライアントは、アラブ首長国連邦《UAE》だった。

彼らはUAEのために標的殺害《ターゲッテド・キリング》（政府が実行する殺害・暗殺の婉曲表現）を行なう傭兵だった。UAEは、イエメン内戦に関わっている十数の勢力のひとつだ。

アメリカ人が外国勢力に雇われて外国で外国人を暗殺する。

イエメン内戦は奇妙な戦争だった。

急襲チームが空港の二キロメートル手前まで行ったとき、ヘイディーズの衛星携帯電話に電話がかかってきた。装甲車の音がやかましいので、バイブレーションでわかっただけだった。着信音すら聞こえなかった。ヘイディーズは、ベルトのパウチから携帯電話を出し、発信者を確認した。チームの部下が見ているなかで、ヘイディーズはイヤプロテクター無線のヘッドセットをはずし、耳に携帯電話を押し当てた。

「もしもし」

ターゲットから離脱する途中なのに電話に出たのを怪訝《けげん》に思って、周囲の部下たちがじっと見つめた。

「はい、そうです」ヘイディーズが敬語を使ったので、UAEのスパイ組織、信号情報局《SIA》の連絡相手と話をしているのだと、部下たちにはわかった。ヘイディーズのボスの暗号名は、ターリクだった。

そして、ターリクが電話してきたときには、ヘイディーズはかならず出る。

ヘイディーズはいった。「最後のところをくりかえしてもらえますか。聞き取れなかったので」小規模なチームの面々が、ヘイディーズの返答から情報を得ようとして、身を乗り出した。

ようやく、ヘイディーズがいった。「すみません。カラカスといったように聞こえたのですが」間があった。「カラカス……ベネズエラですか？」声が聞こえるところにいた急襲チームの何人かが、まごついて顔を見合わせた。

ヘイディーズがうなずいた。「了解しました。カラカスですね」電話を終えて、パウチに衛星携帯電話を戻した。ヘッドセットを付けてからいった。「アブダビまで八十分のフライトの予定だったが、南米まで十六時間のフライトに変更された。給油のためにリスボンに寄るが、それ以外は、体がにおう九人の野郎が、あしたもリアジェットの機内で睨《にら》み合うことになる」

全員が考えていることを、マーズが口にした。「首長国はいったいどういうわけで、おれたちをベネズエラに行かせるんだろう？」

ヘイディーズはいった。「おれたちは質問する立場じゃない」ひと呼吸置いてからいった。「見当もつかない。途中で指示をあたえるといわれた」

エアリーズ（ギリシャ神話の戦いの神アレス。ローマ神話のマルスとおなじ）というコールサインの男がいった。「どこかのくそ野郎を殺しにいくことはまちがいない」

「ああ、そんなところだろう」ヘイディーズが答えた。

金で雇われて人を殺す九人のアメリカ人をつぎの任務に向けて運ぶ便へ送り届けるため

に、ずんぐりした形の装甲車は、夜の闇を縫《ぬ》ってガタゴト走りつづけた。

4

二週間前

ホテル・アドロン・ケンピンスキー・ベルリンの〈レストラン・カレ〉にはいっていったとき、数十人の顔が自分のほうを向いたのに、そのブルネットはまったく気づいていないように見えた。ビジネスピープル、外交官、裕福な観光客のそばを通り、奥のテーブル数卓に向けてウェイターや客のあいだを一直線に歩くあいだ、彼女は周囲の人間の視線を無視していた。

ヨーロッパの首都の五つ星ホテルでのビジネス会合にふさわしい、スタイリッシュだが控え目な服装だった。〈ラルフ・ローレン〉のシルク混のブルーのワンピース、〈シャネル〉のヌードカラーのポインテッド・スリングバックシューズ。大きな〈グッチ〉のサングラスは、テーブルのすぐ近くまで行ったところでようやくはずし、ケースに入れて赤いクラッチバッグにしまった。

彼女は三十代のはじめだが、もっと若く見える。茶色の髪はひっつめて頭のうしろで丸め、化粧は最低限だった。歩いているときの表情は、クラシックないでたちとおなじように、静かな自信を醸《かも》し出していた。

ウンター・デン・リンデンにあるホテル・アドロン・ケンピンスキーは、ブランデンブルク門から徒歩で一分、アメリカ大使館の隣だった。ここは巨大都市ベルリンでもとびきり豪華なホテルなので、彼女が泊まっているのはアレクサンダー広場の三つ星ホテルだったが、ランチの会合にはここの〈レストラン・カレ〉を選んだのだ。

彼女は目当ての男をすぐに見つけて、白いテーブルクロスが掛かっている壁ぎわの席に向かった。一週間前に短いビデオ会議で、その男の会社に雇ってもらえるかどうか話をしたので、顔はわかっていた。

女がテーブルに来ると、男は立ちあがった。長身の美男子で、四十をだいぶ過ぎ、豊かな髪は白髪《しらが》がだいぶ多くなっている。

「エニスさん」女が手を差し出していった。

エニスが無作法といってもいいくらい強く手を握ったが、ぎゅっと握ったまま、愛想のいい笑みを浮かべた。「アーサーさんですね。リックと呼んでください」

ブルネットが、おなじくらい強い力で握り返した。「ええ、リック。それじゃ、わたしをステファニーと呼んでください」

「ステファニー」

名前を鸚鵡《おうむ》返しにいうときに、男の顔に薄笑いが浮かんだことに、ブルネットは気づいた。

ふたりは席につき、ウェイターがテーブルであらかじめ淹《い》れてあったティーポットから注いだ。ふたりが注文するのに、もうすこし時間がかかるだろうと察していた。

ウェイターが離れていくと、ブルネットがいった。「きょう、会ってくださって、ありがとうございます」

エニスが答えた。「正直いって、きみはまさに、会社を上のレベルにひきあげるのにわたしたちが雇おうとしていた人材にぴったりなんだ。ヨーロッパでずばぬけて優秀な民間情報会社になるためにね」

「国家安全保障局《NSA》で十年かけて身につけたアナリストのスキルを活かすチャンスがあれば、とてもうれしいです」

エニスがまた笑みを浮かべた。「きみのスキルが役に立つことはまちがいない」紅茶に砂糖を入れてからつづけた。「わたしはきみの履歴書《CV》を見たが、きみはわたしのCVを見ていない。だから……説明しよう。サンディエゴで生まれて、空軍にはいった——もちろん情報の分野に——四年いて大尉になったが、非戦闘業務で負傷して、退役せざるをえなくなった。復学し、ジョージタウン大学で情報関連の修士号を取り、ＣＩＡに採用された。十年間、さまざまな現場に配属され、民間情報分野に飛び込んだ。シュライク・インターナショナル・グループにはいって三年になる。自分たちのやっている仕事に誇りを持っているし、わたしの銀行口座も不満をいっていない」エニスがウィンクをした。「あまり驚きはしないだろうが、わたしたちはアメリカ政府よりもずっと高い給料を出す」

紅茶をすこし飲みながらステファニーがうなずき、きいた。「仕事そのものについて教えてくださることはできますか？」明らかにミネソタのなまりがあった。履歴書にはミネアポリスで生まれ育ったと書いてある。

エニスは対照的に、どこをとってもカリフォルニア南部の人間らしかった。「ベルリンにいてもらいます。わたしたちのオフィスはポツダムにあるが、きみはそこへ行くことはない。リモートで仕事をやってもらうので」

「リモートで？」

「そう。本格的に働いてもらうようになったら、ここの四階のスイートが仕事場になる」

ステファニーはびっくりした。アドロン・ケンピンスキーは五つ星のホテルだ。ほんとうにそこにオフィスをもらえるのか？

「でも……どうして本社に入れてもらえないんですか？」

「わたしたちは業務を垂直ではなく水平に行なうようにしたい。きみはわたしのために働く。技術的な支援要員はべつとして、きみはシュライク・グループのほかの人間と会うことにはならないだろうね」エニスはつけくわえた。「脅威を最低限に抑えられる」

「脅威？」

エニスは、若い女をつかのま見つめた。「わたしたちがやっている仕事は、わたしたちが仕えている国には承認されている。しかし、この仕事のために、わたしたちは特定の悪意ある当事者としのぎを削っている。犯罪組織、わたしたちのクライアントが意図を探ろうとしている国家。その他もろもろ。わたしたちは、監視防止部門が注意しなければならないような、サイバー脅威、電子監視脅威、人的情報脅威にさらされている」

ステファニーは片手を胸に当てて、すこし驚いた顔をした。「まるで外套と短剣《クローク・アンド・ダガー》ね。スパイと陰謀のにおいがする」

それを聞いて、エニスは笑った。「きみならなんなくさばけるだろうね」間を置いてからいった。「フォート・ミードのNSA本部だったね。企業の本社で働くようなものだ。シュライク・グループでは、現場で工作活動をやっているような感じがするだろう。ペースが速いし、たしかに陰謀もからんでくる。この分野には付き物だ」

「それで、シュライク・グループのクライアントは？　何者なんですか？」

エニスが、指を一本立てた。「クライアントが何者なのか、きみが知ることはぜったいにないが、自分の任務と倫理について疑いを抱くことはありえないと断言できる。わたしたちのクライアントーは、〝フォーチュン50〟企業の多くが懸念しているような事柄に関心を抱いている。テロリズムや犯罪などだ。きみのターゲットは、世界中のアメリカ合衆国のターゲットとおなじだ。独裁者、犯罪組織、敵国」

ステファニーはいった。「わかりました。クライアントの秘密は守られている。それは尊重します。でも、ターゲットはどうですか？　具体的に、リック、わたしはだれをターゲットにするんですか？」笑みを浮かべて、つけくわえた。「雇ってもらえたときに、という意味です」

「雇われたあとは、民間安全保障分野のあらゆる人間や物が、きみのターゲットになる。わたしたちは近いうちにクライアント層を拡大したいと考えているので、幅広い才能を持っている人間が必要なんだ。しかし、きみの最初のターゲットは、イラン・イスラム共和国になるだろう。わたしたちのクライアントは、そのならず者国家から精力的に身を護《まも》ろうとしている」

ステファニーの自信に満ちた笑みがひろがった。「ご存じでしょうが、わたしはかなり長いあいだ対諜報活動を手がけていて、イランのサイバー侵入を専門にしていました。あなたの会社の貴重な資産《アセット》になれると確信しています」

エニスは、それには答えなかった。エニスがメニューをひらいたので、ステファニーもおなじようにした。メニューをざっと見ながら、エニスがいった。「ただ、小さな気がかりがひとつあって、きみを雇う前に、それだけは確認しておきたい」

エニスはさほど心配しているようではなかったが、ステファニーはメニューを閉じた。

「どうか、おっしゃってください」

エニスが、ステファニーが気まずい思いをするくらい長く笑みを浮かべていた。ステファニーは首をかしげ、きつい目つきになった。

ようやくエニスがいった。「これから、きみにとって大きな利益になる話をしよう。わたしたちは、この手の仕事がすこぶる得意なんだ。シュライク・グループできみが働くようになったら、わたしたちの能力と手が届く範囲の広さを尊重するほうが賢明だろうな」つけくわえた。「たとえば、わたしたちは世界中の情報組織にアクセスできる」

「わたしには……よくわかりませんが、不吉な感じの話になっていますね」

エニスの顔と口調が暗くなったが、それはほんの一瞬だった。「それはきみしだいだ」

「ちゃんと聞いていますよ」ステファニーはいったが、自信ありげな声ではなかった。

エニスがいった。「わたしたちは、きみの正体を知っている」

男好きのするブルネットが、胸の前で腕を組んだ。無意識の防御のしぐさだった。「どういう意味でしょうか？」

エニスが身を乗り出し、低い声でいった。「きみの名前はステファニー・アーサーではないし、それどころかNSAの電子情報アナリストでもない。身分証明書はよくできているし、きみは本物のミセス・アーサーによく似ているが、化粧と髪を染めているおかげだろうね。こういえるのは、きみが臨月間近の妊婦にはとても見えないし、ステファニー・アーサーが先月から産休をとっているからなんだ」効果を高めるために間を置き、派手なしぐさでナプキンをひらいて膝《ひざ》に置いてから、言葉を継いだ。「九月に生まれるそうだ。男の子だと、アメリカの情報源がいっている。

とにかく……きみはアーサーではない」

女が、ほとんど聞こえないようなあえぎを漏らした。

彼女がすぐには答えなかったので、エニスはいった。「これを否定したら、きみへの信頼は大きく損なわれるだろうね」

女が腕をほどいて、テーブルに置いた。ややあって答えた。「わたし……否定しません」

「よかった。じつは、わたしたちはひそかにアーサーさんにヘッドハンティングをかけたんだが、興味を示してもらえなかった。するときみが現われて、彼女のふりをした。彼女に扮して誘いに応じ、正体がばれる前にここまでこぎつけた。みごとな腕前だ」

「説明を聞いてもらえませんか。わたしにはあなたがたが必要としているスキルがあるし、あなたがたのチームにとって貴重な資産になるでしょう。ただ、動機があって……ほんとうの身許を隠さなければならなかったんです」

エニスが、食器類の上にスーツの袖《そで》が乗るのもかまわず、壁ぎわのテーブルの上に身を乗り出した。

「きみの動機も知っている」

女が、疑わしげに横目で見た。「だとしたら驚きだわ」

エニスが手をのばして、女の手に重ねてぎゅっと握った。エニスの手の皮膚はねばついていた。「それじゃ、スイートハート、ぜひ驚いてもらおうか」

女は黙っていた。

「きみの本名はゾーヤ・フョードロヴナ・ザハロワ。つい最近までロシア連邦《スルージバ・ヴネシュネイ・ラズヴェ》対外情報《トキ・ロシイスコイ・フエデラツィイ》庁の花形将校だった。このロシア語を訳す必要はないと思うが、ロシアの対外情報庁《SVR》にシュライク・インターナショナル・グループの資産がいて、きみの身許を確認できることを知ってもらいたかった。では、ステファニーはやめて、ゾーヤと呼ぶことにしてもいいかな？」

女がのろのろとうなずいた。「いいですよ。ゾーヤで結構です」

エニスはゾーヤが気まずそうにしているのに気づき、それを楽しんでいるようだった。そういう雰囲気をすこし漂わせてからいった。「きみはＳＶＲを……なんといおうか？うしろ暗い状況で辞めた」

ゾーヤは、唇《くちびる》をわななかせて答えた。「うしろ暗いところなんかなかった。あいつらはわたしを殺そうとした。ここにいるのを知られたら、あいつらはここにきて、わたしを殺すはずよ」

エニスが、ウィンクした。「わたしが紅茶を飲んでいない理由が、もうわかっただろう」

ゾーヤ・ザハロワは、自分のティーカップを見おろした。エニスの冷酷なジョークを理解した。ロシアでは最近、ポロニウムを盛った紅茶で著名な批判者が毒殺された。そういう手口はそれが最初ではなかった。放射性元素の犠牲者は何週間も苦しみながら死ぬ。

エニスがもとの姿勢に戻った。くつろぎ、安心し、その瞬間を楽しんでいた。「なにも心配することはない、ゾーヤ。むしろきみのちょっとした嘘は、きみの真意を確認するのに役立った。ステファニー・アーサーがNSAを辞めてわたしたちのところへ来た理由が、どうにもわからなかった。たしかに給料はこっちのほうが高いが、そもそも金が目当てだったら、公務員になるはずがないだろう？　そのまま出世できる見込みがあるのに辞めるには、ほかに理由がなければならない。しかし、きみの場合はどうか？　偽装身分を使ってここに来た理由が、はっきり理解できる。当然だろうな。ロシア人がわたしを殺す命令を出したら、わたしだって必死で身許を隠そうとするはずだ」

「そうね」ゾーヤはいった。たしかに不安そうだった。いまにも刺客《しかく》が銃弾を浴びせるのではないかというように、あちこちに視線を走らせていた。

「落ち着け」エニスがいった。「わたしたちとSVRは双方向の関係ではない。きみに関する情報は手に入れたが、きみについての情報はまったく提供していない。きみがベルリンにいることを彼らは知らないし、わたしたちといっしょだということも知らない。わたしたちがきみを雇っても、彼らにはぜったいに知られない」

ゾーヤはうなずき、紅茶をまたすこし飲んだ。そのときにすこし手がふるえ、ソーサーにカップを置くときにカタカタ音をたてた。「それで……あなたの会社に雇われるために偽の身許を使ったのに、雇ってもいいと思っているのね。なぜ？」

「わたしたちは、社員がわが社の行動指針《ミッションステートメント》を厳守するようにしたい。それによって、彼らは完全に秘密を守ってわたしたちの仕事をつづける。わたしたちはなによりも口が堅いことを重んじる。つまり、わたしたちが信頼している人間は口が堅くなければならない。きみは時間をかけて信頼を得てもいいし、なにかを……自分の身を危険にさらすようなことをわたしたちに教えて、すぐに信頼を得ることもできる。すぐに辞めたり、わたしたちがやっていること、いっしょにやったことをよそで話したりせず、忠実で頼りになることを示すために」

「弱みをつかんで社員をコントロールしたいのね」ゾーヤはそういったが、怒りや軽蔑《けいべつ》は含まれていなかった。

エニスが肩をすくめた。「そんなところだ。きみはわたしたちの合法的《ホワイト》な業務のほうからやってきた」にやりと笑った。「きみのようなスキルを備えている女性は、非合法《ブラック》な側にもっと向いていると思う」

ゾーヤは両眉をあげた。「シュライク・グループにブラックな部分があるの?」

「ある。きみはアナリストではない、ゾーヤ。現場工作員だ。わたしとおなじように。わたしたちはまもなく現場工作員が必要になるし、そのためにきみを前もって訓練したい」

「かなり興味をそそられるわ」

「すばらしい」ゾーヤがつぎの言葉を待つように、エニスが数秒の間を置いた。萎縮させるのを楽しんでいるようだと、ゾーヤは思った。エニスがようやく口をひらいた。「わたしたちの隠密部門の契約社員という地位を提供したい」

ゾーヤの顔に笑みが戻った。「それなら引き受ける」

「シュライク・インターナショナルの外部で行動することになる。隠れた資産だ。オフショア口座で報酬を払い、ターゲット割り当ては、わたしが行なう。わたしだけが行なう。現在、わたしたちは主要クライアントの契約《コントラクト》を終えかけている。EUでのイラン人の活動に関する仕事が、あと二週間ほどで片づく。きみをすぐに組織に組み込み、簡単な監視任務を一、二件やらせる。そうすれば、数週間後にイランの件から手が離れ、べつの情報問題に取りかかるときに、きみはすばやく参加できる」

「すばらしいわね」

ゾーヤは、自分が考えていることをいわなかった。なにを考えているか、エニスにはわかっているにちがいない。こうして会社に雇われるのは、いうとおりにしないと、その会社が電話を一本かけて、ゾーヤを殺そうとしている連中に身許といどころを教えることができるからだ。

エニスがいった。「長く実りある関係を楽しみにしている。あしたからはじめてくれ」

そういうと、エニスがメニューをひらいたので、ゾーヤもおなじようにした。

ふたりでランチのお勧めに目を通すあいだ、ゾーヤは不安を隠そうとしなかった。悪い方向に向かいそうなことをすべて考え、彼女の恐怖からちょっとした手がかりを得ようとしているエニスの視線を感じていた。額の血管で脈拍が速くなったり、頬がかすかに赤らんだり、両手がかすかにふるえていた。

エニスの注意がメニューだけに向けられたときにようやく、ゾーヤはすこし安心し、だいじょうぶだと自分にいい聞かせて、自分の任務に意識を戻した。

それに、安心できる理由がすこしはあった。

とにかく、これまではすべて計画どおりに進んでいる。

5

ゾーヤ・ザハロワは、ランチを終えると〈カレ〉を出て、ブランデンブルク門をくぐり、六月十七日通りを西へ向かった。晴れた暖かい午後に、〈グッチ〉のサングラスをかけて、大ティーアガルテンの木立に沿い、広い歩道をぶらぶらと歩いていった。アレクサンダー広場のホテルとは逆方向だったが、気持ちのいい日だったし、時間がある。それに、秘密の電話をかける必要があった。

ゾーヤは三十三歳で、ロシア生まれだが、いまはCIA作戦本部本部長のマシュー・ハンリーの下で働いている。だが、正確にいえば、ゾーヤがみずからCIAのために働いているわけではない。そうではなく、契約によって、ハンリーが動かしている暗号名ポイズン・アップルという完全に秘密のプログラムの仕事をやっている。

リック・エニスがいったように、ゾーヤは身許を偽っていたし、正体を知っているとエニスがいったときに、ひどく驚いて困ったふうを装ったが、エニスがその情報を知ることも計画に含まれていた。

だが、これはゾーヤが考えた計画ではなかったし、ランチのときはおおむねストレスを追い払うことができたとはいえ、いままたこの作戦全体に懸念を抱いていた。

ゾーヤはソヴィエト戦争記念碑に向けてのんびり歩き、群がっている観光客数人から離れて、歩きながら〈ディオール〉のハンドバッグからイヤホンをつないだ携帯電話を出した。日蔭に立ち、電話をかけて、茶色の髪の下にイヤホンを入れた。

国際電話の呼び出し音が一瞬鳴り、相手がすぐに出た。

「ブルーア」

スーザン・ブルーアは、CIA計画立案担当官で、ゾーヤの調教師《ハンドラー》でもあったが、ふたりはおたがいが好きではなく、信頼していなかった。

ゾーヤは、最近つねにスーザンに接しているのとおなじ態度で反応した。冷ややかで、コミュニケーションは必要最小限にする。

「アンセム」ポイズン・アップルの暗号名で、ゾーヤは答えた。

スーザンの口調からも、この資産《アセット》をかなり嫌悪していることがわかった。「身許認証」

脅威が近くにいるかどうか定かではないので、ゾーヤは目を大きくあけて、視界内の人間すべての顔と行動に視線を走らせながら応答した。「身許A《アルファ》、A《アルファ》、X《エクスレイ》、U《ユニフォーム》、

7《セヴン》、3《スリー》、Y《ヤンキー》」

「認証した」ブルーアがすかさずきいた。「エニスとの会合はどうだった？」

ゾーヤは、またしても言葉を節約して答えた。「チームにはいった」

「シュライク・インターナショナル・グループに雇われたのね？」

「イエス」

「ステファニー・アーサーとして？」

「ノー、あなたが予想したとおり、正体を知られた。SVRに情報源がいるらしい」

「それじゃ、わたしの計画がうまくいったのね」満足げな口調で、スーザンがいった。

ゾーヤは、スーザンのような熱意を示さなかった。「わたしが殺されるあなたの計画」

「あなたにいわれたくない」

スーザンがいうのは、数カ月前にスコットランドでふたりのあいだに起きた出来事のことだ。その争いでスーザンは重傷を負い、それをゾーヤのせいにしていた。

ふたりのあいだに残る不信が、やりとりする言葉の端々《はしばし》に表われていた。

スーザン・ブルーアがいった。「考えられる最高の結果よ。彼らはあなたを掌中《しょうちゅう》に収めたと思っている。あなたを自分たちのものにしたと。断言するわ、アンセム。彼らはあなたをその組織のもっとも暗い隅に抱え込もうとするでしょうね」

「もうそうなっているのよ」

「どういう意味？」

「わたしは非合法《ブラック》の側に行かされる。個人契約などはなし。オフショア口座、暗号通信。世界中で行方がわからなくなっている情報部員たちが、じつはこのヨーロッパにいて、シュライクのために働いているとすると、おそらくそういう方面で見つけられるでしょうね。

エニスは、会社は垂直ではなく水平の構造だといった。連絡員《コンタクト》は自分だけだと。技術要員をところどころで使うけど、わたしが本社に行くことはないし、エニスの上の人間と会うこともないと」

「わたしたちにけ答が必要なのよ。どんな手を使っても、アンセム」

ゾーヤは、スーザンの言葉をくりかえした。「どんな手を使っても？　それはいったいどういう意味？」

「エニスがシュライク・グループの指揮系統を上にたどる唯一の手立てなら、彼だけに注意を集中したほうがいい。このあと一カ月、あなたが民間企業のどうでもいい情報収集のためにベルリン中を動きまわるようなことは望ましくない。時間が逼迫《ひっぱく》しているのよ」

「どういうこと？」

「わたしたちの対イラン諜報能力を、早急にもっと強化する必要がある。イスラエルがイランとの対立の炎を煽《あお》ろうとしているようなら、早く答を見つけなければならない」

「自分の仕事のやりかたは心得ているわ」ゾーヤはきっぱりといった。

「前はそう信じていた。でも、あなたは命に関わる重大な過ちを犯した。わたしはあなたに目を光らせるようにするし、指示を出す。わたしは嫌だし、あなたも嫌でしょうが、ハンリーがどういうわけか気に入っているので、おたがいに最善を尽くすしかない」

「それじゃ、仕事に戻るわ」

ゾーヤは電話を切り、タクシーを拾うために道路に向かった。「くそ女《スーカ》」声を殺していった。

6

現在

小さな一九八一年型セスナ206水陸両用機が、月に照らされている大洋を、灯火を消して低空飛行し、強風に揺さぶられていた。闇のなかで南に旋回するとき、片翼端が真下を向くような急バンクをかけた。

水面のわずか六〇フィート上で、パイロットはふたたび機体を左右水平に戻し、機首方位を一二〇度（ほぼ南東微東）に合わせて、スロットルを押し、さらに降下した。

五〇フィート、四〇、三五。

コート・ジェントリーがただひとりの乗客で、副操縦士《コパイロット》席に座り、闇に目を凝らしていた。パイロットと肩を並べていたが、二時間のフライトのあいだほとんど口をきかず、ベネズエラの海岸線までわずか二海里に近づいたときも、ふたりともひとことも漏らさなかった。

黒々とした遠景にすこし明るいグレイの細い線が見分けられるので、それとわかる。海岸線が大きくなって、やがて〝陸地上空に到達《フィート・ドライ》〟し、高度三〇フィートでビーチの上を高速飛行していた。単発のセスナは、潮気を帯びた暖かい空気をフルスロットルでかきまわしていた。

闇のなかでジェントリーに見分けられた地形は、真っ白な砂の細長い地面だけだったが、すぐにパイロットがまた左や右にバンクをかけ、上昇と降下を交互に行なった。

ジェントリーがパイロットのほうを向くと、ATN・PS15複眼暗視ゴーグルがヘッドバンドのマウントに取り付けられ、目の前におろしてあるのが見えたので、すこし安心した。

雲の多い夜だったので風防の外にはなにも見えない。そのほうがジェントリーにはありがたかったが、パイロットに見えているのでほっとした。森に覆《おお》われた山地を抜けているのはわかっていたし、知りたくないくらい地面に激突するおそれが大きいにちがいない。

ジェントリーとパイロットは、西インド諸島のアルバにあるオラニェシュタット空港で数時間前に会ったばかりだったが、パイロットもそのセスナも綿密な審査を受けていて評価が高いと推奨《すいしょう》された。

いくつかの監視用装備と武器、その他の細かいものはべつとして、ジェントリーはこの作戦にＣＩＡの資産《アセット》を使わないつもりだった。自分の伝手《つて》があるし、現場で活動するあいだ、選ばれた少数の人間だけが知っている闇の情報網の取引所も含めて、自分なりの支援手段がある。その取引所では、男も女も特殊なジャンルの品物や情報を手に入れることができる。思いもよらないくらい、どんな品物も情報もある。

特別の必要が生じたとき、ジェントリーはたまにそこを使う。提供されるスキルのリストは膨大にある。コロンビアからの商品の海中輸送。ミャンマーで戦闘員として雇う軍補助工作員。日本で政治家を暗殺する刺客《しかく》。その日、ジェントリーは、ベネズエラに空から潜入するための要員がリストに載っているのを見てよろこんだ――値段はかなり高かったが。

その取引所のことを知り、利用している数百人は、売り手と買い手がすべて念入りに評価され、他の売り手と買い手によって格付けされていることも知っている。提供者についての評を読むことはできるが、データのどこにも名前はない。だから、先刻、パイロットに連絡し、ひとりの人間をカラカス付近に深夜、飛行機で運ぶよう依頼し、街の南へ行く地上の交通手段を手配したときも、ジェントリーはある程度安心することができた。

いや、隣に座っているこのくそ野郎のことは、なにもわかっていない――ジェントリーの内蔵防衛機構では、くそ野郎はそうではないことを証明するまではくそ野郎だった——しかし、このパイロットがすこぶる優秀だということに疑いの余地はない。この男はこのセスナで数年間にかなりの回数、ベネズエラへの潜入を行なったにちがいないと、ジェントリーは見ていた。諜報員を忍び込ませ、ブラックマーケットで売られる麻薬その他の禁輸物資を運び出し、ことによるとベネズエラ市民が政治経済の締めつけが厳しい祖国の悲惨な状況から逃れようとするのに手を貸したかもしれない。

セスナは三十分以上、山地を縫《ぬ》って飛び、ジェントリーの胃はそのあいだずっと中身を吐き出さないようにがんばっていた。まだジェントリーとパイロットは、なにも言葉を交わしていなかった。一度か二度、上空の雲が切れ、星明かりが射し込み、ジェントリーはつかのま地形を見分けることができた。一〇〇フィートも離れていない密生した松林が、右のサイドウィンドウの外をかすめた。いまにも主翼がもげて、小さな水陸両用機は火の球とねじ曲がった金属の塊となって、山の斜面を転げ落ちるのではないかと思えた。

ジェントリーを悩ませていた深刻な問題は、なんとかこらえている吐き気だけではなかった。体力がなく、疲れていた。作戦に適した状態ではないとわかっていた。感染症はだいぶよくなっていたが、完治していないことを知っていた。毎日、抗生物質を投与されないかぎり、消えることはない。

だが、ハンリーの命令でここに来ている。いまはかなり厳しい状況だが、CIAの命令を蹴ったら状況はもっと厳しくなるはずだとわかっていた。

ふたたびそうなる。

ジェントリーは、長年CIAのために働いてきた。最初は独行工作員として、厳重に偽装してたったひとりで作戦を行ない、世界中でCIAの目標を達成した。そのあと、軍補助工作員チームに配属され、特殊活動部の精鋭タスク・フォースG《ゴルフ・シエラ》Sで、チームメートとともに逃亡犯連行、暗殺、回収など、CIAの戦闘員に要求されるあらゆる任務に従事した。

それが、五年ほど前に、コート・ジェントリーの生活は瞬時に変わった。タスク・フォースGSが突然、ジェントリーに襲いかかって殺そうとした。理由はわからなかったが、CIAが自分を殺害する命令を下したのだと気づいたジェントリーは、戦って国外に逃れた。CIAと和解するまで四年かかり、そのあいだ、電子監視網を逃れつつ、金で雇われる暗殺者として働いた。正当で実行する価値があると思った作戦だけを引き受けた。

そしていまは、ポイズン・アップル・プログラムで活動する契約工作員として、ほぼCIAに復帰したようになっている。同プログラムのジェントリーとそのほかの工作員ふたりは、上層部が関与を否定できる資産として、マシュー・ハンリーに使われ、CIAの指紋を残してはならない任務に派遣されている。

ジェントリーは最近、フリーランスの仕事もやった――やはり本人の倫理的指針に沿った目的のために――ハンリーはそれを認可していなかったが、世の中のための個人的な運動を終えたらジェントリーが戻ってきて〝有能な兵士〟になってくれることを知っていた。

不愉快だが、いまはそんなことはどうでもいい。ハンリーが呼びにきたので、満足させるしかないと、ジェントリーにはわかっていた。

ことに前回、かなり迷惑をかけたばかりなのだ。

ジェントリーがゴルフ・シエラにいたときのチーム指揮官は、いまベネズエラで監房に閉じ込められているザック・ハイタワーだった。エル・エリコイデの監獄までほんの数キロメートルだというのはわかっていたが、近くにいるからといってザックを窮地から救い出せるわけではないということもわかっていた。

ジェントリーは、ザックを助けるために来たのではない。ザックにとっては不運なことだった。

これは過酷な稼業なのだ。友情や忠義はなんの役にも立たない。ジェントリーはだれよりもそのことを承知していた。

机上では、ベネズエラでのジェントリーの任務は、とりたてて複雑ではない。くそ野郎の家へ行き、警備をすり抜け、そいつを脅して、ハンリーがほしがっている情報を吐かせる。

肉体の状態が最高でなくてもできると、ジェントリーは自分にいい聞かせた。

二日以内にメリーランド州に戻って治療を再開しなければならないことも明記した。いまは目標に集中するしかない。

それから数分のあいだ、パイロットが何度か左と右にバンクをかけた。ゆるやかなこともあったが、ピンの上で飛行機の向きを変えているのではないかと思えるくらい、操縦装置を急に動かすこともあった。

やがて、セスナが着実に上昇しているのに気づき、そのせいでジェントリーは無言の行をやめた。

「レーダー電波の下をくぐるのかと思っていた」

パイロットは答えなかった。

ジェントリーは返事を待ったが、セスナの上昇率が増したので、パイロットのほうを向き、もっと威圧的にいった。

「なにをやっているんだ？」

パイロットは四十歳よりは下のヒスパニックで、頭が禿《は》げ、消火栓に人間の首をくっつけたような感じの小男だった。暗視ゴーグルで風防の外に目を凝らしながら、パイロットが答えた。「おれに話をしてほしいのか、操縦してほしいのか？」

任務が危険にさらされているように感じたジェントリーの声には、不安がにじんでいた。

「両方やってほしい」

「これはそう簡単じゃないんだ」

「そうか？　だから五万ドルも請求するのか？」

「だから五万ドル請求するんだよ」

「どうして上昇しているのか、教えてくれ」

「あの真正面の山の頂上にぶつからないためだ。それなら納得がいくだろう、アミーゴ？」

ジェントリーは、前方を覗《のぞ》き見たが、真っ暗だった。「どれくらい離れているんだ？」

「心配するな。任せておけ」

「しかし、レーダーには映らないのか？」

ヒスパニックのパイロットが、自分の行動を説明しなければならないことにいらだって溜息をついた。「ベネズエラの防空システムは、沿岸では完備している――高度八〇フィートかそれ以下を飛ばなきゃならない――しかし、こういう山間部は監視できない。もう五〇海里内陸部にけいってるから、だいじょうぶだ」

「わかった」ジェントリーは答えたが、パイロットのいうことが正しいのかどうか、知るすべはなかった。

パイロットが断言した。「だいじょうぶだ。あの山にぶつからなければだが」

口の減らない男だとわかったが、ジェントリーは気に入った。ようやく水平飛行に戻り、一分間急降下してから、また水平飛行を沈黙のうちにつづけた。


午後十一時にようやく、セスナ206水陸両用機はゆるやかに左バンクをかけ、パイロットがエンジンの回転を絞り、下げ翼《フラップ》をおろした。速度がどんどん落ちていたし、計器盤を見て降下していることをジェントリーは知った。だが、眼下に広い湖の鏡のような輝きが見えたときには、着水まで五〇フィート以下になっていた。

カラカスの南西、マカラオ国立公園の奥にあるアグアフリア貯水池だった。深夜なのでとくに静かだったが、セスナのフロートが湖面に触れる直前に、真正面の四〇〇メートルくらい離れたところで、光がぱっとつくのをジェントリーは見た。

「おれたちへの合図か？」ジェントリーはパイロットにきいた。

「あんた、おれが集中してるときにかぎって話しかけるんだな」

光を見てもパイロットは心配するふうはなかったので、ジェントリーはそれ以上きかなかった。

着水はジェントリーが思っていた以上になめらかだった。ひどく揺れたフライトのあとだけに、よけいにそう思えた。棒のてっぺんに光がひとつともっている船着き場に向けて、セスナは水面を滑走していった。パイロットがエンジンを切り、セスナが惰性で水面を進んでいくと、すぐに闇のなかからひとりの男が現われるのが見えた。パイロットが昇降口をあけてフロートに跳びおり、座席の真下のハッチからロープを出した。ロープの端を現われた男に投げ、男がそれを両手でつかんだ。どこかに結びつけようとはしなかった。

ジェントリーは、バックパックを右肩に担《かつ》いだ。器材で一八キロ近い重さだが、体の調子が悪いので、もっと重く感じられた。セスナから船着き場におりて、パイロットのほうにうなずいてみせた。

「脱出のときに連絡する」

返事はなく、船着き場の男がロープをパイロットに投げ戻した。セスナがゆっくりと船着き場から離れ、パイロットがフロートに立って、キャビン後部から燃料缶をひとつ出して、給油しはじめた。

ジェントリーは、ぐずぐずしていなかった。船着き場の男とふたりで、小さなホンダの

4ドアに向けて歩いていった。

「スペイン語、話せる《アブラ・エスパニョル》か、アミーゴ？」

「すこし《ポコ》」ジェントリーは答えた。じつはかなりしゃべれるが、あまり話をしたくなかった。

「おれはディエゴだ」若い男がいった。「バルキシメト出身だが、カラカスはよく知ってる。あんたの目的の場所まで四十分で行ける。そう遠くない」

「わかった」ジェントリーは答え、ディエゴと名乗った男につづいて、船着き場近くにとめてある一台の車に向かった。

「あんたの名前は？」ディエゴがきいた。

くそ、ジェントリーは思った。さっきの男はしゃべらないし、この男は口を閉じていない。

「カルロスと呼んでくれ」

「カルロス？」ベネズエラ人の若い男が、びっくりして答えた。「あんた、ラテン系アメリカ人か？」

ジェントリーは答えず、歩きつづけた。

「ラテン系に見せかけられるだろうが、しゃべりかたがそれじゃ――」

「おれは今夜、友だちをこしらえるつもりはない」ジェントリーはリアドアをあけて、バックパックを入れ、助手席に座った。

若い男は、そのやりとりで気分を害したようではなかったが、夜の闇を縫《ぬ》って走りはじめたときには黙り込んでいた。

7

サンアントニオ・デ・ロス・アルトスは、カラカス郊外の緑が多い起伏に富む住宅地だ。広大な首都の南にあり、茂った樹木や低木のあいだにアッパークラスの邸宅が配置され、急傾斜の狭い九十九折《つづら》りの道路で結ばれている。

午前二時、ジェントリーは低い山の中腹にある濃い茂みのなかで、まわりのオレンジの木の香りを嗅《か》いでいた。雨季の腐った植物群が発する鼻を刺激するにおいを、その香りが甘く変えている。ジェントリーはタイガーストライプの迷彩服を着て、バックパックを背負い、黒いコンバットブーツをはき、大きな雑音を消して低い音を増幅するハイテクイヤホンを付けていた。双眼鏡を目に当て、急斜面の上にある白塗りのコロニアル様式の大邸宅を見あげていた。

その大きな家は荘厳だったが、荒れ果てているようにも見えた。白い壁はカビと太い蔓《つる》草《くさ》に覆《おお》われていたが、堅牢な構造なのだろうと、ジェントリーは判断した。二十分かけて敷地の全方位を偵察し、そのために疲れ果てていた。そのあと、この隠れ場所に陣取り、斜面の上の家を裏手から見張っている。

隠れ場所は家の三〇メートル下だが、二階全体を囲んでいる広いタイル張りのベランダの一部と、そこの大きな窓数ヵ所を見ることができるし、気づかれずに邸内にはいれるところが何ヵ所もあるとわかった。

だが、そういう経路を使うつもりはなかった。植物に覆われた斜面を登るのは、体力が弱っているいまの状態では無理かもしれないと、心配になっていたからだ。それに、邸内にはいってから起きることに対処できなければならない。

ジェントリーは、額を覆う汗をぬぐった。サンアントニオ・デ・ロス・アルトスは、標高一六〇〇メートルなので、空気はひんやりとしているが、額から汗が吹き出し、生え際から濃い湯気が立っていた。

今夜は温かな気候かもしれないが、体内で感染症が暴れている。

ジェントリーは、こんなことをやる気分ではなかった。馬鹿ではないし、体の具合が悪いのはわかっている。肩は手術を受けたのが先週ではなくけさだったのではないかと思うような状態だった。ちゃんと活動できるし、必要とあれば短時間すばやく動くことはできるが、水中で作戦を行なっているような感じだった。

方策を検討しながら、さらに一分、隠れ場所にいてから、屋敷の正面にまわって、急傾斜の曲がりくねった私設車道《ドライヴウェイ》を登って、正面玄関からはいるのが、最善の行動方針だと判断した。

いつもの手口とはまったく異なる。それどころか、ジェントリーの好きな仕事の手順とは正反対だった。隠密性《ステルス》が専門なのだ。きょう隠密性を捨てなければならないのは、好んでそうするわけではなく、そうする必要があるからだ。

ジェントリーは起きあがって、繁茂する茂みのなかを移動し、ふさふさした蔓草に足をとられそうになってから、九十九折りの道路に出た。ドラモンドの邸宅の私設車道に曲がり込み、街灯がないので単眼の小さな暗視ゴーグルで前方を覗《のぞ》き見た。

ドラモンドには護衛がついているはずだし、今夜のジェントリーは格闘のようなことはやりたくなかった。つまり、戦いになったら銃を使うしかない。選択肢はふたつある。左腋《わき》の下のショルダーホルスターに収めた二二口径のサプレッサー付きワルサーと、腰のもっと大きなグロック19。それにもサプレッサーを取り付けてあるが、二二口径よりもずっと大きな音をたてる。

この作戦はできるだけ静かに、あと腐れがないようにやれと、ハンリーに命じられている。ジェントリーは心のなかでつぶやいた。まあ、静かにやれるかもしれない。だが、あと腐れがないようにやるのは無理だ。

そうするには、たいへんな努力を必要とする。

私設車道の入口で、ジェントリーはニーパッドを付けた膝《ひざ》をつき、単眼の赤外線暗視装置をふたたび覗いた。前方に視線を走らせ、警護班のひとりとおぼしい男を見つけた。白く塗られたフロントポーチで椅子に座り、小さなテーブルに足を載せている。

つづけてあたりを見たが、ほかにはだれも見当たらなかった。しかし、じきにべつの男に遭遇するはずだと、ジェントリーは確信していた。

正面で居眠りしているひとりだけ？　それはありえない。

ジェントリーは一分待ち、ほかに熱源はないかと探し、なにか脅威はないかと聴覚強化装置で耳を澄ました。コウモリ数匹がすばやく空を飛んでいるだけで、危険を感じさせる物音はなにもなく、屋敷の近くのアラグアネイ（ノウゼンカズラ科の大木）の梢《こずえ》にいる小さなサル一匹とくだんの護衛のほかには、なにも見当たらなかった。

ジェントリーは身を起こし、急坂の私設車道を登りはじめた。

二十年にわたって、音をたてずに歩くことを命懸けで身につけたのは、ほんとうにそれに命が懸かっているからだった。砂利敷きの私設車道を避けて、脇の芝生にはいった。導いてくれる明かりがないので、足もとに注意しながら、コロニアル様式の大邸宅に近づいた。

赤外線暗視装置で見ながら登り、正面玄関近くの男がまったく動いていないのを見た。暗視装置はわずかな光を発するので、ポケットにしまい、ゆっくりと慎重に忍び寄った。

椅子に座っている護衛まで二〇メートル以内に近づくと、前方の二階のあいている窓から、クラシック音楽がかすかに聞こえるような気がした。ジェントリーはいくぶん驚いた——もう午前二時を過ぎている——だが、その音にまぎれて接近できると思った。

ドラモンドが何者に手を貸しているにせよ、彼を狙った人間を二日前に捕らえたばかりなのに、おなじ試みへの備えがまだ整っていないのだと、ジェントリーは気づいた。理屈に合わないように思えた。もっとも、ザックやCIAカラカス支局の諜報員の場合には、事前になんらかの警告があったのだとすれば、考えられないことではない。

ポーチにあがる階段の下で、ジェントリーは片手をワルサーの上に持っていき、胸掛け《チェスト》・装備帯《リグ》にナイロン・ベルトで固定されていたステンレス製で長さが二〇センチの円筒形器具三本のうちの一本を反対の手で抜き出した。

それは〈ダーモジェット〉無針注射器だった。どういう薬品でも一回分を高圧空気によってすばやく皮膚から注入できる。

ジェントリーは、目の前でぐっすり眠っている相手を監視しながら、注射器を左手で用意した。

静かに、あと腐れがないようにやれと、ハンリーは指示した。そんなふうにやれるかもしれないと、心のなかでつぶやいたが、理性的な頭脳が取って代わった。

そう簡単にいくわけがない。

クラーク・ドラモンドは、この数年のあいだに悲観的になり、憎しみをつのらせて、この世をあまり好きではなくなっていたが、シューベルトへの愛は不滅だった。ドラモンドが古いコロニアル様式の大邸宅の二階にある図書室を歩きまわり、書物がぎっしり詰まっている本棚をゆっくりと眺めるあいだ、オーストリア人作曲家の一八一六年の作品、交響曲第五番がスピーカーから流れていた。ドラモンドは読むつもりもない重い古書を指でなぞり、控え目な曲に合わせてそっと首をふっていた。

部屋のようすとそういう書物の感触が、ドラモンドは好きだった。荒れ果てた建物で、カビのにおいがひどく、息をするのも不安だったが、時の流れのみによって損なわれているこの大邸宅の贅沢《ぜいたく》さに思いを馳《は》せ、ここで夜を過ごすのが楽しみだった。

この大邸宅は魅力にあふれているが、ドラモンドはここにいることに満足してはいなかった。

ベネズエラか、と思いながら、隅のデスクにひきかえした。どうして自分はベネズエラなどにいるのか？

屋敷はドラモンドの持ち物ではなかった。ベネズエラの情報機関に強制されて、ここに住んでいるのだ。彼らに協力しているかぎり、ずっと住むことになる。協力するのをやめたり、逃げ出したりしたら、連れ戻して反抗の代償を払わせるために、ベネズエラ政府がなにをするか、見当もつかない。

だから、この状況をせいぜい利用し、曙光《しょこう》が覗くまでずっと楽しく夜を過ごすために、精いっぱいできることをやろうと、ドラモンドは決意した。図書室のデスクでコンピューターを使うか、ジントニックを飲みながら音楽を聴くか。

それがドラモンドとベネズエラ政府の相互に便宜的な取り決めだった。ドラモンドは自分にあたえられた便宜をおおいに利用した。この広い図書室もそのひとつで、床がきしみ、埃《ほこり》っぽく、カビくさく、陰気だったが、自分が重要な地位にあることをはっきり示している。

古いステレオと、本棚に並んでいる幅広いジャンルのクラシック音楽のレコード盤も利用した。もっともレコードの多くは、盤面が傷だらけになっているか、熱帯の高温多湿の空気のせいでゆがんで、かけることができなくなっていた。

それに、ここで隠れ住むことには、もうひとつのプラス面があった。

あの女。

ドラモンドは、デスクに戻りかけたが、廊下から聞こえる足をひきずるような音が交響曲に重なって聞こえたので、立ちどまり、ふりむいた。交響曲第五番のメヌエットがはじまると同時に、四十代のなまめかしく美しいブルネットが、つくりたてのジントニックを持って図書室にはいってきた。短いスカートとブラウスを着ていて、ドラモンドよりも早くベッドにはいるようすはない。女はドラモンドにキスをしながら、今夜六杯目のカクテルを渡した。もう一度キスをしてから向きを変え、低音が強いスピーカーから流れる水のようにほとばしった弦楽器の音とともに出ていった。

アレハンドラは、ドラモンドの恋人だった。というより、恋人であってほしいとドラモンドは思っていた。ドラモンドは馬鹿ではないので、彼女が〝仕事〟でやっているのを知っていた。アレハンドラは売春婦ではないが、ある種の諜報員だった。食品スーパーで〝たまたま〟出会ってドラモンドの暮らしに現われたのは、内務司法省諜報局《SEBIN》に技術的支援を提供するという条件でベネズエラ政府と合意した翌日だった。

クラーク・ドラモンドはスパイ稼業では長いので、そういうたまたまの出会いなどありえないとわかっていた。

とはいえ、アレハンドラは頭がよく、おもしろく、いつもそばにいてくれる。それに、ドラモンドはさほど大物でもないのに、このベネズエラ人の美女は、彼の不機嫌な顔にもつねに明るい態度で接してくれる。

アレハンドラに操られているのはわかっていたが、正直いって、ドラモンドはそれが気に入っていた。

ドラモンドはジントニックをひと口飲み、隅のデスクを離れて、部屋のまんなかの擦《す》り切れた革の椅子に腰をおろした。そこは裏のバルコニーに出るあいたフランス窓と壁ぎわの大きなスピーカーの両方に面している。ドラモンドはめったに見せない笑みを薄く浮かべて、目を閉じていた。このときばかりは平和を味わっていた。去年はさまざまな問題にぶつかったが、ようやく安全になったことだけはありがたかった。

安全だと、ドラモンドは確信していた。ベネズエラの情報機関がつけてくれる護衛をあまり買っていなかったが、心配していなかった。あのザック・ハイタワーというごろつきが来ることは、前もって知らされていた。その前に、CIAカラカス支局の間抜けな諜報員が尾行しようとしたときも、前もって知らされていた。二日前にハイタワーを捕らえたあと、だれかがこの地域に送り込まれたという話は聞いていないので、今夜はゆっくりクラシック音楽を聴いて楽しめばいいと安心していた。

ドラモンドは、まるでオーケストラの指揮者のように、音楽と拍子を合わせて片手を宙でふり、第四楽章がはじまるのを待った。

8

正面玄関脇で眠っていた護衛は目を醒《さ》ましたが、武器を使おうとするのには間に合わなかった。護衛が声をたてる前にジェントリーは襲いかかり、口を手で覆《おお》って、椅子から押し倒した。ふたりいっしょに石敷きの床に落ち、ジェントリーは護衛に全体重をかけて、空いた手で自分よりも若い護衛の口をふさいだ。

護衛は抵抗したが、不意を打たれ、パニックを起こしていたうえに、不利な姿勢だったので、あっというまに押さえ込まれた。ジェントリーは〈ダーモジェット〉をベネズエラ人の首に押しつけてトリガーを押し、皮膚を通して全身麻酔薬一投与分を血流に送り込んだ。

それは敵を殺さずに排除するのにCIAが使う、もっとも即効性の高い麻酔薬だった。

護衛はもがいたが、ほんの数秒だった。急に動きがとまり、ジェントリーの下の体がぐったりして、頭が横を向いた。

ジェントリーは上半身を起こして、痛む左肩をつかんだ。眠っている相手に跳びかかるのは、本格的な戦いとはいえないが、縫《ぬ》い目がひとつかふたつちぎれたにちがいない。くそ。ジェントリーは心のなかでつぶやいた。荒っぽい夜になりそうだ。

手で床を押して立ちあがり、玄関ドアに向かった。鍵がかかっていなかったので、侵入は簡単だったが、蝶番《ちょうつがい》がぐらついていて、ドアの下側が沓摺《くつず》りをこすっていた。きしむ音が大きくなったところで、ジェントリーはドアをあけるのをやめて、隙間《すきま》からはいり、そっとドアを閉めた。

ジェントリーはグロックを抜いて構え、広葉樹材《ハードウッド》の床がすり減っている薄暗い玄関の広間を通った。左の部屋から光が射していたので、そちらに向かおうとしたが、床がきしむので歩くのが難しかった。この大邸宅は外から見た分には美しいので、なかも広々として優雅なのだろうと思っていたが、針金で縛ってバラバラにならないようにしてあるような古い家なのだとわかった。

音楽が二階から漂っていたので、それが侵入するときに家のたてる音をごまかしてくれることを祈った。

ジェントリーは、二階への階段には目もくれず、明かりがついている部屋に接近した。訓練とその応用で身につけた抜け目なさで、大きなグロックをしまい、二二口径の小さなワルサーを抜いて明かりを狙いながら進んでいった。

いまの段階では、ジェントリーの狙いはドラモンドではなかった。ドラモンドの護衛に狙いをつけていた。CIAはこのお尋ね者に何度も手出しをしているので、護衛が何人もいるはずだと思っていた。

そのキッチンで、目当ての相手が見つかった。若い男ふたりが、ポロシャツに戦闘服のズボンという格好で、こちらに背中を向けていた。ひとりはショルダーホルスターに拳銃を入れ、もうひとりは銃床を畳《たた》んだマイクロ・ウージを首から吊って、背中にぶらさげていた。

ふたりともカウンターの前に立ち、スプーンを持って、ボール紙の容器からアイスクリームかなにかを食べていた。

馬鹿なやつらだと、ジェントリーは思った。今夜はじめて、もう縫い目をちぎらずに任務を最後までやれる見込みが出てきたのがうれしかった。

ジェントリーは、二二口径を片手に持ち、反対の手にステンレスの〈ダーモジェット〉を持って、壁ぎわを近づいていった。

ようやく護衛のひとりが、ドゥルセ・デ・レチェ（おもに牛乳・砂糖・バニラエッセンスを使う南米の伝統的な菓子）を最後にひとすくいして、スプーンをカウンターに置き、ふりむいた。賢明なことに、タイガーストライプの迷彩服を着た男が、サプレッサー付きの拳銃で狙いをつけているのを見たときも、ほとんど音をたてなかった。相棒のほうに手をのばして、腕を握り、注意を惹《ひ》いてから、両手を上に挙げただけだった。

相棒がふりむき、脅威を見て、両手をウージのほうにおろそうとした。ジェントリーは発砲せず、銃口をあげて、その男の額に向け、一度だけ首をふった。

ふたり目の護衛が、上半身に吊ったマイクロ・ウージから手を遠ざけて、やはりゆっくりと両手を挙げた。

ジェントリーはすこし近づいたが、小声でも聞こえるようにするためだった。スペイン語でいった。「眠りたいか《キエレ・ドルミル》、それとも死にたいか《オ・キエレ・モリル》?」

護衛ふたりが顔を見合わせ、拳銃をホルスターに入れている男が、かすれた声で〝眠る〟を意味するスペイン語を口にした。「眠る《ドゥエルモ》」その男はいったが、乗り気な口調ではなかった。

「いいだろう《ブエノ》」ジェントリーは答えた。左手に持っていた注射器を差しあげて見せた。

「おまえの友だちに一度《ウナ・ベス・パラ・トゥ・アミーゴ》、おまえに一度だ《ウナ・ベス・パラ・ウステド》。やれ《アス・ロ》」

ジェントリーは、下手投げで注射器をほうり、護衛が受けとめた。

相棒に注射してから自分に注射しろと命じられたことを、そのベネズエラ人は理解していた。気が進まない男の気持ちはわかったが、ジェントリーは注射器を持っている男に拳銃を向け、男がうなずいた。注射器の先端を見てから、男がきいた。「なんだ？《ケ ス》」

ジェントリーはスペイン語が多少はできるが、それほど流暢《りゅうちょう》ではない。「眠るだけだ《ソロ・ドルミル》、友《アミーゴ》よ。半時間《メディア・オラ》、それ以上ではない《ナダ・マス》」

ふたりとも納得していないようだったが、選択の余地はないと悟っているようだった。拳銃を携帯している男が、マイクロ・ウージを吊るしている男の腕に注射し、目を閉じて自分の三頭筋に注射した。弱気な抵抗のしるしに、注射器を床に捨てた。

それが済むと、ふたりともどうすればいいのかわからず、ジェントリーのほうを見た。「床に座れ《シエンタセ・エン・エル・ピソ》」護衛ふたりはすぐさま従った。ジェントリーは、二階から流れてくるクラシック音楽を聴きながら、しばらく立っていた。護衛ふたりはほぼ同時に薬物が効きはじめたようで、十五秒とたたないうちに意識を失ってキッチンの流しのそばで床に倒れた。

ジェントリーは、ふたりの武器を奪い、夢を見ているふたりと甘い菓子をそのままにして、玄関の広間に戻った。奪った武器をクロゼットに突っ込もうとしたが、玄関ドアとおなじように蝶番が錆《さ》びていて大きな音をたてるかもしれないので、ドアをあけるのはやめた。マイクロ・ウージを吊り、拳銃——HK・VP9だった——を腰の濡れたパウチに入れ、二階に向けて階段を昇っていった。思ったとおり、一歩ごとに木の段がきしんだが、二階の交響曲が近づく音をごまかしてくれることを願った。

暗く狭い廊下を音楽が聞こえてくるとおぼしい方向に向けて、進みはじめた。数歩行ったところで、右のバスルームから女が出てきた。

銃を持った男が正面の暗い廊下にいるのを見て、女が立ちどまった。

なまめかしい小柄な美女で、白いブラウスと黒いスカートを着ていた。武器は持っていなかったが、ただの恋人のようには見えなかった。ドラモンドを世話しているたぐいの女にも見えない。ショックを受けているはずなのに、知的な計算高い目つきだったので、そういったたぐいの女ではないと、ジェントリーは見抜いた。

護衛でもない……この女はスパイだ。

ジェントリーは女に詰め寄って、口を片手で覆い、スカートを腰までまくりあげて、右太腿《ふともも》に注射した。くぐもった悲鳴は、ジェントリーが彼女をバスルームに押し戻して、ブーツの踵《かかと》でドアを閉めたので、さらに小さくなった。女は闘志満々で押し戻そうとしたが、ジェントリーは口を覆ったまま、女を壁に押しつけた。

腕のなかで女がぐったりしたので、バスタブの横の割れたタイルの上に、ジェントリーはそっと横たえた。武器は持っていなかったので、そこに残して、廊下に戻った。

シューベルトの交響曲の第四楽章は、あと数分しか残っていなかったので、終わったらベッドに行こうと、ドラモンドは自分にいい聞かせた。音楽に集中し、それだけしか意識になかったが、やがてうしろにだれかがいるのを感じ取った。革の椅子に座っているドラモンドを見おろすように立っている。ＳＥＢＩＮの護衛がこんな深夜に邪魔することはないので、アレハンドラにちがいないと思った。

話しかけて、アレグロ・ヴィヴァーチェで盛りあがっている交響曲をいっしょに聞こうと誘おうとしたとき、金属製の物体で頭のてっぺんを軽く叩かれた。

ドラモンドは、ジントニックを持って立ちあがり、ドアのほうを向いた。

タイガーストライプの迷彩服を着て銃を持った男が、目の前に立っていた。パニックが沸き起こり、ドラモンドはグラスを思わず下に置いた。

「おまえは……だれだ？」

「ぜったいにありえないだろうと、おまえがずっと自分にいい聞かせていたことが起きたんだよ」

9

ドラモンドは、すぐさま廊下を見てから、ベランダのあけ放たれたフランス窓から外を見た。ジェントリーはそういう反応に慣れていた。護衛がいる相手と対決するとき、心臓を刺されたようなショックを感じた直後に彼らがまず考えるのは、自分を護《まも》ってくれるはずの馬鹿野郎どもはどうしたのかということだ。

ジェントリーはいった。「護衛三人に会った。ほかにもいるのか？」ドラモンドが答えなかったので、なおもいった。「おまえの顔に銃の狙いをつけて引き金に指をかけているときに、だれかがやってきて不意を打たれるのは避けたい」

「今夜は三人だけだ」元NSA局員のドラモンドが、ようやくいった。「だが、わたしの……恋人がこの家にいる」

「彼女はだいじょうぶだ」ジェントリーは、ドラモンドがSEBINの番人を恋人と呼んだことを詮索《せんさく》しなかった。「護衛も心配ない。あんたはそんなことは気にしていないだろうが」

ドラモンドは、依然として動かなかった。うなずき、すこし胸をふくらませた。「護衛はベネズエラの情報機関の人間だ。あんたはまずい相手を怒らせたな」

「妙だな。おれもあんたにおなじことをいおうと思っていた」

ジェントリーは、革椅子をまわり、ドラモンドのまわりを一周してから、ドアのほうを向いているドラモンドの正面の椅子に腰をおろした。

サプレッサー付きのグロックは太腿《ふともも》の上で、ドラモンドのほうへ銃口が向いていた。ジェントリーの指はトリガーガードの外側にあった。

ステレオのLEDを除けば、部屋の明かりは月光と椅子のあいだのフロアランプだけだった。ジェントリーがフロアランプのチェーンを引くと、部屋は闇に沈んだ。

ドラモンドは、探るような目つきで、裏のベランダを見た。

ジェントリーはいった。「だれもあんたを助けにこない。座れ」

ドラモンドが、しぶしぶ座った。不安げな目つきだったが、殺されると思っている人間に付き物のパニックは、ほとんど見られなかった。

元NSAの大物のドラモンドが、もう一度きいた。「あんたは……何者だ？」

「おれの顔がわからないのか？」

ドラモンドは、馬鹿にするように鼻を鳴らした。「いや。わかるわけがないだろう。あんたはわたしがどういう人間か、知っているようだ。わたしがあんたのような作戦側の人間と交流がないのは、知っているはずだ」

ジェントリーは、作戦側という言葉を聞いて、首をかしげた。どういう作戦だ？　ジェントリーはかつてCIA作戦本部にいたが、もうCIA局員ではないのをドラモンドは知っているはずだ。

ジェントリーはいった。「数年前に、あんたがおれを捜すのに関わっていたと聞いている。とにかく、ターゲットの写真は見せられたはずだ。ちがうか？」

ドラモンドが、鼻を鳴らして笑った。「いったいなんの話か――」

急に言葉を切り、口をひらいたとき、あえぐようにいった。「ヴァイオレイターか？」

CIAの暗号名で呼ばれたとき、ジェントリーはじっとしていた。

数秒後に、ドラモンドがいった。「信じられない」

「信じている」ジェントリーはいい返した。「おまえの目つきでわかる」

ドラモンドは、じっと座ったままでしばらく見つめていたが、目の前の現実をしぶしぶ受け入れて、ようやくうなずいた。そしていった。「ベルリンがあんたをよこしたのか？」

ベルリン？　ジェントリーにはなんのことかわからなかったが、今後のためにその情報を保存した。ジェントリーが答えなかったので、ドラモンドは椅子で背すじをのばした。

「あんたはわたしを殺せない」

ジェントリーは、膝《ひざ》のグロックのグリップを指で叩いた。「賛成できない」

「いや……つまり、彼らはまだわたしを必要としている。わたしがやっていることは、だれにもできない。わたしを連れ戻すために、あんたは来たんだろう。あんたが殺したくても、やつらが殺させはしない」

ジェントリーは、まごついていた。「待て。だれがあんたを必要としている？　ベルリンか？」

「ベルリンだ」ドラモンドがきっぱりといってから、首をかしげた。「ほかにだれがいる？」

「ベルリンに知っているやつはいない。おれはあんたを必要としているだれかによって送り込まれたんじゃない。あんたを黙らせる必要がある人間によってだ」

ドラモンドが首をふった。「嘘だ。あんたのようなやつが解決するような問題で、わたしと揉《も》めているのは、ふたつの組織だけだ。ひとつはベルリン……もうひとつはＣＩＡ。あんたがＣＩＡの人間ではないことはわかっている。さっきあんたがいったように、ＣＩ

Aに追われている身だからな。それに、NSAにいたとき、生体認証や書類認証に関して、わたしはCIAを技術的に支援した」

きょうドラモンドを脅して口を割らせるには、CIA本部《ラングレー》に派遣されたという事実を信じさせるしかないと、ジェントリーは気づいた。そこで、現場でめったにやらないことをやった。

真実を告げたのだ。

「おれはハンリー本部長のために働いている。秘密裏に。そういう関係にしてあるのは、それ以外の仕組みではアメリカのためにやれないようなことをやるためだ」

ドラモンドは、それを聞いてかなり驚いていた。「どういうことをやるんだ?」

「たとえば、裏切り者を消す」

「あんたは……関係を否認できる資産《アセット》か?」

ジェントリーはこう答えた。「おれはいつでも関係を否認できる人間だ。それが可能なときは、資産にもなれる」

ドラモンドが、かなり怯《おび》えていることが、ジェントリーにはわかった。うやうやしいともいえるような口調で、ドラモンドがいった。「ハンリーは、わたしを付け狙うのにグレイマンをよこしたのか」その事実がまだ信じられないようで、つけくわえた。「マットはずっと厄介《やっかい》の種だったが、友だちでもある」

「前はそうだった。国家機密を持ってあんたがNSAから姿を消したときまでは。いまでは、友だちじゃない。あんたの厄介の種そのものだ」

「それで……どうする？　わたしを木箱かなにかに入れて、ラングレーに送り返すつもりか？」

ドラモンドの心にもっと大きな恐怖を植えつける潮時だと、ジェントリーは悟った。首をふった。「いや」

「ほんとうか？　話をするだけか？　消え失せろ。わたしはもうしゃべらない」

ジェントリーの茶色の目が、凄《すご》みを増した。「話をさせるだけなら、おれをよこすはずがないだろう」

ドラモンドが、確信しているように、首を何度もふった。「いや、ありえない。マットがわたしを殺すためにグレイマンをよこすはずがない」

「おれは未解決の問題を処理するためにここに来た。あんたが品物を売っている相手のことをわれわれが知るのを手伝ってくれないようなら、今後の損害を最小限にして、インテリジェンス・コミュニティの他の人間に、裏切りの代償がどんなものかを伝えるしかない」

ドラモンドが顔から両手を離して、ベランダのあけ放たれたフランス窓と暗い空をもう一度眺めた。

「それで……わたしが話をしたら、ありのままをいったら、生かしておいてくれるのか？」

ジェントリーは、肩をすくめた。「おれは実行の権限をあたえられている。おれが決める」

「ベネズエラから連れ出してくれるのか？」

「それもおれが決める」

ドラモンドは完全にしおれて、両手で頭を抱えていた。打ちひしがれているように見えたが、ジェントリーはドラモンドが反抗したり逃げようとしたりする場合に備えた。やけになった人間がどういう反応を示すか、よくわかっていた。光に捕らえられたゴキブリや追いつめられた手負いの動物のようになることがある。

あらゆることに備えなければならない。だが、今回は、望んでいた結果が出た。

「あんたを信じる、ジェントリー。あんたが一度CIAと揉めたのは知っているが、ハンリーが復帰させたのは、あんたがその埋め合わせをしたからにちがいない。それに、あんたが心底から悪辣《あくらつ》ではないことも知っている。あんたは命じられたことをおおむねやるし、離叛するのは悪党どもを付け狙うときだけだ。わたしがいいたいのは……ここでも正しいことをやって、取引のそっちの部分を守ってくれるのを願っている」

ジェントリーは、ただこう答えた。「おれは善行には報いるほうだ」

ドラモンドが、頭を抱えたままでいった。「ワシントンDCでひとりの女が接近してきた」

「どんな女だ？」

「名前はミリアム。偽名だ。最初からわたしは疑っていたが、ユダヤ人が好む名前だ。マリアのヘブライ語読みで、『旧約聖書』に出てくる」

「ユダヤ人？」ジェントリーはびっくりしてきき返した。

「あからさまにはいわなかったが、イスラエルの情報部だ。モサドではなく、もっと邪悪な組織だ。モサドよりもさらに非合法な秘密組織がエルサレムにいくつもあることを、あんたにいうまでもないだろう」

ドラモンドがいうとおり、いわれるまでもなくジェントリーは知っていた。

「つづけてくれ」

「偶然の出会いという古くさい手口だった。報告すべきだったが、ほとんど害がなかったし、意外でもなかった。わたしはずっと愚痴《ぐち》をいっていた……イスラエルとの情報共有に関して、上司たちの姿勢に幻滅していた。イスラエルがわたしに接近したのは当然だった。ミリアムは何カ月もかけて、ヨーロッパはイランへの経済制裁を緩和し、中東支配をもくろんでいるイランに金が流れ込むと、わたしを説いた。そのとおりだった。昨年、EUの経済制裁は半分に減らされたし、もっと減らせという圧力がある。

制裁の復活と強化を支援するために、わたしを雇いたいと、ミリアムはいった。イスラエルは自分たちの提案にアメリカを同調させようとしているが、ヨーロッパでの諜報活動にひきずり込まれてEUを怒らせたくないというのが、アメリカ政府の公式な政策だという話を、NSAで耳にしていた。それに、イラン政策も変更しないだろうと」

木立でホエザルが鳴くのを聞きながら、ジェントリーはしばし黙っていた。ようやく口をひらいた。「それで、クラーク・ドラモンドの公式な政策はなんだったんだ?」

「アメリカは敵に対して軟弱になったと考えている人間が、政府部内では多かった。深刻な情報関連の打撃に対処する能力が、わたしたちにはあるが、特定の友好国は立入禁止の状態だ。敵国がそれらの国できわめて活発になり、われわれの活動が妨《さまた》げられている」

「たとえばドイツだな」

「ドイツがまさにそうだ。アメリカは何年も前にドイツ政府上層部をスパイしていたのがばれた。いま、CIA、NSA、その他のアメリカ政府機関は、ドイツ領内では腫《は》れ物に触《さわ》るような感じで活動している。新任のドイツ駐在大使は、あからさまにCIAを敵視している。アメリカ合衆国大統領の取り巻きもおなじだ。いっぽう、イランはEUを説得して、経済制裁を緩和させ、得た資金で核開発を進めている。イランのスパイと外交官は、ヨーロッパ中で跳梁跋扈《ちょうりょうばっこ》し、貿易を増やし、制裁をさらに緩和させようとしている。イランのシーア派独裁者の手にはいるユーロは増えるいっぽうだ」

ドラモンドが、〝ジントニック〟に手をのばした。必要とあれば拳銃を見せつけようとして、ジェントリーはその動きを見ていた。

ドラモンドが、ジントニックをひと口飲んでからいった。「とうとうわたしはミリアムに、話に乗るといった。ミリアムは一年に百三十万ドルの報酬を示したが、それには条件があった。〝パワースレイヴ〟をコピーして、アメリカから持ち出さなければならなかった」

「パワースレイヴ?」

ドラモンドが、疑うような目つきでジェントリーを見た。「わたしがそれを持っているのを、ハンリーは知っている。ハンリーがほんとうにあんたをよこしたのなら、あんたも知っているはずだ」

ジェントリーはすかさずいった。「ハンリーはおれにはこれっぽっちも教えない」

ドラモンドが、暗いなかでしばしジェントリーを見てからうなずき、また両手で頭を抱えた。「ああ、そうだな。マットらしい」さらにいった。「パワースレイヴは、わたしがNSA本部のために設計したものだ。NSAの秘密プログラムの暗号名だ。データベースと接続しているソフトウェアだ」

「興味ない」ジェントリーはいった。

ドラモンドはそれには答えなかった。「アメリカのインテリジェンス・コミュニティのすべての現在と過去の各情報部員の名前と画像だ。情報機関十七すべての」急に得意げな口調になった。「これでも興味ないか、ジェントリー?」

怒りのあまり顎《あご》に力をこめながら、ジェントリーは額の汗をぬぐった。「イスラエルに非公式偽装工作員《NOC》のリストを渡したのか?」

「パワースレイヴはNOCだけではない。偽装が公式か非公式であるかにかかわらず、情報機関のすべての工作員と職員が含まれる。それに、人名のリストにとどまらない。生体認証データもある。完璧なデータベースをわたしはプログラムに組み込んだ。顔認証データも照合できる。ハッキングできるカメラすべてを利用できる。わたしがアクセスできるカメラの前をアメリカ人スパイが通れば、パワースレイヴに警報が発せられる。

そのあと、パワースレイヴが生体認証アルゴリズムを使って、カメラの前の顔とデータベースを問い合わせ、高レベルの機械学習でデータと既知の関係者を照合する。整形手術や変装など、スプーフィング（個人情報を使ってインターネット上で行なうなりすまし行為）できないあらゆることが計算に入れられている」

ジェントリーはうなずいた。「それでザックをしょっぴいたんだな」

ドラモンドがうなずいた。

「わたしはこの国のカメラすべてにハッキングしている。ハイタワーに勝ち目はなかった」ドラモンドはつけくわえた。「ハイタワーはあんたがゴルフ・シエラにいたときのチーム指揮官だったな。あんたたちはそう呼ばれていたんだろう？　特務暴力団《ギャングスター・スクワッド》だったかな？」

「特務愚連隊《グーン・スクワッド》だ」

「そうだった」ドラモンドはいった。

生体認証データで識別できる手段を持っている相手にザックを差し向けるとは、ハンリーもとんでもないろくでなしだと、ジェントリーは思った。怒りを頭からふり払おうとした。「ミリアムの話に戻ろう。あんたに死を偽装させたのは、ミリアムだな？」

「彼女はチェサピーク湾での事故を演出するのを手伝ってくれた。その午後に、わたしは自家用ジェット機でドイツへ行った。彼女の手でポツダムの農家にかくまわれ、武装したイスラエル人に毎日二十四時間、護衛された。テクノロジー専門家のチームを付けられた。すべて民間セクターの男女だ。イギリス人ひとり、ドイツ人ふたり、イスラエル人ひとり、リトアニア人の女ひとり」

「ミリアムの目的は？」

「最初は、ベルリン支局にいるアメリカの情報機関員の識別にパワースレイヴを使うよう要求した。アメリカはイスラエルの秘密活動に反対していた。イランを刺激して西側に対する攻撃を引き起こす懸念があったからだ。だが、イスラエルに協力するわたしの仕事は、戦争とは関係がなかった。重要だったのは経済制裁だ。それについてイスラエルがアメリカと争うのに手を貸すことには、全面的に賛成だった。わたしのチームの全員がそうだった」

ジェントリーは腕時計を見た。邸内の護衛とあの女がいつまで麻酔で眠っているか、気がかりだった。ジェントリーはいった。「あんたはそこでやっていた自分の仕事を、かなり誇りに思っているように見える。そうすると、疑問が生じる……どうしてここに来た？」

ドラモンドの声は張りつめていた。「おおぜいが死にはじめたからだ」

ジェントリーは首をかしげた。「イランで？」

緊張に耐えられなくなったドラモンドが叫んだ。

「ちがう！ ベルリンの街でそういうことが起きていたんだ！」

10

「どういう人間が殺された？」

「イスラエルのために働いていた人間だ」ドラモンドの表情が曇った。「わたしといっしょに働いていた人間だ。わたしたちはヨーロッパのイラン大使館数カ所の情報サーバーにハッキングで侵入して、人事ファイルの一部が見られるようになった。それはすべて、スパイを監視するか、それぞれの国から追放するのに使われるのだろうと、わたしたちは思っていた。だが、そうはならなかった」

「なにが起きた？」

「ミリアムがわたしのところに来て、イランのサーバーのファイルを書き換えられるようにしてほしいといった。最初、わたしは同意した。理論的には可能だったし、大使館のスパイどもに圧力をかけるのに役立つ。しかし、わたしたちのチームが変更したい目標のリストを受け取ったとき、どうもようすがおかしいとわかった」

「なぜだ?」

「正規の領事部員を、イランのスパイに仕立てあげようとしていたんだ。逆に、イランのスパイは領事部員に仕立てあげられる。要するに、彼らのシステムに偽のプラスと偽のマイナスを創りあげていた。つまり、アメリカやドイツなどがイランのサーバーに侵入した場合、だれが諜報員でだれが正規の大使館員なのか、見分けることができない」

「それに関するミリアムの目的は?」

「彼女はいわなかったが、ゴドス軍(イランのイスラム革命防衛隊の国外特殊作戦部門。暗殺やテロ活動も行なっている)の人間やその他のイラン軍幹部が、監視リストに載っていてもヨーロッパで自由に動けるようにしたいような感じだった。

わたしや同僚たちは、完全にまちがっていると思った。西側の友好国のイランへの対応力を損ねかねない。アメリカから連れ出されるときに達成するよういわれていた目標とは、まったく関係がなかった。ハンリーがあんたにどういったか知らないが、わたしは裏切り者ではない。成功を収めているし、イスラエルがイランの宗教指導者の力を弱めるために重要なことをやっているのだと思っていた。それに対して、アメリカは四十年間、イランには安易な対応しかしていなかった」

「データベースを書き換えろといわれたあと、あんたはなにをやった?」

「わたしの主任ソフトウェア・エンジニア、トニー・ハチンズが、ミリアムのところへ行き、彼女の上司と話をさせてくれと要求した。ハチンズは執拗《しつよう》だった。わたしたちみんなが関わっているのがイスラエルの情報機関の構想だという明確な証拠を見せろといった。じっさいはイランのために働かされているのだと、ハチンズは考えた。もちろん突拍子もないことだ。ハチンズは愚かにも、自分たちがやったこと、やっていることを、《デル・シュピーゲル》か《シュテルン》のようなドイツのニュース週刊誌に教えると脅した」

ジェントリーは黙っていた。その話につづきがあるのを知っていたからだ。

ドラモンドがつづけた。「それで、九時間後に、トニー・ハチンズはシャルロッテンブルクのレストランの前にとめた車のなかで、心臓発作で死んだ」

「殺されたと思っているんだな？」

「そんな偶然の一致は信じられないだろう？」

「トニー・ハチンズを知らないから、なんともいえない」

「ハチンズは三十四歳で、急死するような感じではなかった。だれかに殺されたんだ」

「それであんたは逃げたのか？」

「ハチンズが死んだときではない」ドラモンドがいった。「グレートヒェンが死んだときに逃げた」

「くそ」ジェントリーは悪態を漏らした。

「グレートヒェン・ブルスト。イスラエル人ではなくスイス人だったが、工作担当だった。イスラエルは外国人をよく使うようだ。彼女はチューリヒで人的情報細胞を動かしていた。わたしは仕事の一環で何度か会っただけだが——彼らは細胞を分離していた——わたしたちのグループは、あることで……連携した。とにかく、ある晩、彼女がベルリンのわたしのアパートメントに来た。ハチンズが心臓発作で死んだ直後で、殺されたのだと思うとグレートヒェンはいった。自分の細胞はチューリヒでスイスの情報機関に対抗して積極的に活動しているが、嫌になったといった。グレートヒェンはミリアムのところへ行き、手をひろげすぎていると苦情をいった。指揮系統の上のほうに苦情を伝えると、ミリアムがいった。だが、なにも起こらなかった」ドラモンドは片手を差しあげた。「いや、そうじゃない。異変が起きた。彼女に尾行がついた」

「だれかに跟《つ》けられたんだな？」

ドラモンドはうなずいた。「中東の男たちだった。彼女はそれしか知らなかった」

「グレートヒェンはどうなった？」

「わたしのアパートメントから四ブロック離れた通りで刺し殺された。ハンドバッグが奪われていたが、強盗に見せかけるためだろう。グレートヒェンが跟けられていたのなら、わたしに会いにきたことを彼らは知っているにちがいない。急いで逃げ出さなければならなかった。

翌日はふつうに仕事をして、パワースレイヴをルーマニアのリモートサーバーにアップロードすることだけやった。それから、空路でブエノスアイレスへ行った。一週間後に、ここに来た」

ジェントリーは、これまでの話をいっさい書き留めていなかった。大量の情報を暗記する訓練を受けている。「ミリアム。その女について、ほかにどういう話ができる？」

「たいした話はできない。きれいな女で、三十代半ば、と思う。真面目。優秀な情報部員。つまり、わたしは彼女のことをほとんど知らないわけだな。暗号メッセージで命令を受け、非合法ウェブリンクでファイルを交換し、メールと電話は二重の暗号化でやりとりする。わたしはルクセンブルクに銀行口座があり、必要だと思ったときには資金を引き出せる。そんなふうにして、ベルリンに一年ずっといた」

ジェントリーには信じられなかった。「それなのに、胡散《うさん》くさいとは思わなかったのか？」

ドラモンドが溜息をついた。アメリカから逃亡し、怪しげな組織のために働いて、自分の人生を台無しにしたことに、明らかに苦しんでいるようだった。「任務は、最初のうちは問題なかった。そうでなかったら、辞《や》めていた。あそこでやったことについては、いっさい悔《く》やんでいない」

ジェントリーは、あきれて目を剝《む》いた。「任務が問題なかったのは、やつらがあんたに探りを入れて、汚い仕事をやらせるよう育てあげていたからだ。それはわかっているだろう？」

「ああ、いまはわかっている」

「ほんとうにこれはイスラエルの作戦なのか？」

ドラモンドは首をふったが、確信はないようだった。「いまも……そうだと信じている」

ジェントリーは反論した。「資金が豊富で、高度のテクノロジーがあれば、だれにでもできる」

ドラモンドは賛成した。「そうだな。莫大な金が注ぎ込まれていたし、彼らのもとで働いていた連中は、わたしが相手にした人間を見たかぎりでは、一流だった。だが、ほとんどイスラエル人で、任務はイランに対するものだった。それで思い込み——」

ジェントリーはまた時計を見て立ちあがり、ドラモンドがはっとした。「ハンリーは、このミリアムという女を見つけなければならないだろう。どうやればいい？」

「写真がある。最初に出会った直後に、こっそり撮った」ドラモンドが、コンピューターのほうを見た。

ジェントリーはいった。「番号を教えるからメールしてくれ。プリントアウトもほしい。あのコンピューターのハードディスクもだ。ほかには？」

「いつもアレクサンダー広場近くの〈ベン・ラヒム〉というコーヒーショップで会った。彼女は中東のコーヒーが好きなんだろう。店員がみんな顔見知りなのがわかった。常連にちがいない。いい手がかりになるかもしれない」

ドラモンドは、コンピューターのほうへ行き、ログインしながらいった。「ハンリーに電話して、アメリカに帰りたいといってくれ。連れ戻してくれれば、交換する材料がまだある。SEBINは今夜ここであったことが気に入らないだろう。わたしはもうベネズエラでは安全ではない」

「ここから出たらすぐに、ハンリーに電話する。護衛がまもなく目を醒《さ》ます。そいつらも怒り狂うだろう」

ジェントリーは、ベランダに出て、敷地の裏手と周囲の山に視線を走らせた。表は真っ暗で、暗い図書室にいたあとでも、目が慣れるのに時間がかかった。

「車はあるんだろう？」ジェントリーは、図書室に向かっていった。

「ああ。ラングラーだ。車庫に入れてある。でも、空港へは行けない」

「行けるわけがない」ジェントリーは答えた。「どこかの馬鹿野郎が、入国審査を通るどんな情報資産《インテリジェンス・アセット》も識別できる手段をベネズエラ人に提供したからだ」

「あんたはパワーアレイヴにはひっかからないよ、ジェントリー」ドラモンドが反論した。「とてつもなく非合法だから、どのリストにも載っていない。あんたをわたしが捜していたときですら、保存されている生体データをメインサーバーにアップロードするのを許可されなかった。しかし、ベネズエラ側には、わたしを識別する方法が山ほどある。ここで何カ月も彼らのために働いてきたからなおさらだ」

ジェントリーは、あけ放たれたフランス窓からふりかえりかけた。「おれたちは空港へは行かない。べつの手段で脱け出す――」

だが、そこでまた表に顔を向けた。ふりかえろうとしたときに、斜面の下の闇に動きを見たように思ったが、確信はなかった。ジェントリーは胸のパウチからすばやく単眼の暗視ゴーグルを出して、目に当てた。

最初は木立の小エザルが見えただけだったが、左のほうを注視して、べつの熱シグネチャー（さまざまな熱源や周囲との温度差など、赤外線センサーに捉えられるターゲットの特性）を探知した。人間が四人、高い藪《やぶ》の向こう側で私設車道を登り、ジェントリーの左で家の側面に進み、見えなくなった。

四人が均等な間隔で進んでいた。無駄のない慣れた動きだった。ひとりがすばやく前進するあいだに、ひとりが跳ぶように走って位置につく。うしろのひとりがそれにつづく。

ジェントリーがよく知っている戦術だった。

ベネズエラの情報機関のごろつきではない。まったくちがう。

なんらかの特殊部隊だし、ベネズエラの特殊部隊が凄《すご》いという評判はまったく聞いていないので、外国の部隊にちがいない。

「ステレオを消せ」ジェントリーは命じた。

デスクの左のレーザープリンターが低い音をたて、ドラモンドがジェントリーのほうを向いた。「なぜだ？」

ジェントリーは答えなかった。電光石火の早業《はやわざ》でサプレッサー付きの二二口径を抜き、ドラモンドのデスクのそばにあるステレオレシーヴァーのガラスパネルに一発撃ち込んだ。

音楽が唐突にとぎれた。

プリンターが一枚を吐き出して、ステレオとおなじように静かになった。

部屋も静まり返った。

ドラモンドが、怯《おび》えた顔になった。「いったい――」

「黙れ」

そのとき、聴覚強化装置でかすかな音をジェントリーは聞き取った。正面玄関のドアがギーッときしむ音。

ジェントリーはいった。「お客さんだ」

「あんたの仲間か?」ドラモンドがきいた。

ジェントリーは首をふり、二二口径をホルスターにしまった。「仲間はいない。ハンリーはおれひとりを来させた」

「それじゃ、だれだ?」

「考えられることはひとつだけだ。ベルリンの連中が襲ってくるという、あんたの心配が当たっていたんだろう」

ジェントリーは、肩から吊っていたベネズエラ人護衛のマイクロ・ウージを構えて、廊下に出るドアに向かった。小さな銃床をひろげ、機関部の上のチャージングハンドルを引いて離し、九ミリ弾を薬室へ送り込んだ。

ドラモンドが、両手を差しあげた。「待てよ。ほんとうにそいつらと戦うつもりじゃないだろうな?」

ジェントリーは、サブマシンガンを肩付けして廊下を覗《のぞ》き、前方に敵影がないのがわかると、図書室に戻って、ドアを閉め、ロックした。そうしながら、皮肉たっぷりにいった。

「降伏しろと説得できるとでも思っているのか？」

ドラモンドは、いよいよ恐怖をつのらせていた。「彼らはわたしを殺さない。殺せるはずがない。彼らはパワースレイヴを手に入れたが、わたしが創ったことを知っている。それを効率よく運用できるのはわたしだけだ。彼らにはわたしが必要なんだ」

ジェントリーはいった。「いいか、おれは戦うよりは逃げたいが、まずどういう相手なのか知る必要がある。バスルームにはいって、おれが呼ぶまで待て」

ドラモンドがデスク近くの隅にあるバスルームに向かうと、ジェントリーは身を低くしてベランダに出た。家の裏手を見張っている人間がいた場合に備えて、そちらからの見通し線にはいらないようにした。手摺《てすり》のあいだから下の地形を見て、あの急斜面を下りたくはないと思った。まして訓練を受けていない年配の男がいっしょなのだ。だが、ほかに方法はなかった。

山の上では深夜の空気がひんやりしていたにもかかわらず、ジェントリーは額を覆《おお》っていた汗をぬぐった。バックパックに長さ二〇メートルのロープが入れてある。斜面までは一〇メートル以下だったが、ドラモンドを背負わなければならない。ドラモンドの両腕が縫合《ほうごう》された肩に押しつけられるはずだから、まったく乗り気にならなかった。

ロープをベランダの鉄の手摺に巻きつけて、端に取り付けてあったカラビナで固定すると、ジェントリーけ黒いロープを投げおろした。

ドラモンドを迎えに行くためにフランス窓に戻りかけたとき、あらたな物音が聞こえた。大きな音が、すぐ近くから聞こえた。金属と陶のタイルがぶつかるガタンという音をたてて、それがベランダに落ち、ジェントリーの右にあった木の安楽椅子にぶつかってはずんだ。

ジェントリーはその音を聞き分けて、どういう危険かを察した。

フランス窓から跳び込み、叫んだ。「手榴弾！」

11

ベランダの爆発は、フランス窓を突き破り、床に伏せていたジェントリーの体のすぐ上で、弾子が室内に飛び散った。鋭い金属片が、薄い木の壁を引き裂いた。煙、埃《ほこり》、その他の破片が押し寄せて、暗い図書室がそれらの靄《もや》に包まれた。

特殊閃光音響弾ではなく、破片手榴弾だった。元の雇い主が自分を重視しているというドラモンドの考えが、とんでもない思い込みだったとわかった。

ジェントリーは立ちあがり、バスルームへ行った。アドレナリンが感染症による倦怠感《けんたいかん》に打ち勝っていたので、いつもどおりすばやく巧みに動くことができた。鎖骨の下の縫《ぬ》い目がまたちぎれたにちがいないと思いながら、バスルームに滑り込んだ。あらたな痛みに顔をしかめながら、ドラモンドに向かっていった。「怪我《けが》はないか？」

ドラモンドは、鋳鉄の大きな猫足のバスタブの外で、壁ぎわにひざまずいていた。

「彼らはわたしを殺せない。わたしが必要なんだ！」ドラモンドはくりかえした。

二発目の手榴弾が、こんどはあいているベランダのドアの外で爆発した。

ジェントリーは、埃にむせながらいった。「この連中はそういう伝言を受け取っていないようだ。破片手榴弾をあんたに向かって投げているのは、あんたの健康を気遣っているからじゃない」

ドラモンドが、ジェントリーの意見に納得した。「わたしをここから連れ出してくれ。頼む！」

ジェントリーの考えでは、安全なところへ逃げる方法は、ふたつしかなかった。廊下に通じるドアを通るか、ベランダを越えるか。廊下に敵がいるのははっきりしているが、手榴弾が外から飛んできたことからして、表にも悪党どもがいるはずだ。

ジェントリーはすばやく決断した。理想的とはいえないが、最悪の手段ふたつのうちではましなほうだ。廊下に出て、階段をおり、正面玄関へ行く。ドラモンドのジープを目指す。拳銃三挺と、三十発をフルに装弾した自動火器――マイクロ・ウージ――一挺がある。生きているかぎり、それらの武器と弾薬を有効に使い、戦うことができる。

「ついてこい」ジェントリーはいった。「頭を低くして」

ドラモンドが、ジェントリーの腕をつかんだ。「聞いてくれ。わたしが生き延びられなかったら、ミリアムを見つけてくれ。イスラエルがわたしを殺すはずはない。ミリアムがだれの手先であるにせよ、べつの勢力だ」

「わかった」

ふたりは図書室を横切って、廊下に通じるドアへ向かった。そのとき、廊下から放たれた弾丸が、ふたりの左の本棚を引きちぎりはじめた。ジェントリーはドラモンドの体をつかんで、床に押し倒し、その上に乗って、弾丸が飛来する方角に向けて、片手でウージから短い連射を放った。

ジェントリーの放った弾丸は、本や壁に食い込んだが、マイクロ・ウージには壁を貫通して敵を殺す威力はないので、閉じている廊下のドアを集中して射撃した。すぐに弾倉が空《から》になったが、ドアの向こう側の敵をひとりでも斃《たお》せれば上々だと思った。

弾薬がなくなったウージを脇に投げ捨て、グロックを片手で抜いて、ドラモンドのシャツの襟《えり》を反対の手でひっぱりながら、膝立《ひざだ》ちになった。ふたりはまた進みはじめ、廊下のドアの数歩手前で立ちどまった。

突破口開設爆薬によって、ドアがふたりの前で砕け散った。図書室に木の破片が飛んできて、ふたりはきわどいところで当たらずにすんだ。爆発の衝撃がドラモンドとジェントリーを襲い、前にいたジェントリーが床に倒れ、ドラモンドはよろけて図書室のまんなかまであとずさった。

戸口近くの書棚の本が燃えはじめた。

ジェントリーは、硝煙が充満する廊下に銃弾を送り込むために、一瞬、ドラモンドから目を離した。起きあがってふりむいたとき、ドラモンドはベランダのほうへ駆け出していた。名案だと、ジェントリーは思った。廊下から脱出するのは危険が大きすぎる。ベランダの手摺を跳び越して、斜面を転げ落ちるしかない。

ジェントリーは向き直って、ドラモンドのために制圧射撃を行なおうとしたが、数発放ったときに、なにかが前方の暗い靄のなかに現われた。ジェントリーの真正面で、小さなグリーンの包みが図書室に投げ込まれた。数分前にドラモンドと向き合って座っていた椅子のすぐそばに、それが落ちた。

ジェントリーはそれを見分けて、窮地に陥ったことを知った。

その包みは梱包《こんぽう》爆破薬だった。図書室の外で爆発した手榴弾の二十倍の威力があるにちがいない。ドラモンドはもうベランダに出て、表の射手の照準線にはいっているはずだが、ジェントリーにはそこまで行く余裕がなかったので叫んだ。「爆弾だ！　ベランダを乗り越えろ！」向きを変え、急いで四歩走って、バスルーム内に頭から先に身を躍らせ、壁ぎわの大きな鋳鉄のバスタブに跳び込んだ。

バスタブの底に激突すると同時に、すさまじい音と光に呑み込まれた。ジェントリーの世界は揺れ、ひっくりかえり、またもとに戻った。傷だらけの体がピンボールのようにバスタブの底や側面にぶつかり、左に激しく投げつけられて、顔が下になって、口が排水口にくっついた。

急に動きがとまり、耳が鳴り、痛みのせいでうめいた。いたるところが痛かった。一秒後、なにかが背中の上に落ちてきて、埃が舞っているためになにも見えなかったが、ぶつかったものが漆喰《しっくい》と木だというのはわかった。

爆発の衝撃で頭がぼうっとしていたが、天井の一部が落ちてきたのだろうと、ジェントリーは思った。押しのけようとしたとき、埃と煙がすこし晴れ、爆発のあいだ二階のバスルームにいて、頑丈なバスタブのなかで倒れていたおかげで命拾いしたのだと気づいた。そしていまは、バスタブごと一階に落ちて、そこの建材に埋もれていた。

鼻から血が出て、手袋をはめた手を胸に押しつけているバスタブの底が、血でべとべとしているのがわかった。

上のほうで何人もが叫んでいるのが、耳鳴りの甲高《かんだか》い音のなかで聞こえた。英語で話しているように思えた。

そこでジェントリーは気を失った。

12

ヘイディーズは、マーキュリーとアトラス（ギリシャ神話の巨人神）につづいて、書棚から湧き起こる黒い煙が充満している図書室に、ドアの右側からはいっていった。マーズが投げ込んだ梱包爆破薬が図書室とバスルームの床のかなりの部分を崩壊させたことが、すぐにわかった。パイプから水が噴き出し、埃《ほこり》と煙が広葉樹材《ハードウッド》の床の差し渡し六メートルの穴から舞いあがっていた。

マーズがあとからはいってくるまで、三人は部屋の異なる部分をそれぞれライフルの射界におさめていた。マーズが、自分の作業の結果を見ながらいった。「くそ、すみません、ボス。ちょっと過剰殺戮《さつりく》だったみたいだ。家がめちゃめちゃになっちまった」

ヘイディーズが答える前に、ヘッドセットから声が聞こえた。「ソールからヘイディーズへ。裏のベランダに未詳の対象がいる。武器は持っていないようだ。撃とうか？」

ソールは、近くの斜面から見張っていて、煙が立ち込めている部屋の四人よりもベランダがよく見える。ヘイディーズは、ずたずたに引き裂かれたフランス窓のほうへ行った。ガラス、漆喰《しっくい》、木っ端がいたるところに散らばっていた。ヘイディーズは送信ボタンを押した。「撃つな《ネガティヴ》。ターゲット識別まで堅持」

「堅持する」そっけない応答があった。

ヘイディーズは、ライフルの銃口を左右に向けながら、ひどいありさまの戸口からすばやく跳び出した。中年の男が、片脚を手摺《てすり》にかけて正面のベランダにいるのが見えた。ヘイディーズは駆けていって、男の腕をつかみ、手摺から陶のタイルの床にひきずりおろした。男にライフルを向けて、銃身に取り付けたライトをつけ、顔を照らした。

ターゲットのクラーク・ドラモンドだった。

ドラモンドが、パニックを起こして叫んだ。「わたしを殺すことはできない！　あんたを雇っている連中に電話してくれ。あんたは――」

「ああ、わかった」ヘイディーズはそういって、一メートル以下の距離から、ドラモンドの胸を二度撃ち、三発目は額に撃ち込んだ。血と肉片がタイルに飛び散った。

ヘイディーズはマイクのスイッチを入れ、命令口調でいった。「ターゲット、戦闘中死亡《KIA》。マーキュリー、コンピューターからハードディスクをはずせ」

「了解。いまはずしている」

ヘイディーズは、つぎに全員に向けて送信した。「敵影はないか？」

ひとりずつ、受け持ちの場所に敵がいないことを確認する応答をした。

だが、点呼に応じたのは、現場に展開した七人のうち五人だけだった。

「ヘイディーズからエアリーズへ。ヘイディーズからアトラスへ」

数秒後に応答があった。「アトラスからヘイディーズへ。エアリーズが撃《ダ》たれた《ウン》！　くりかえす、ロニーが撃《ダ》たれた《ウン》」

「いまどこにいる？」

「廊下」

ヘイディーズがそこへ行くと、アトラスがエアリーズ——ロニー・ブライトという名前の三十八歳のカンサス人——のそばでひざまずいていた。アトラスはエアリーズの抗弾ベストを引きはがして、懸命に胸部圧迫を行なっていた。

ヘイディーズは、ロニーの顔をライトで照らした。首にギザギザの射入口があり、あたりは血だらけだったが、もう傷口から出血していないようだった。

「心臓がとまってる」ヘイディーズはいった。「死んでる」

アトラスが、胸部圧迫をあきらめて、しゃがんだ姿勢になった。手袋とむき出した前腕が、血にまみれていた。「くそ！」腹立たしげに叫んだ。

ヘイディーズは溜息をつき、斃《たお》れた部下を見おろした。そのとき、図書室で燃え盛っている炎の熱が廊下にひろがりはじめているのがわかった。ヘイディーズはかがんで、死体の両腕の下をつかんで、階段に向けてひきずっていった。エアリーズの顔が仰向《あおむ》いて目があき、ヘイディーズの戦闘服の前腕に血がついた。だが、進みはじめたとき、アトラスに肩をつかまれた。「脱出しないといけない、ボス。家中に火がまわる」

だが、ヘイディーズはまったく聞いていなかった。部下のほとんどが仲間の死体を見おろしてすぐ近くに立っていたにもかかわらず、無線を使った。「ほかの敵を見たものはいるか?」

「見ていません《ネガティヴ》」燃えている図書室から出ながら、マーキュリーがいった。コンピューターのハードディスクをバッグにしまっていた。「銃撃はドアごしで、C‐4を用意していたマーズを掩護《えんご》してたときにロニーがくらった。撃ったやつは見なかった」

「おれもくらった」アトラスがつけくわえた。「でも、拳銃弾一発がプレートのここに当たっただけだ。そのあとでロニーが斃れた」

死体のまわりに集まっていた男たちから数メートル離れたところで、マーズがバスルームから出てきた。敵がいるかどうか調べていたのだ。戸口を通るときにマーズは右腕をこすり、痛みに顔をしかめた。前腕の肘《ひじ》の下を、手袋をはめた手で触れた。

「くそ、みんな。おれも一発くらってる。ひどくはない」

アトラスがマーズに近づいて、調べるためにフラッシュライトを出した。炎の明かりでじゅうぶんに見えるとわかり、フラッシュライトをしまった。

「ああ。たいしたことはないが、きょうだい、運がよかったな」

ヘイディーズは、ロニー・ブライトの死体を廊下におろして、立ちあがった。「三人も被弾したのか？ ドラモンドのせいで？」向きを変え、燃えている図書室にすばやく戻った。濛々《もうもう》と立ち込める煙の下をくぐり、ベランダまで一気に走った。そこでズース（ギリシャ神話の主神ゼウスのこと）がすでにドラモンドの死体を調べていた。

「武器はない、ボス。なくしたか、投げ捨てたんだ」

ドラモンドがエアリーズを殺し、アトラスとマーズも撃った可能性はかなり低かったが、ヘイディーズがそのことを考えていると、向かいの斜面でいまもベランダにライフルの狙いをつけているソールが無線で伝えた。

「ソールからヘイディーズへ。報《しら》せる。四人が逃げ出して、私設車道を下ってる。怪我《けが》をしてるか、薬物をやってるみたいによろけてる。武器は見えない。始末したければ、ここから撃てる」

「撃つな《ネガティヴ》」ヘイディーズはいった。「逃げ出すのを阻止しろ。そっちの位置へ行く」残った部下を集め、死んだ仲間を激しい火災のなかに置き去りにして、ベランダからぶらさがっていたロープを伝いおりた。

コート・ジェントリーは、じわじわと意識を取り戻した。頭をふってはっきりさせると、木や漆喰が背中を圧迫しているのがわかった。渾身《こんしん》の力をこめて押しのけ、数秒後には脱け出すことができた。だが、まわりを見ても真っ暗で、周囲の状況がよくわからなかった。上にある破裂したパイプの水が、ジェントリーの体に降り注ぎ、煙のにおいはしていたが、そこからは炎の輝きは見えなかった。バスタブから這《は》い出し、落下した床を這い進むうちに、位置関係がわかってきた。

まだ朦朧《もうろう》としていた。イヤプロテクターのおかげで鼓膜は破れていなかったが、激しい衝撃が弱った体にこたえていた。ぼんやりした頭をふって疲労を追い出しながら立ちあがるのに、壁に手をつかなければならなかった。あんな目に遭った割《わり》にはひどい怪我はないとわかったが、肩の手術跡に激痛があり、鼻から血が流れていた。

ドラモンドがベランダから逃げられたかどうか、ジェントリーにはわからなかったが、たしかめなければならない。

グロックとワルサーは、爆発のときになくしていたが、護衛から奪ったＨＫ・ＶＰ９は濡れたパウチにはいっていた。それを抜き、階段に向かった。

数秒後には二階の廊下に戻り、濃い煙を避けるために体を低くした。図書室の外の廊下に死体が転がっているのが見えた。仲間がその男の武器を持ち去っていたので、そのままそばを通り、ドラモンドを最後に見た場所で轟々《ごうごう》と燃えている炎に注意を向けた。

くそ。

ジェントリーは、そのまま炎のなかにはいりはしなかった。廊下の向かいの寝室へ行って、ベッドから掛布団《かけぶとん》をはがし、バスルームにはいって、バスタブに突っ込んだ。シャワーを流して、掛布団が水浸しになるのを待った。肩ごしに見ると、火がひろがって、寝室もたちまち煙に覆《おお》われていた。湧き起こる黒煙の下にしゃがみ、水に浸かっている掛布団に水が染みとおるまで数秒待った。それから身を起こし、肩と頭に濡れそぼった掛布団を巻きつけて、炎に包まれている図書室に向かった。

図書室にはいるとすぐにベランダのほうを見たが、煙でなにも見えなかったので、濡れた掛布団で体を護《まも》りながら、ニーパッドを付けた膝《ひざ》で這い進んだ。

だが、フランス窓まで行くと、進むのをやめた。五、六メートル向こうのタイルにドラモンドが横たわっていた。死んでいることはまちがいなかった。

ジェントリーは奥の壁に目を向けた。古い重役用デスクの右側の床に穴があき、書棚と、ジェントリーがいたバスルームの大部分がそこに呑み込まれていた。だが、デスクのほうを見ると、腰の高さのスタンドにコンピュータとプリンターが残っていたので、ジェントリーはよろこんだ。

なんとか耐えられる熱気だったので、ジェントリーは立ちあがってプリンターのほうへ走っていった。一枚のプリントアウトが出ていた。それを見ないでそのまま濡れたパウチに入れ、コンピューターに手をのばした。だが、調べると、うしろの部分がはずされていた。なかを手探りし、ハードディスクがないことに気づいた。

「ちくしょう」ジェントリーはつぶやいた。ハンリーはカンカンに怒るにちがいない。

デスクの引き出しをすべて調べようかと思ったが、すぐにその考えを捨てた。やむをえない。刺激臭のある煙と炎が充満し、図書室にはいられなかった。重要現場の戦果拡張をやるのはあきらめて、向きを変え、ベランダに向かったが、前方がまったく見えなかった。

外に出ると、背後の炎は耐えられない熱さになっていた。ジェントリーは掛布団を捨て、ドラモンドの死体のそばを通って、手摺《てすり》に向けて走った。ベランダの脇から跳びおりて、一〇メートル下のジャングルの急斜面に着地し、どんどん速度を増しながら転げ落ちていった。

ありがたいことに、ことに繁茂したジャングルの植物のなかでとまり、そこに一分間じっとしていて、咳き込み、目から煤《すす》をぬぐった。迷彩服のズボンは、膝の下まで燃えてなくなっていたが、火傷《やけど》を負ってはいないようだった。とはいえ、傷口がいましがた突破した炎のように熱く痛み、疲労と激痛が体をさいなんでいた。

周囲の藪《やぶ》に向けて吐いた。感染症と煙のせいでへとへとだった。

今夜の任務は完全に失敗だった。できることはたったひとつしかない。損害を最低限にして、捕らえられずにベネズエラから脱出する。

ジェントリーは、こわばった体でのろのろと起きあがり、ジャングルの斜面を下っていった。左側の私設車道とは四〇ヤード離れているし、樹林の蔭になっている。

私設車道の入口で、男三人、女ひとりが、両手を後頭部に当ててひざまずいていた。ソールがライフルを向けて見張っていた。ヘイディーズが、捕虜四人のうしろの闇から現われた。シュマーグと呼ばれる被《かぶ》り物の大きな布を首に巻いて、顔の下半分を覆い、捕虜の前に進み出た。

四人を見まわして、黒いスカートの女が指揮官だと、ヘイディーズはすぐさま見てとった。男たちよりも年上で、権高《けんだか》な態度だったからだ。ヘイディーズはいった。「英語は？」

「わかる」女が答えた。まっすぐ前を向いたまま、頭のうしろで両手の指を組み合わせていた。

「おまえたちは何者だ？」

「SEBIN、ベネズエラの情報機関」女が、ヘイディーズのほうを見あげた。怖れるふうはない。「あなたたちは？」

ヘイディーズは答えなかった。「おれの部下を殺したのはどいつだ？」

女が首をふった。「この三人は護衛よ。武器を奪われ、薬物を打たれた。わたしたちはだれも撃っていない」

ヘイディーズは、首をかしげた。「だれに武器を奪われた？　だれに薬物を打たれた？」

若い護衛のひとりがいった。「そいつはすばやかった。ひとりきりだった。すこぶる腕が立つ」

ヘイディーズの目が鋭くなった。「たったひとりか？」信じていなかった。

だが、四人ともうなずいた。その見かたは変わらないようだと、ヘイディーズは察した。

「どんなやつだ？」

女が首をふった。「あなたには似ていない。あなたたちのだれにも似ていない。なんというか……ふつうの男だった」

「それだけか？」

「アメリカ人の男《グリンゴ》。それだけよ」

ヘイディーズは、大きな溜息をついた。「グリンゴ」しばらく考えてからいった。「部下を失ったのは不愉快だ。仕返しにおまえたちを撃ち殺したいが、許可されないだろう」

ベネズエラの情報部員を始末していいかどうか、中東の雇い主に衛星携帯電話で聞こうかと思った。だが、やめることにした。「くそ」ヘイディーズはいった。「ここに二十分じっとしてろ。そうしたら立ちあがって、どこへでも行け」

マーキュリーがチームのパネルトラックを運転して迎えにきていた。ヘイディーズとそのほかの六人が乗り、トラックがバックで私設車道から出て、カラカスに向けて山道を大急ぎで下っていった。

13

二週間前

ロシア製の巨大なMi－17ヘリコプターが、闇のなかでイエメンの低木林の上空を北に向けて高速で低空飛行していた。やがて曙光《しょこう》が大空を照らすようになると、前方に広大な砂漠があることがそこはかとなく感じられた。

後部でひとりの男がキャビンの丸窓から外を眺め、この地域での戦闘がもっとも激しかった二年前のことを思い浮かべ、想像しただけでもぞっとして目を閉じた。

自分の目で見たわけではなかった。当時は西のアデンにいた。だが、いまヘリコプターが上を飛んでいるこの砂漠は、彼の兄が命を落とした場所からさほど遠くない。

ロシア製のヘリコプターに乗っていたその男の本名は、スルタン・アル＝ハブシーだが、現場での暗号名はターリクだった。四十七歳で、アラブ首長国連邦《UAE》のスパイ組織、信号《S》

情報局《IA》の作戦担当副長官だった。

ややあって、スルタンは目をあけ、キャビンの周囲を見まわして。秘密情報機関の幹部として、きょうは死んだ兄ザイードのことではなく、任務のことのみを考えなければならないと、自分をいましめた。

何度か深く息を吸い、悲しみがすこし思考に忍び込んだとはいえ、わくわくする気持ちが圧倒的に強いことに気づいた。きょうは偉大な日、自分の人生の目的のはじまりなのだ。父親が誇りに思ってくれることはまちがいない。スルタンの父ラシード・アル＝ハブシーは、ドバイの首長でアラブ首長国連邦首相だった。

スルタン・アル＝ハブシーは、その父の息子であるかもしれないが、ＣＩＡの申し子でもあった。父親は何十年ものあいだＣＩＡの支援を受けてきたし、その息子は祖国の情報機関を指揮することを目指して、大学教育とＵＡＥ軍勤務を経ていた。

それがスルタンの宿命だった。

情報問題について、アメリカはつねにＵＡＥと良好な協力関係を維持してきたが、９・11同時多発テロ後、中東における〝友人〟の必要性が大幅に高まり、ＣＩＡが同盟国情報機関に支出する額も膨張した。当時、ＵＡＥはさほど有力な情報は提供できなかったのだが、中東関係の情報の必要性は増大するとアメリカは判断し、ＵＡＥ独自の情報機関を設計、設立して、その要員として現地の人間を訓練した。

ドバイ首長の息子のスルタンは、アメリカが作成した適切な候補者のリストすべてに載っていた。ドバイの王家に浴びせられるスポットライトをおおむね避けていたので、名前が知られていなかった。頭がよく、いくつもの言語を操ることができ、高度な教育を受けていた。そして、スルタンがそういう役割を果たすことを、父親が望んだ。

スルタンは数カ月間、アメリカでCIAの訓練を受け、SIAでめきめきと昇進して、五年前に父親によってついに秘密作戦部門の長に選ばれた。

ラシード・アル＝ハブシーは、当初から息子に自分の狙いを告げていた。アメリカ人のためにアルカイダを追うのは、重要度の低い付随的な問題だと、ラシードは考えていた。アルカイダは、アブダビとドバイなどのUAE諸国やオマーンにとって脅威ではない。ほんとうの脅威はシーア派の勢力圏拡大だった。一九七〇年代からその流れがつづいているし、イランが地球から掃滅されるまで、それがつづくはずだった。イランという国がなくなれば、イラク、レバノン、シリア、その他の地球上のさまざまなシーア派は、無力なよそ者という自分たちの立場を思い知るだろう。

それがラシード・アル＝ハブシーの目標であり、三人の息子すべての目標でもあった。

長男のザイードは陸軍歩兵大佐になり、三男のサイードは外交官としてイエメンに赴任していた。次男のハルタンは、国の情報機関の秘密活動部門を引き受けた。

UAEがイエメンで代理戦争を行なったとき、兄弟は三人とも現地にいた。首都サナアの大使館に外交官として勤務していた三男のサイードは、三年前にロケット弾攻撃で死んだ。そのあと、一年ほどたってから、長男のザイード・アル＝ハブシー大佐は、アタクという街で敵工兵か指揮所に突入して自爆ベストを起爆させたときに殺された。

ラシードと生き残った息子スルタンは、シーア派の反政府武装組織フーシがそれらの攻撃を独力で行なったのではないことを、はっきりと知っていた。イランのイスラム革命防衛隊の仕業《しわざ》であることは明白だった。具体的にいうと、ゴドス軍と呼ばれる隠密部門が仕組んだのだ。

七十歳のラシードと四十七歳のスルタンには、それでなくてもイランを憎悪する動機があったが、サイードとザイードの死は、ふたりの憎しみの炎に油を注いだ。

ヘリコプターがアタク空港の砂が散らばるヘリパッドに着陸すると、スルタンの意識はけさの目標に油断なく集中した。ここに到着してから出発するまで、一時間以上かけないつもりだった。そのあと、ドバイにまっすぐひきかえす。考えなければいけない案件がまだ多数あったが、兵士たちに犠牲を求めるには強力なリーダーシップが必要なので、みずからここにやってきたのだ。

スルタンは信号情報局《SIA》の諜報員四人を従えて、ヘリコプターからおりた。スルタンの仕事を請け負っているヘイディーズとアメリカ人傭兵三人が、同行していた。運転手が乗って待っていた大型の装甲SUVにUAEの四人が乗り、追躡《ついじょう》するもう一台のおなじ型の車にアメリカ人四人が乗った。

アメリカ人たちはスルタンの予備の護衛だったが、けさどこへ行くのかは、まったく教えられていなかった。だが、スルタンは行き先を知っていたし、空港を出て南に向けて出発したとき、早くはじめたくてたまらず、全身がぴりぴりしていた。

車で走る距離は、わずか十分だった。国道17号線のすぐ南で、丘に隠れているが、三〇〇メートル離れた向こう側の道路にある。一行は砂利の私設車道に折れて、丘を登り、反対側へ下っていった。

そのときに見えた。スルタンが目指していたのは秘密の監獄、UAE信号情報局《SIA》が運営する非合法施設だった。来るのははじめてだが、収監されている四人すべての名前と履歴は書類で知っていた。けさは施設に詰めているSIA局員ではなく、四人たちがスルタンに謁見《えっけん》することになる。

とりたてて特徴のない低い大きなコンクリートの建物近くで、SUVが砂利をきしませてとまった。

スルタンは、ＳＵＶからおりたヘイディーズたちのほうへ歩いていった。「ここにいてくれ」

ヘイディーズがうなずき、小首をかしげた。「ここがなんなのか、教えてもらえますか？」

「戦争中に捕虜にしたイラン軍兵士の拘禁施設だ。情報収集任務のために来た。おまえたちはそれだけ知っていればいい」

ＵＡＥの情報機関の幹部がわざわざ戦域に来て捕虜をみずから訊問するのはなぜなのか、ヘイディーズが疑問に思ったとしても、口にはしなかった。ヘイディーズと部下は散開し、胸に吊ったライフルに手をかけて、脅威はないかと遠くに目を凝らした。

施設の正面ドアの外にいた警備が武器をおろし、スルタンとＳＩＡ諜報員のうちのふたりが、建物内を通り、中央のアスファルト舗装の狭い中庭に出た。

そこに捕虜が集められていた。だらしなく整列して立ち、明るい中庭に出されたばかりだったので、多くは手庇《てびさし》をこしらえて太陽の光をさえぎっていた。清潔な白いつなぎを着せられ、全員が新しいサンダルをはいていた。武器を持った警備四人が捕虜の四方を固めていた。

スルタンは捕虜を眺め、閲兵式でも行なっているように列に沿って歩いた。満足していた。五週間ずっと、ふつうの倍の量の食事をあたえられ、毎日運動していたことを知っていた。捕虜にはちがいないが、全員が戦える状態だった。

スルタンは、捕虜五十二人の身上調書をすべて読み、自分の任務に使う人間すべてを選んでいた。スルタンが考えている作戦のために選抜されたのは、わずか十五人だった。彼らは最高の精兵だった。というより、UAEが生きて捕虜にした敵兵のなかで、もっとも優秀だった。

ターリクことスルタンは、この男たちがどういう人間であるかを知っていた。まことの信者。フーシに協力してアメリカ、ユダヤ人、サウジアラビア、UAEと戦うために、よろこんでイエメンに駆けつけたイラン人戦士。彼らは諜報員ではなく、情報部の幹部でもなく、殺し屋だが、ゴドス軍とじかにつながりがあるので、スルタンの目的にはうってつけだった。

この男たちは戦場で捕らわれ、なかには何年も収監されていたものもいる。献身的で、怒りをたぎらせ、扱いづらいが、きわめて強力な戦争の武器として使える。

スルタンは、彼らの前で拳《こぶし》を宙に突きあげ、叫んだ。「神は偉大なり《アッラーフ・アクバル》！」

十五人は、困惑してスルタンを見つめただけだった。何人かは、監房からここに連れ出されて整列させられたのは銃殺するためにちがいないと思っていた。あとのものは、また中庭で柔軟体操をやるのだと思った。

「アッラーフ・アクバル！」スルタンがもう一度叫んだ。捕虜たちの母語はアラビア語ではなく、ファールシー（現代ペルシア語）だが、アッラーフ・アクバルというアラビア語は、イスラム教徒すべてに共通する連呼だ。

二度目には、何人かが低い声で唱和した。

スルタンが三度目に唱えると、全員が応じた。捕虜たちはまだ混乱していたが、この見知らぬ男が全員に唱えさせようとしていることはわかった。

スルタンは腕をおろし、ファールシーでいった。「わたしはターリクだ」敵国であるイランに注意を集中して何年も訓練していたので、どうにか通じるように話すことができる。

「同胞《はらから》よ。けさは偉大な朝である。おまえたちは全員、自由を勝ち得た」

まったくわけがわからなくなった男たちが、顔を見合わせた。何人かはオレンジ色の朝陽をいまも手でさえぎっていた。

スルタンはつづけた。「だが、祖国イランに帰るのではない。おまえたちはイスラムの同胞《はらから》であるわたしにくわわり、生存を懸けた西側との戦いに従事するのだ。われわれはヨーロッパの心臓を直撃し、ともに不信心者《カーフィル》を屈服させる」

まだだれも口をひらかなかった。捕虜たちは、収監中に精神的に参るような仕打ちを受け、アラビア語のなまりがある見知らぬ男に質問するようなリーダーは現われていなかった。

「おまえたちはもう捕虜ではない」スルタン・アル＝ハブシーはつづけた。「おまえたちはわれわれの闘争の同盟者だ。イスラム聖戦士《ムジャーヒディーン》だ。われわれはおたがいの戦闘能力を糾合《きゅうごう》し、勝利を収めるのだ。もし神が望まれるなら《イン・シャー・アッラー》！」

　ひとりがようやく口をひらいた。「ヨーロッパの心臓だと？」

「そのとおり《バレ》」スルタンはファールシーで答えた。

「われわれは戦うのか？」べつのひとりがきいた。

「おまえたちは勇敢に戦う、同胞《はらから》よ。おまえたち全員が戦う。わたしが適切なターゲットを選んである。それらを破壊すれば、おまえたち勇敢な戦士数千人がこのイエメンで達成できるよりも大きな打撃を共通の敵にあたえることができる」

　またべつのひとりが口をひらいた。「あんたはＵＡＥの人間で、われわれの敵だ」

　スルタンは、そういわれるのを予期していた。「ああ、そうだ。わたしはおまえたちの敵だ。それは事実だ。しかし、わたしにとっては共通の敵のほうがずっと重要だ——おまえたちにとってもそうであるはずだ——わたしたちの反目よりもずっと重要だ。テヘランがおまえたちをここに置き去りにして死なせるのは恥ずべきことだが、おまえたちがこれから達成する物事を見たら、テヘランは誇りで目を輝かすだろう」

「われわれのターゲットはなんだ？」おなじ男がきいた。

「おまえたちは武器をあたえられ、説明を受け、運ばれて、住む場所を提供される。そのあと、あまり日を置かずに、ドイツで調整攻撃（各部隊の戦力を最高度に発揮できるように綿密に計画・準備して行なう攻撃）を行なう。場所はベルリンだ。だが、おまえたちのターゲットは、同胞《はらから》よ、おまえたちをここに閉じ込めさせた国だ。おまえたちの命を奪おうとした国だ」

「サウジアラビアか？」ひとりがきいた。

「UAEか？」べつのひとりがきいた。

スルタンは首をふった。「アメリカだ」

間があり、やがてまたアッラーフ・アクバルが唱えられた。スルタンが促す必要はなかった。

声がとぎれると、ひとりが前に進み出た。

「おれはあんたの大義のためには戦わない」

スルタンは、その男のほうへ行き、そばに立った。「大サタンとの聖戦を行なう同志にくわわるのを拒否するのか？」

「指揮官に命じられればやる。だが、指揮官はここにいない。あんただけだ。スンニ派だ」

スルタンは、考え込む顔でうなずき、非合法施設の管理者のほうを向いた。アラビア語でいった。「この男の望みを聞いただろう。連れ戻せ。罰はくわえるな。聖戦に命を捧げず、無益なことで命を捨てるのは、この男の自由だ」

警衛が駆け寄って、男の両腕を手荒くつかみ、中庭の隅にある戸口の奥へひきずっていった。残った十四人はそれを見送ってから、ターリクと名乗った男に全員が目を向けた。

「あの男は参加しない。彼にとっては残念だが、戦いに突入するときに重荷になる意志の弱い人間はいないほうがいい」

「これは殉教作戦なのか？」列の端にいた男がきいた。

スルタンはその男に近づいて、品定めしてからいった。「もしそうだとしたら？」

男が顎《あご》を突き出し、鋭い目つきになった。「それでもいい。イン・シャー・アッラー」

スルタンは男の肩に片手を置いてぎゅっと握り、満面の笑みを浮かべた。「わからないというのが、その質問への答だ。わたしたちが任務を終え、目的を果たし、この世に残って戦いをつづけることを、わたしは願っている。しかし、おまえたちがすべて輝かしい戦いで死ぬかもしれないというのが、真実なのだ」

スルタンは、男たちの列を眺めまわし、暗い監房に戻されたひとりを除けば、自分が戦士たちを巧みに選んでいたことに気づいた。ＵＡＥの人間に対する彼らの憎しみが変わることはないが、目的意識を持つ機会をあたえられたことにより、彼らは任務のためとあれば死ぬはずだった。

さらに重要なことがある。十四人をじっくり眺めながら、スルタンはもうひとつのことを考えていた。この男たちは、いずれも人殺しだ。顔を見ればそれがわかる。

スルタンは、自分が必要な代理戦士たちを手に入れたと確信して、三十分後に監獄をあとにした。

あとは、気づかれないように彼らをヨーロッパに潜入させればいいだけだ。あの十四人がゴドスの工作員だということは周知の事実だから、彼らがなにをやろうとイランと結びつけられることはまちがいない。

14

現在

午前十一時過ぎ、ジェントリーは、カラカス郊外の幹線道路沿いにあるドイツ・レストラン〈鷲の隠れ家《エル・レフヒオ・デ・アギラ》〉のパティオのテーブル席に、たったひとりで座っていた。貯水池まで送ってくれる車に乗るまで、三十分、時間をつぶさなければならない。そのあとも日没まで待ち、セスナ水陸両用機でアルバに戻る。

時間を有効に使っていると、ジェントリーは思っていた。

二本目のペールラガービールが、前のテーブルに置いてある。食べかけのソーセージのバスケットが、その横にあった。

料理もビールも美味《おい》しく、みじめな朝の締めくくりとしては結構だったが、ほんとうにやらなければならないことを、ジェントリーは避けていた。

ハンリーに電話しなければならない。

それに、ハンリーに電話したら、とんでもない騒ぎになることがわかっている。

ジェントリーは、テーブルに置いた携帯電話を見た。やがて手をのばしたが、携帯電話の上をその手が越えて、ビールを取った。

まだいいと、心のなかでつぶやいた。

ジェントリーはジャングルに一時間いてから、貯水池の方角へ運んでくれる運転手に拾われた。車が来るのを待つあいだに、傷の縫合《ほうごう》がちぎれたところに消毒薬を注ぎ、傷口の上に包帯を巻き直した。抗生物質と弱い鎮痛剤を服用したが、床が抜けて落ちたときと、そのあとで斜面を転げ落ちたときにできた切り傷や痣《あざ》はほうっておいた。

そのあと、〝タイガーストライプの迷彩服をジーンズとくすんだグレイのTシャツに着替えた。そのときにハンリーに電話しようかと思った。電話をかける時間はあったのだが、感情を抑えなければならなかったし、悪い報《しら》せをハンリーにどう伝えるか、戦略を考える必要があった。

だが、二本目のビールを飲み終えると、もう先送りできないと自分にいい聞かせた。ジェントリーは三本目を注文して、携帯電話を取り、〝シグナル〟という暗号化通信アプリをひらいて、暗記している番号にかけた。たちどころに、ヴァージニア州マクリーンのC

IA本部七階にいるハンリー本部長にじかにつながった。

ハンリーが応答した。「身許認証」

「L《リーマ》、V《ヴィクター》、G《ゴルフ》、P《パパ》、8《エイト》、5《ファイヴ》、B《ブラヴォー》」

「認証した」ハンリーがいった。「現況は？」

「現況は正常」ジェントリーはこっそり溜息をついた。ごまかしようがない。「だが、クラーク・ドラモンドは死んだ」

「おまえが――」

「いや、おれが殺《や》ったんじゃない。脱出させようとしたが、一線級のチームに襲撃された。そいつらに殺られた。処刑方式で」

「くそ、ヴァイオレイター！　静かにやれといったはずだ」

「おれのせいじゃない。このチームは、ドラモンドを狙っていた。おれはそれに巻き込まれただけだ」

「敵は何者だ？」

「未詳だ。そいつらがひとり戦闘中死亡《KIA》を出したのはわかっている」

「せめて、身許がわかるようなものをポケットから探し出したんだろうな？」

ジェントリーは、梱包《こんぽう》爆破薬などの細かい話をするつもりはなかった。すぐそばでそれが爆発して、家の一部が崩壊し、火災が起きたことなど、ハンリーにはどうでもいいはずだ。だから、ジェントリーはいった。「いいか、死体のポケットを調べている時間などなかった。忘れているかもしれないが、現場では物事がかなり速く動くんだ」

ジェントリーにからかわれてむっとしたとしても、ハンリーはそれとわかるような態度を示さなかった。なにも見つからなかったことよりも、自分の工作員がベネズエラで失敗したことに動揺しているようだった。

「ドラモンドの携帯電話やハードディスクは？」

ウェイトレスがビールを持ってきたので、ジェントリーは言葉を切り、ビールをごくごくと飲むあいだ、さらに間を置いた。

それからいった。「どちらもない。だが、ちょっとした情報が手に入った。関わっていることが確実な未詳の人物の名前と写真」

ジェントリーはハンリーに、ベルリン、ミリアム、ドラモンドの同僚の死について話した。彼らはＥＵのイラン人だけではなく、ＥＵ諸国をスパイしているのだという、ドラモンドの推理についても話した。ハンリーはそれらすべてを聞いていたが、満足していないのは明らかだった。

「ほかには？」

「ああ」ジェントリーはいった。「ご参考までに《FYI》。あんたはザックを罠に送り込んだ」

間はほんの一瞬だった。「ドラモンドがベネズエラにパワースレイヴを渡したといっているのか？」

「ちょっとちがう。ドラモンドはベネズエラから毎日入国審査データをもらって、自分でパワースレイヴにそれをかけていた。ザックが空港を通ると、ドラモンドはコンピューターを使い、家の近くのカメラに監視させた」

「ああ、それならつじつまが合う」

「どうしてその可能性をあらかじめ考えなかったんだ？」

「考えた。容認できるリスクだと判断した」

「ザックの意見は聞いたのか？」

ハンリーはそれには答えなかった。電話に一瞬、息を吹き込んでからいった。「おまえがまだベネズエラにいるようなら、迎えの飛行機を行かせてもいい」

「ドラモンドのことはどうするんだ？　ベルリンは？　おれが話したことすべては？」

ハンリーが、間を置いてからいった。「おれたちが対処する」

ハンリーがいわなかったことについて考えながら、ジェントリーは幹線道路を眺めていた。ようやく、怒りをこめて大きな声で笑った。「ずっとおれに隠していたんだな？　あんたはこういうことをすべて、最初から知っていた」

「いや、ぜんぶわかっていたわけじゃない。しかし、おまえの話したことはどれも意外ではない。イランをターゲットにしているイスラエルの情報活動がベルリンで行なわれている可能性があるのは、前から察していた。モサドは否定したが、なんらかの関わりがある。ドラモンドがそれに巻き込まれたのは知らなかったが、ドラモンドと調教師《ハンドラー》との関係、ドラモンドがやらされていた仕事のことは、他の情報源から聞いたこととほぼ一致する。ほかの工作員はもっとおおっぴらに活動していたのに、なにか理由があって、どういうわけかドラモンドだけは隠されていた」

「おおっぴらに？」

「ヨーロッパに、シュライク・インターナショナル・グループという情報会社がある。民間の経営のように見せかけていたが、すぐに怪しいとわかった。起業したのはルドルフ・シュパングラーという元東ドイツ国家保安省《シュタージ》幹部の悪党だが、もう会社にはまったく関与していないという噂がある。シュパングラーの会社は乗っ取られ、EUのイラン諜報員をスパイする活動をイスラエルが否定できるように使われているというんだ。

シュライクは、最高のアナリストやテクノロジー専門家を世界中から雇い入れていた。おおっぴらに。行方不明になったインテリジェンス《I》・コミュニティ《C》の人間ではない。彼らは民間企業で働くために公《おおやけ》に雇われてドイツに来たICだ。われわれにわかっているかぎりでは、その会社の目標はすべてイランに関係している」

「イスラエルがイランをスパイするのに、どういう問題があるんだ？ イスラエルは同盟国だろう？」

ハンリーがまた溜息をついたが、質問されたせいではないとジェントリーは察した。ハンリーがいった。「イスラエルは、イランを西側との戦争に引き込もうとしている。何年も前から、ずっとそれをやってきた。挑発するために、彼らは手段を選ばない。たとえば、イランとレバノンに対する毎月の空爆で、テヘランが過剰に反応するよう仕向けようとしている。それに、去年、EUがイランに対する制裁を緩和したことに、イスラエルはとてつもなく激怒している。

イスラエルはたしかに同盟国だが、このベルリンでの構想がスズメバチの巣をさらにかきまわす作戦なのかどうか監視するのが、おれの仕事だ。

世界中で行方不明になっている情報関係者が、秘密裏にシュライクに協力しているとしたら、それは新情報だし、どう対処すればいいのか、判断しなければならない。イスラエルがEUにおけるなんらかの攻勢任務のためにIC関係者を集めているとしたら……それがEU諸国に対するものだとしたら……」ハンリーは間を置いた。「この一件は、おれたちが思っていたよりもずっと重大かもしれない。

シュライクは怪しいとおれたちはずっと疑っていたが、イラン以外の勢力に対する活動を行なっているという確実な情報は見つかっていない。サイバー、分析、環境関連の活動だけしかわかっていない。われわれが突き止めたことからは、実質的なスパイ活動だとはいえない」野太い声で、ハンリーがいった。「残念なことに、ヴァイオレイター、おまえは証拠を持ち出せなかったし、クラーク・ドラモンドも連れ出せなかった」

ジェントリーは、疲れた目をこすった。風邪《かぜ》にかかったような感じで、感染症が体のなかで燃えているのがわかった。だが、その感覚をふり払っていった。「シュライク・グループに、だれかを潜入させる必要がある」

「ほんとうか、ヴァイオレイター？　われわれがやらなければならないのは、それか？」ハンリーが、語気鋭くいった。「いうまでもない。すでに資産《アセット》を内部に送り込んでいる」

ジェントリーはうなずき、首をかしげた。「ベルリン支局の人間ではないだろうな。パワースレイヴはベルリンで稼働していると、ドラモンドがいっていた。ドラモンドがやっていた仕事とシュライクが結びついているとすると、あんたの資産は情報を得る前に目をつけられる」

「ベルリン支局の人間ではない」ハンリーが答えた。

ジェントリーは問いただした。「だれなんだ？」

「おれにきかなくても、わかるはずだが――」

ジェントリーは背中を丸めていたが、ぱっと上半身を起こした。「CIAの正式資産《エージェンシー》は派遣できないから、記録にない工作員を送り込んでいるにちがいない。べつのポイズン・アップル工作員を。おれが知るかぎりでは、三人しかいない。おれはここにいる。ザックはここから三〇キロメートル離れた監獄にいる。つまり、いまベルリンに行けるのは、ひとりしかいない」

ハンリーが、電話に向かって溜息をついた。しぶしぶこう答えた。「そのとおりだ。アンセムがベルリンで活動している」

ジェントリーは両目をつぶり、携帯電話をぎゅっと握り締めた。まずいことが多すぎる。アンセムは本名がゾーヤ・ザハロワで、ロシア人は彼女を殺したいと考えている。ジェントリーは彼女に恋している。

ジェントリーの脈拍が速くなった。

言葉を慎重に選んでいった。「マット……よく聞いてほしい。昨夜、ドラモンドを殺すためにチームがここに送り込まれた。そいつらは激しく、容赦なく攻撃してきた。腕も立つ。アメリカ人かもしれないし、特殊部隊にいたことはまちがいない。ゾーヤが支援なしで、ベルリンで活動しているとしたら、それに、これがじっさいにすべてつながっているとしたら、彼女はきわめて大きな危険にさらされている」

「おまえたち二人がやっているのは、危険な稼業だ」

「彼女の偽装はどうなっている？」ドラモンドは、巧みに運営されている情報組織だといっていた。ゾーヤの正体が敵にばれたら、極度の——」

「もうばれた」ハンリーがどなった。「ばれるのが、彼女の偽装だ」

ジェントリーは、片手で携帯電話をさらに強く握り締めて、落ち着いた声を出そうとした。「どういうことか説明してほしい」

「彼女が組織から離反したロシアの情報機関の資産だと識別されるのが、われわれの狙いだった。祖国を失い、なんとしても仕事がほしい女だと思わせたかった。信用されてシュライクの非合法な部分にはいり込むには、そうするしかない」

ジェントリーは、食事をする客の群れがデッキの反対側のテーブルに行くまで待った。話が聞こえないところに客たちが行くと、口をひらいた。「マット、説明するまでもないだろうが、いうしかない。あんたは頭がいかれてる。その胡散《うさん》くさい民間情報会社を動かしている連中が、ゾーヤ・ザハロワがベルリンにいることを知っているのなら、ロシアがそれを嗅《か》ぎつけるのは時間の問題だ。ロシアが彼女を始末する暗殺団をドイツに派遣するまで、時間の余裕はまったくない。ゾーヤがあんたのためにどんなひどい仕事をやらされているのか知らないが、死ぬか逃げるしかないから、その仕事はできなくなるだろう」

ハンリーがくりかえした。「おまえたちがやっているのは、危険な仕事なんだ」

くそったれ、ジェントリーは心のなかでつぶやいた。だが、口ではこういった。「彼女を助けに行きたい」

「却下する。いいか、ベルリン支局が周辺でこれに取り組んでいる。アンセムのことは知らないが、作戦の目と耳になっている。アンセムの存在がばれた兆候があったら、すぐに脱出させ――」

「だれが担当している？　せめておれにやらせてくれ」

ハンリーが声をあげて笑った。「おまえが？　おまえは現場資産だ。デスクワークは苦手だろう」

「彼女の能力を知っている。脅威もわかっている。作戦について詳しく説明してくれればいい」

「却下する、ヴァイオレイター。彼女の調教師《ハンドラー》はすでにいる」

ジェントリーは目を閉じて、ビール瓶に生じた水滴で濡れていた指でこすった。「ブルーアだな？　ブルーアがゾーヤを動かしているんだな？」

「そうだ」

「それで、調了《アファーマティヴ》は?」

ハンリーが、口ごもってから答えた。「ほぼおまえが予想しているとおりだ」

「そんなにひどいのか?」

「ふたりとも仕事では優秀だ。友だちである必要はない」

「わかった。いいか、マット。おれはベルリンへ行きたい」

「コート、おまえはどこへも展開できる状態じゃない。戻ってきて、ドクター・キャシーの治療を受ける必要がある」

「どうして? おれはカラカスに来て、銃を持った連中と撃ち合った。それはべつとして、おれをもう病室から出さないというのか?」

「おまえはそれもできる状態じゃなかった。しかし、おまえしかいなかった。ゾーヤは、イスラエルの動きをおれが見張れるように、シュライク・グループにはいり込んだ。ザックはベネズエラで現地の防諜機関の連中につかまった。おれはおまえを送り込み、おまえはおれがやってほしいことを五パーセントくらいしか達成できなかった。それなのにまた急いでつぎの作戦をやろうとしている。いいか、コート、おまえの感染症はあと数週間の治療が必要なんだ」

「一週間くれ、マット。一週間たったら脱け出す」ハンリーがすぐには答えなかったので、ジェントリーはいった。「おれは行くし、あんたにはとめられない。承認して活動させるか、おれの独断でやらせるか、あんたは決めなければならない」

「脅迫か？」

「提案だ。あんたの資産を現地で護《まも》り、自分が巻き込まれたこの謎をロシア人刺客《しかく》に付け狙われることなく彼女が解けるようにする。おれがいることは、ぜったい彼女には知られない」ジェントリーは笑みを浮かべた。「忘れたのか？　おれはグレイマンだ」

「忘れたのか？　おまえは半人前のグレイマンだ」

ジェントリーは、痰《たん》がからんだ咳をして、紙ナプキンで口と顔をぬぐった。「対監視活動だ。それなら眠っていてもできる。彼女の背後を護らせてくれ」

ハンリーの沈黙が長かったので、そのあいだにジェントリーは伝票を取り、ポケットから札束を出して待った。ようやくハンリーがいった。「一週間後にメリーランドに戻って、ドクター・キャシーの治療を受けろ。わかったな？」

ジェントリーはうなずいた。「わかった」

「支援要員が彼女の背後を護っていることは、ぜったいにだれにも知られてはならない。距離を置いて対監視を行なうだけで、それ以外のどんな作戦上の役割も果たしてはいけない。おまえがそれをやり、おれたちは万事うまくいくことを神に祈る」

「ありがとう、マット。期待を裏切らないようにする」ジェントリーはつけくわえた。

「二度と」

ジェントリーは電話を切り、道路沿いのレストランを出て、運転手が迎えにくることになっている土埃《つちぼこり》の立つ駐車場へ行った。

そのときに自動車修理工場の前を通り、防犯カメラがないかどうか、軒先に視線を走らせた。かなり訓練を重ねている人間らしく、反射的にそうした。カメラに顔を写されないように気を配るのは、それが自分の利害に深く関わっているからでもあった。カメラに捉えられたら、ザックを罠にかけたパワースレイヴの獲物になってしまう。ジェントリーの顔はデータベースにないと、ドラモンドはいっていたが、それが事実かどうかは見当がつかない。

駐車場に向かったジェントリーは知る由《よし》もなかったが、その修理工場は何度も押し入られて、そのたびにまず戸外の防犯カメラを破壊されたので、持ち主は汚れた窓に向けて、建物内の陳列棚に高性能のブルートゥース・カメラを設置していた。

ジェントリーは、ベネズエラに来てから昨夜まで五十台のカメラを避けたが、五十一台目のカメラに捉えられた。

アルバまで戻る九十分の飛行の大部分、ジェントリーはセスナ水陸両用機の右座席で眠っていた。着陸するとすぐにセスナは運航支援事業者のところへ地上滑走《タキシング》し、パイロットがエンジンを切った。ジェントリーはおりかけたが、片手をのばしてパイロットの前腕をつかんだ。パイロットがジェントリーのほうを向いた。

ジェントリーはいった。「べつの便をできるだけ早く予約したい」

寡黙な乗客がすぐにまた自分を雇おうとしたことに、パイロットは驚いたふうはなかった。

「またカラカスか？」

「ちがう。ライプチヒだ」ジェントリーは、最終的にベルリンへ行くつもりだったが、ほんとうの目的地をこの男に教えるつもりはなかった。ライプチヒまで行けば、そこの空港でドイツの高速鉄道インターシティ・エクスプレス《ICE》に乗り、ベルリン中央駅まで一時間半以下で行けることを知っていた。

パイロットが、おもしろがるような顔をした。「このセスナで大西洋を横断できると思っているのか？」

「まさか、そうは思っていない。しかし、あんたがだれかを推薦してくれるだろう。斡旋《あっせん》手数料を払うが、今夜、アルバを出発したい」

パイロットはちょっと考えているようだった。ようやく答えた。「斡旋手数料をいくら出すつもりだ？」

ジェントリーは、相手の魂胆が読めたと思った。「一万ドル」

「一万五千ドル」

資金の供給がとめられるまでは、どうせハンリーの金を使うことになる。

ジェントリーはいった。「決まった」

驚いたことに、パイロットはこういった。「そのフライトは二万五千ドル、プラス中距離ビジネスジェット機のレンタル料だ。アルバ空港に使用できるホーカー1000がある。アゾレス諸島で一度寄航するだけで行ける。だいたい十五時間だ」

ジェントリーは首をかしげた。どうしてビジネスジェット機のパイロットと話をしないで、そういうふうに答えられるのか？　ちょっと考えてからいった。「当ててみよう……あんたがおれをライプチヒまで乗せていってくれるんだな」

「手配に二時間、睡眠をとるのに二時間くれ。二十四時間以内にドイツに着陸する。斡旋手数料を忘れるな」

「自分を斡旋するのに手数料か？　探すのに苦労しなかったはずだが」

パイロットがにやりと笑った。きのう会ったときからはじめての笑顔だった。「あんたはいますぐなにかをやる必要があるみたいだ。みんな生活するのに必死なんだよ、アミーゴ」

15

アパートメント3Cで、その男はベッドでがばと上半身を起こし、狭い部屋を見まわしてから、ゆっくりと横になった。そばの窓を叩く雨音につかのま耳を澄ましてから、いつもの朝とおなじように、ここはどこだと思った。

まだミンスク? にいるのか? ちがう……ワルシャワだ。何週間も前からワルシャワにいる。

男は自問した。頭に靄《もや》がかかったようになっているのは、早朝だからなのか、それとも頭のなかの割れるような痛みのせいなのか。

壁の時計を見た。もう午前九時近い。

では……時刻のせいではない。

昨夜は飲みすぎた。またしても。ウォトカを浴びるように飲んだせいで胃に鋭い痛みがあり、頭のずきずきする痛みと覇《は》を競っている。潰瘍《かいよう》があるといわれていたし、毎晩眠るために酔っ払うので、その状態がよくなるはずがないともいわれていた。

だが、マクシム・アクーロフは、自分の体などもうどうでもいいと思っていた。

頭をふってはっきりさせようとしてから、煙草《たばこ》に手をのばした。火をつけて、ベッドの上の空間にまっすぐ煙を吐き出した。

つらい夜だった。近ごろはつらい夜がつづいている。

酒のせいだけではなかったし、健康状態のせいでもなかった。とにかく、健康を損ねているのは肉体だけではなかった。

夢のせいだった。夢がまたアクーロフを苦しめていた。

ろくでもない夢が。

朝とともに夢は消える。それに慣れていたので、目をあければ悪夢は昼間のあいだ鳴りをひそめている。しかし、今夜にはまた戻ってくるとわかっていたので、自分にどうにもできないことで思い悩むのは無意味だと思った。

マクシム・アクーロフは、逆境に耐えて生き延びてきた。父親の虐待に耐えた。特殊部隊の訓練に耐えた。チェチェンで生き延びた。ジョージアで生き延びた。ダゲスタンで生き延びた。シリアで生き延びた。ウクライナで生き延びた。負傷、病気、祖国によって送り込まれたあらゆる危険な土地、あらゆる危険な任務にも生き延びた。

しかし、最近、危険に思えるものは、心に棲《す》みついている悪鬼だけだった。それが日を追うごとに力と数を増している。

四十三歳のロシア人のアクーロフは、悪夢をとめるのになにが必要かを知っていた。現実の世界で、あらたなやりがいのある難題、あらたな目的が必要なのだ。問題は悪夢を見ることではない。悪夢以外のことに時間を割《さ》くようなことがなにもないから、悪夢に魂を奪われていることが問題なのだ。

この暗い潜在意識の原因については、考えるまでもなくわかっていた。アクーロフは刺《し》客《かく》だった。記憶から消すことができないようなさまざまな物事を、見たりやったりしてきた。

だが、アクーロフは生と死のあいだで剃刀《かみそり》の刃を渡るような暮らししか知らず、それを長年つづけてきた。

アクーロフはかつてロシア軍の排他的な部隊、スペツナズにいて、そのあとでロシア国内を担当する連邦保安庁《FSB》に雇われた。そこで、ロシアでもっとも選り抜きの秘密戦闘部隊ヴェガ・グループのもとで活動した。肩に帯びた白、ブルー、赤のロシア国旗の名において、数年のあいだドアを蹴破ったり、頭をぶん殴ったりしていたが、連邦政府の地位を捨てて民間で働くよう命じられた。

ロシア・マフィアのために。

アクーロフは、ソルンツェフスカヤ・ブラトヴァの殺し屋になり、最初はモスクワとサンクトペテルブルクで仕事をしてから、外国――中欧と西欧――の仕事を引き受けるようになった。ターゲットが政治的性格を帯びていたので、だれかに教えられなくても、アクーロフはすぐさま察した。だれが銀行口座に金を振り込んでくれるにせよ、いまなおクレムリンのために働いているのだ。

それはどうでもよかった。アクーロフは自分の得意なことをやっていた。それしか得意なことはなかったし、それを重視していた命令に従っているのだと、自分の人生を正当化していたし、命令の倫理的責任は、自分ではなく命令を下す人間が背負っている。

いまではそんなたわごとは信じていないが、それが耳に快い時期もあった。

アクーロフはベッドを出て、ワンルーム・アパートメントの奥の壁ぎわにある飾り気のないキッチンへ行った。途中でテレビのリモコンを取り、ニュースのチャンネルをつけた。ポーランド語だったので、もうミンスクにいるのではないということを、あらためて思い出した。ベラルーシでの仕事は六週間前に終わり、それからずっとここに潜んで、考え、酒を飲み、具合の悪いことに夢を見ていた。

薬缶《やかん》を火にかけて、汚れた食器のなかからそんなに汚くないカップを探し出して、ティーバッグとスプーンを用意した。

仕事を実行することしか考えていなかった最初の数年以降、アクーロフの動機はさまざまに変化した。いまでは仕事をやりたいという欲求だけが動機で、仕事とは無関係なことを意識から追い出して、脇目もふらず集中するようになっている。

アクーロフは、自分を〝鮫《アクーラ》〟だと見なしていた。鮫は泳いでいないと死ぬ、と自分にいい聞かせたことがあるし、じっさいそう感じていた。殺しつづけているかぎり、つぎの犠牲者を追っているかぎり、夜中に悲鳴をあげるようなことはしなくなる。

だが、その刺激が消え失せた。いまは惰性で生きている。

泳ぐか死ぬか。

この六週間、ほとんど冬眠しているような状態だったので、アクーロフは内省的になり、考えにふけっていた。こういう暮らしがどういう結末になるか、アクーロフにはわかっていた。現場で死ぬだろうし、そうなればすばらしい。

精神科病院で最期を迎えるよりも、現場で死ぬほうが望ましい。アクーロフは毎日そう自分にいい聞かせていた。

アクーロフは、モスクワの第一四精神科病院第二棟に二年間、強制的に入院させられていたことがあった。そこではたいしたことは学ばなかったが、死をよろこんで受け入れる自分は異常だし、自分が生きている唯一の理由は、死ぬ見込みよりも殺す見込みのほうをわずかに楽しんでいるからだということを知った。

薬缶のホイッスルが鳴る前に、ポケットで携帯電話が鳴ったので、アクーロフは驚いた。発信者の番号を見たとき、こめかみのうずきに合わせて心臓が激しく打ちはじめた。

アクーロフは、ロシア語でいった。「ダー」

相手もロシア語で応じた。「マクシム、元気か？」

アクーロフは目をこすり、背すじをのばして、声にすこし力をこめた。「元気です」ルスラーンだった。ルスラーンが仕事とは関係のない電話をかけてくることはない。

「仕事がある」

アクーロフは、煙草をシンクに投げ捨て、狭い部屋を歩きまわった。そんなふうに、傷つき、打ちひしがれた男が、元気を取り戻した。「それはいい《ハラショー》」アクーロフはいった。

「詳しいことは投函《ドロップ・ボックス》所に送る。おまえとチームにこれをやる気があるのをたしかめる必要があっただけだ。でかい仕事だ、同志」

アクーロフは、やる気満々だった。チームは？　同僚三人もワルシャワで鳴りをひそめ、苔《こけ》が生えそうになっている。彼らが仕事に戻りたいかどうかはともかく、仕事が必要にちがいないということを、アクーロフは知っていた。

「わたしたちはみんなやる気満々です」

「わかった。おまえはわたしの期待を裏切ったことは一度もない。最高の働きを期待している。ターゲットは……おまえの才能を最大限に発揮する必要がある相手だ」

「その男はおれの才能を最大限にくらうことになるでしょう」アクーロフは断言してから、きいた。「そいつはどこにいるんですか？」

「ターゲットは女だ。その女はベルリンにいる」

マクシム・アクーロフは電話を切り、キッチンのコンピューターのところへ行った。薬缶が甲高《かんだか》く鳴っているのには目もくれなかった。脳に残っていた昨夜のおぞましい悪夢は流れ去り、アドレナリンの分泌で頭痛が楽になったように思えた。アクーロフは、仕事に集中した。

アクーロフは暗号化された投函所をひらき、ターゲットの身上調書をざっと見た。「完璧だ」ほとんど見分けられないようなかすかな笑みを顔に浮かべた。それでも、アクーロフがこの数カ月間で浮かべた笑みのなかでは、もっとも明るい笑みだった。

16

ドバイのその朝の気温は摂氏四二度を超え、湿度は九〇パーセントに近かった。機内収納式タラップをおりてきたアメリカ人は八人とも、困難を経て疲れ果てているように見えた。ほとんど全員の頬が煤《すす》け、十九時間前にカラカスの大邸宅を急襲したときに暗視ゴーグルをかけていたせいで汚れていない目のまわりと対照をなしていた。任務中にヘルメットか野球帽をかぶっていたために、髪はぼさぼさだった。おまけに、兵員輸送には向かない豪華ジェット機の狭いキャビンで、座席にぶざまに横たわっていたので、寝癖がついていた。

ヘイディーズというコールサインのチーム・リーダーが最後に降機し、タラップをおりると、貨物室のハッチ近くに集まっていた部下たちのところへ行き、重いバックパックとライフルを出そうとした。ヘイディーズは、チームのみんなとおなじくらい疲れていただけではなく、部下を失ったという重荷も担《にな》っていた。

ヘイディーズは目をこすり、陽光と機体から反射するギラギラをできるだけ避けながら、渡された〈マルチカム〉リュックサックを受け取った。

ヘイディーズの戦術装備と戦闘服は、チームの全員とおなじように、巨大な〈オスプレイ〉パックに入れてある。いまは薄汚れたリネンのズボン、ビーチサンダル、ゆったりした赤いハワイアンシャツという格好だった。あとの七人もすべて私服だったが、顎鬚《あごひげ》、口《くち》髭《ひげ》、がっしりした体格、年齢から、なんらかの戦闘部隊ということはすぐにわかる。

だが、彼らに目を向けるものは、そこにはいなかった。ひとの行き来がない場所に駐機され、機長と副操縦士を除けば、ひとっ子ひとりいなかった。

やがて、メルセデスの黒いミニバンが、政府関係者専用の空港入口の方角からやってくるのが見えた。ミニバンは近くの格納庫前にとまり、グレイのスーツを着てネクタイを締めた中東人の男が運転席からおりて、リアドアをあけた。

「だれか、〈ウーバー〉を呼んだのか?」マーキュリーが軽口を叩いたが、だれも笑わなかった。三十五時間のフライトとカラカスでの戦闘で疲れ切っていたうえに、ロニー・ブライトの死に衝撃を受けていた。ジョークをとばしたりからかい合ったりするのは、この傭兵チームの特徴だったが、きょうはマーキュリーの弱々しい景気づけも効かなかった。

〈オークリー〉のサングラスがバックパックのなかでパウチに入れたままだったので、ヘイディーズは陽射しに目を細めて、部下たちとともに移動した。メルセデスのミニバンに全員乗れるし、ひと部屋をふたりで使っているドバイのアパートメントに送っていってもらえるのだろうと思った。だが部下につづいて乗り込もうとしたとき、シルヴァーのBMW8シリーズ・グランクーペがとまり、やはり運転手がおりて、リアドアをあけた。

ヘイディーズは、バックパックをソールに渡し、BMWのほうへ向かった。「あとで追いつく。寝る前に装備をクリーニングして収納しろ」どこへ連れていかれるか、わかっていた。前にもこういうことがあった。雇い主と会うのだとわかっていたので、ヘイディーズはほっとした。チームが経験したとんでもない一幕について、胸につかえていることを吐き出す必要がある。

艶《つや》やかな4ドア・クーペのリアシートに乗ると、二日半、シャワーも浴びていないことが気になった。高級な革は真新しく見え、インテリアのウッドパネルはけさ磨かれたばかりのように光り輝いていた。

ヘイディーズは、手袋をはめていたにもかかわらず汚れて、蜘蛛《くも》の巣のようなひびがはいっている両手を見おろし、戦いのときには長袖《ながそで》の戦闘服を着ていたのに、前腕にかすかにロニーの血がついているのに気づいた。

ヘイディーズの本名はキース・ヒューレットだが、チームの人間はだれもそう呼ばない。

ヒューレットはインディアナ州フォート・ウェインの出身で、大豆農家の息子だった。もともとアメリカ陸軍曹長だったが、中東、中南米、アジアでいくつか契約警備員の仕事に就いたあと、数年前にいまの会社に入社した。会社で昇進してチーム・リーダーになり、自分が特別に選んだ八人とともに、一年半前から、アラブ首長国連邦に武装警備員として雇われている。

だが、ヘイディーズの部下は七人だけになった。

ヘイディーズは無言でリアシートに乗り、三十分近くたってから、ようやくBMWが幸福通り《アッサアーダ》に出た。そこがドバイの中心街だった。ヘイディーズが乗る高級車が五つ星のラッダ・アル＝ムルージ・ホテルにはいるとき、高級車が何台もそばを通過した。

ここに泊まるわけではないことを、ヘイディーズは知っていた。雇い主が彼と会うのに都合のいい場所なのだ。前にも来たことがあり、堅苦しく気取っていると思っていた。だが、自分は金で雇われている下っ端の兵隊だし、小切手を切る人間はどこだろうと好きなところへ雇い人を呼び出すことができる。

ヘイディーズは、身なりのいい護衛ふたりに連れられてロビーのセキュリティを抜けて、ハワイアンシャツと顎鬚とサンダルを蔑《さげす》むでもなく興味をおぼえたように眺める観光客数人の視線を浴びて、直行エレベーターのほうへ行った。そこでさらに警護がふたりくわわった。一行は八階へあがって、カーペットを敷いた廊下をともに進み、手彫りに金の浮き彫りがある両開きのドアの前に行った。

ヘイディーズは、ホテルのエントランスではセキュリティチェックを受けなかったが、スイートのドアの前では両腕をあげ、スーツ姿の新手《あらて》の護衛ふたりが足首から頭のてっぺんまでボディチェックした。ひとりがジャケットのポケットからペンライトを出して、ヘイディーズの顔に向けた。「あけろ」と男がいい、ヘイディーズは口をあけた。護衛がヘイディーズの口と喉《のど》に武器がないかどうかを調べた。いったいどんな武器を隠せるのかとヘイディーズは思ったが、歯の詰め物以外はなにも見つからなかったので、中東人の護衛はヘイディーズを通した。

信号情報局《SIA》の連絡相手と前に会ったときとおなじスイートだと、ヘイディーズは気づいた。

その男はターリクと名乗っているが、ファーストネームだし、おそらく偽名だろう。〝ターリク〟はアラビア語の〝明けの明星《タラカ》〟に由来する名前だった。ヘイディーズがそれを知っているのは、イラクで戦ったときにカルバラー郊外の辺鄙《へんぴ》な場所の警察署長から教わったからだった。その署長は腐敗していて、まもなく自分が脅迫していた地元のビジネスマンに殺された。

ヘイディーズはアラビア語に堪能なわけではなかったが、イラクに四度、アフガニスタンに三度出征し、ターリクに雇われてイエメンで戦うあいだに、それなりに憶えていた。

イエメンはヘイディーズとチームにとって、満足のいく仕事だった。どういう任務だろうと仕事を片づけて、それを誇りに思っていた。戦術と手順は、アメリカ軍に所属していたらレヴンワースの刑務所に送られるようなものだったので、先進国と発展途上国の両方から最高のものを得ていると、ヘイディーズは考えていた。交戦規則を枉《ま》げられるおかげで、アメリカ合衆国が支援している任務で、ヘイディーズたちは生き延び、敵は死ぬ。

イエメンで戦っている連合九カ国は、ほとんどが代理の勢力や傭兵を使って、イランが支援するフーシ反政府分子に対抗していた。アメリカも連合にくわわっていて、UAEを支援し、支持していたが、ヘイディーズの小規模なチームは、アメリカのために働いてはいなかった。

中東の君主国はこういったアメリカ人を雇って敵を抹殺していたが、CIAはそれを知りながらやめさせようとはしなかった。そのため、ヘイディーズは毎月小切手を現金化することに、なんの呵責《かしやく》も感じなかった。

ヘイディーズがやっているのは軍事レベルの契約殺人で、アメリカの緊密な同盟国UA

Eの承認という名目のもとで、一年半それをつづけていた。

それだけではなく、仕事は傭兵そのものだったが、厳密には傭兵ではなかった。ヘイディーズはUAEの将校の地位をあたえられていた。それがなんとなく滑稽《こっけい》だった。ヘイディーズはアメリカ軍では将校にはなれなかった。特殊部隊に十三年いて、曹長に昇級したが、怖れていたOTH——名誉除隊以外の除隊措置《アザー・ザン・オノラブル・ディスチャージ》——をくらった。サンギン谷で非武装の男を殺し、携帯無線機を死体のそばに置いて、敵軍に協力していたように見せかけたのを、Aチームの仲間に告発されたからだった。

ヘイディーズはそのために軍隊から追い出されたが、その後の民間での仕事にはなんの影響もなかった。いまでは毎年三十万ドル稼《かせ》いでいるし、金さえもらえばなんでもやると、自分にいい聞かせていた。

傭兵チームの部下はすべて、なんらかの形で軍の司法制度と衝突していた。いずれも、さまざまな違法行為のために懲戒《ちょうかい》除隊や不名誉除隊をくらって、苦境に陥ったことがあった。

傭兵になったこういう男たちは、もとから汚れていて、そのために自分たちの行為を正当化できた。とはいえ、その汚れはこの十八カ月のあいだにじわじわとひろがっていった。倫理的に問題のある作戦がますます暴力的になり、ヘイディーズですら、こういう行動のために地獄に落ちるのではないかと思っているのは、自分だけだろうかと考え込むようになっていた。

不安を抱いているかどうかということなど、仲間にはぜったいにきけないので、その答は定かでなかった。

チームのあとのものは、平均すると年間十二万ドル稼いでいる。ロニー・ブライトのことがあるので、ヘイディーズはいまその報酬のことを考えていた。会社は死亡給付金を出さないので、ロニーの家族はべつの収入源を探さなければならない。

ベネズエラで起きたことをターリクに話さなければならないので、ヘイディーズは気を引き締めた。飛行機からそのままドバイの中心街に連れてこられたのは、ロニーの死が理由にちがいないと確信していた。

きちんとプレスした白いボタンダウンのシャツの襟《えり》をあけ、デザイナー物のブルージーンズをはいたターリクがはいってきた。短い黒い髪と薄い顎鬚に白髪《しらが》が混じりはじめているので、四十五歳ぐらいだろうと、ヘイディーズは見ていた。

ふたりは握手を交わした。どちらの顔にも笑みはなかった。

ヘイディーズはいった。「申しわけありません」

「なぜ謝る？」ターリクの英語はほぼ完璧だった。

「体を洗うべきでした。飛行機からおりてそのまま来ました」

ターリクが、すこし気分を害したような顔になった。「わたしが戦争に行ったことがないとでも思っているのか？　ひどい状況で暮らしたことがないとでも？　わたしはイエメンとのあいだを五年間、行き来してきた。最初は兵士として、最後は政治家として」

ターリクが兵士だったことはないと、ヘイディーズは確信していた。それに、政治家ではない。スパイだ。

ターリクがいった。「わたしは排水溝や街路を経験している。自分や部下の兵士がどんな格好だろうが、臭かろうが、どうでもいい。肝心なのは結果だ」

ヘイディーズはいった。「はい、おれのにおいや服装が気にならないのでしたら、もうそういうことはいいません」

ターリクがうなずき、その問題は片づいた。「どうしてここに呼んだのかと思っているだろうな」

ふたりは窓のそばの快適な椅子に腰をおろした。

「ベネズエラで起きたことと関係があるんでしょうね」

ターリクは首をふった。「ちがう。その作戦には満足している」

ヘイディーズは首をかしげた。「満足している？　おれの部下がひとり死にました」

あるだろう？」

ターリクは、しばし考えるふうだったが、こう答えた。「部下を失ったことは、前にも
「前は将校ではなかったので、特殊部隊《SF》でAチームのだれかが死んでも、指揮官という立場ではなかったんです」

ターリクが、背すじをまっすぐのばし、黒い目でヘイディーズを穴があきそうなほど見つめた。「そうか。わたしは指揮官だったし、多くの部下を亡くした。任務が誉《ほま》れ高いものであれば、なにも心配することはないのだ。おまえはわたしとおなじ神を信じていないかもしれないが、おまえの部下は殉教したのだし、勇敢だった。兵士としてそれ以上のことは望めないだろう？」

喉笛《のどぶえ》を弾丸が貫通して、焼け焦《こ》げた体を異国の墓標もない淋《さび》しい墓に埋められることを、ロニー・ブライトは殉教というひとことで片づけられたくはないだろうと、ヘイディーズは思った。

だが、そう主張しないで答えた。「イエメンでおれたちがやっている戦闘のことはわかります。しかし、南アメリカでなにをやったのか、まったくわからない。おれたちが殺したのは中年のアメリカ人だった。おれたちはここでイランのゴドス軍と協力している反政府勢力と戦うことになっています。あの男がゴドスのために働いていたはずはない」

「あの男はイラン人ではなかった。しかし、われわれの共通の敵が目的を推し進めるのに協力していた」

「イラン人の配下だったんですか？」

「じつは、もともとわたしの配下だった」

ヘイディーズは居ずまいを正した。「ええっ？」

「わたしのヨーロッパでの活動を手伝っていた。わたしたちの作戦に関する貴重な情報を持って逃げたのだが、いどころを見つけたので、おまえたちを派遣した」

「そいつを殺すよう命じましたね？」

「そうだ。あの男は、われわれのイエメンにおける戦闘能力を劣化させるおそれがある情報を握っていた。ベネズエラにその情報を教えたとは考えられないが、べつの国があの男を見つけたら、厄介《やっかい》なことになるおそれがあった」

「ほかのだれかが見つけていないという確信はありません」

「どういうことだ？」ターリクが片方の眉をあげた。

「現場では、ターゲットとベネズエラの情報部員四人以外の人間は見ていません。しかし、チームのひとりが死に、ふたりが被弾しました。総勢九人のうち三人が死傷したんです。ベネズエラ人たちが薬物を打たれていたのはたしかです。そいつらが撃ってきたんじゃない。ほかのだれかの仕業《しわざ》だ」ヘイディーズは、間を置いた。「それに、ドラモンドでもない。ありえない」

「べつに銃を持った敵がいたのか？　そいつについてわかっていることは？」

「優秀だと、ベネズエラ人たちがいっていました。自信たっぷりだったと。よく見ることができなかったようだ。英語でしゃべったそうですが、近ごろは世界中の阿呆《あほう》どもが英語でしゃべる」

ターリクの自信満々の態度がほんのすこし揺らいだことに、ヘイディーズは気づいた。

ターリクは、数秒のあいだ黙って高層ホテルの窓から外を見ていた。

ヘイディーズは気づいた。「だれだか知ってるんですね？」

ターリクが、ヘイディーズに視線を戻した。「フライト中におまえたちが送信してきたデータだ。それを部下に調べさせた。ドラモンドがわれわれのところから持ち出したソフトウェアとデータベースだ。敵がわれわれを見つける前に、われわれが敵を見つけるのに役立つツールだ」

ヘイディーズでは、いっそう背すじをのばした。ターリクは、ロニー・ブライトを殺した人間の情報を告げようとしている。

「ドラモンドが、自分のところにだれかを差し向けられないように、このプログラムをべネズエラで使ったかもしれないと思って、その情報を解読した。ドラモンドはアメリカでもお尋ね者だから、アメリカがだれかを派遣する理由がある」

「詳しく話してください」ヘイディーズはいった。

「われわれのサイバー・スタッフが、ベネズエラ北部の防犯カメラ網に侵入して、ドラモンドがだれと会ったかどうか、アメリカからだれかが来てドラモンドに接触したかどうかを、突き止めようとした。おまえたちに殺される前にアメリカの手先かだれかが接触した証拠は見つからなかったが、けさになってドラモンドの家からかなり遠いところで、ある画像を探知した」

ターリクは、うなずいてからいった。「この男は、そのソフトウェアによって、元CIA局員だとわかった。しかし、アメリカはずっとその男との関係を否定している。組織を離叛したフリーランスの殺し屋だ。その稼業で最高といえないまでも、最優秀のひとりだ。ドラモンドの身に起きたことにその男が関係していたかどうかはわからない。だが、その男はグレイマンと呼ばれている」

ヘイディーズは、背中をしゃんとのばした。「おれたちの仲間はたいがい、グレイマンと名乗っているふざけたやつが十人以上いるといってますよ」

「それなら、その仲間はたいがいまちがっている。ひとりしかいない。名前も知っている」

ヘイディーズが、牡牛のように鼻の穴をひろげた。「そいつの名前は?」

「コートランド・ジェントリー。数年前、捜すのを手伝ってほしいとアメリカに頼まれた。わたしのレーダーにはひっかからなかったので、たいして支援できなかった。だが、画像があるし、明らかに同一人物だ」

ターリクは、しばらく考えてからいった。「この男に目を光らせている必要があるだろうな。ほかのこういう人間にも。われわれの作戦全体が、ドラモンドのせいで暴かれそうになった。二度とそういうことがあってはならない」

ヘイディーズは首をふった。「スパイ・アクション映画の『ジェイソン・ボーン』みたいになってきた。いいですか、ターリク、おれは射手だし、部下もそうだ。すっきりしたターゲットを指定してくれれば、おれたちは行って攻撃する。この仕事はそういう仕組みなんです」

ターリクが反論した。「そういう仕組みであるはずだな。しかし、このあいだおまえたちはアデンで三十人殺した。ほとんどがスンニ派だ。すっきりしたターゲットではなかっただろうが」

明らかな叱責《しっせき》だったので、ヘイディーズは顔をしかめた。もう怒りを隠さなかった。

「あと腐れがないように攻撃できるときもあれば、このあいだのアデンみたいなときもある。副次的被害が多少は出るが、それが戦争というものだ。おれたちはあんたのために精密な対テロ活動をやってる。いくらでも文句をいえばいい。だが、都市を絨毯《じゅうたん》爆撃するより、ずっとあと腐れがない。おれたちがいなかったら、あんたたちがそれをやるしかない」

ターリクが手をのばし、ヘイディーズの膝《ひざ》に触れて落ち着かせた。「たしかにそのとおりだ、ヘイディーズ。正直いって、どこかの店の主人の命など、わたしにはどうでもいい。われわれは癌《がん》と戦っている。それを切除するためには無害な組織も傷つけられる。おまえとおまえの小規模なチームは、イエメンでの戦いにとって貴重な増援だが、それでもわが国はその汚水溜めで苦労している。イランとその代理勢力が、イエメンだけではなく北アフリカやシリアでものさばっている。やつらは世界中で衝撃的な拡大をつづけ、勢力を強めている。UAEにはそれを阻止する手段がない。ときどきわれわれと手を組むサウジアラビアも無力だ」

ヘイディーズはいった。「そういうことなら、おれたちを南アメリカへつまらない仕事のために行かせないほうが、あんたたちの大義には役立つ」

ターリクは首をふった。「イエメンのわが軍の規模は縮小するいっぽうだ。シーア派が優位になっている。われわれはただちに撤兵する」間を置き、苦しげな表情でいった。

「戦いに負けたんだ」

どうしてこういう説教を聞かされるのか、ヘイディーズにはわからなかったが、察しはついた。「おれたちを解雇するんですか？」

ターリクは首をふった。「配置換えする」

意外な言葉だった。「配置換え？　どこへ？」

「イエメンでの戦いには負けたかもしれないが、シーア派拡大との戦いに勝つ方法がある。気に入ってもらえるかな？」

ヘイディーズは肩をすくめた。シーア派とかスンニ派とかいう話は、どうでもいい。自分にとって重要なのは正面の敵だけだ。大きな戦争に勝つためにいるわけではない。それでも金はもらいたいが、ターリクがやらせようとしていることに方向転換する覚悟がないと、イエメンという金蔓《かねづる》はなくなりそうなあんばいだった。「おれたちをどこへ派遣するんですか？」

「ヨーロッパに行ってもらいたい」

「ニュースをくまなく見てはいないが、イランがベルギーの反政府勢力を使って領土を拡大しようとすることはありえない。イエメンとはちがいますからね。ヨーロッパにおれたちがやるような仕事があるんですか？」

「われわれはヨーロッパ大陸で活動しているゴドス軍テロリスト細胞に対抗する作戦を行なっている」

「ゴドス軍がヨーロッパでテロ攻撃を計画してる？　どうしてCIAに伝えないんですか？」

「われわれはいつもどおりCIAに協力して動いている。ヨーロッパでの活動もCIAの支援を受けている。中東における活動とおなじだ。アメリカと組まなければ、なにもできない」

それでなだめられたヘイディーズは、任務について疑問を投げかけるのをやめた。「おれたちはなにをやるんですか？」

「ベルリンの快適な家に行ってもらう。われわれが手に入れた隠れ家だ。現地のわたしの仲間が、カメラの画像を調べ、コートランド・ジェントリーがドイツで顔認証されたら、おまえたちにターゲットをあたえる」

ヘイディーズは、疑ってかかった。「それじゃ、まぐれであんたたちが見つけるまで、おれたちはじっと待つんですか？」

ターリクが首をふった。「べつの仕事がある。消してほしいやつが何人もいる。楽なターゲットだ。ジェントリーのような力量はない。おまえたちには、いとも簡単だろう。ターゲットはイワン人のテロリストだ」

ヘイディーズは、驚いて椅子に背中をあずけた。「ヨーロッパで暗殺を指揮しろというんですか？　戦域でくそ野郎をバラすのとはわけがちがう」

「そうかな？　じっさい……どういうふうにいえばいいか。そのくそ野郎は、性質も似ているし、おなじ敵国の人間だし、おまえたちの国が任務を承認しているんだがね。

おまえと八人……失礼、七人には、いまの報酬の二倍半払う」ターリクは笑みを浮かべた。「おまえたちには楽な仕事だ。わたしやわたしの工作担当官とはちがって、ヨーロッパでは目立たない」

ヘイディーズは、それを信じなかった。「おれもヨーロッパに行ったことはある。アラブ人もおおぜいいる」

「しかし、官憲からとくに厳しく詮索《せんさく》されている。わたしの工作員もいて、おまえに頼むのとおなじ仕事をやっている。優秀だが、肌の色のせいで正体がばれる危険は日増しに大きくなっている。いっぽう、おまえと部下たちは、なんの制限もなく自由に動きまわれる」

それでヘイディーズは納得した。それに、仕事を失ったときに、あたらな仕事のチャンスをあたえられたのだから、それにケチをつけるつもりはなかった。

「いつ出発しますか？」

「一日休め。だいぶ過酷な仕事をやらせたからだ。斃《たお》れた同志には気の毒だった。では、ドイツ行きの便を手配する。ジェントリーがわれわれにとって困った問題を起こしそうな場所では、すでに捜索を開始している」

ドバイを離れてヨーロッパ中心部へ行くのが、ヘイディーズは楽しみだった。戦争からしばらく遠ざかり、CIAに支援され、信頼されている情報機関の殺し屋をつとめるのも楽しみだった。それに、ロニーを殺したやつを殺すという見通しも気に入っていた。

自分のような技倆《ぎりよう》を備えた男にとって、充実した仕事だと思えた。

だが、頭の奥では、正面に座っているずる賢い情報機関幹部がこれから自分たちにやらせようとしていることに疑念と躊躇《ちゆうちよ》を感じていた。しかし、出かけていって、優秀な兵士として働くつもりだった。数々の所業を犯したあとでも、ヘイディーズは自分がそういう兵士だという虚構を信じていた。

17

ステファニー・アーサーと名乗っている女は、午後一時過ぎにベルリン南西部で地下鉄のダーレムドルフ駅の階段から出てきた。昼休みから戻るひとびとや、近くのベルリン自由大学の授業に出るために急ぎ足で歩いている学生と足どりを合わせていた。太陽が照っていて暑かったが、南のほうから低いゴロゴロという音が聞こえていたので、天気がくずれそうだと彼女は思った。

大学は右にあったが、女は左に進んでケーニギン・ルイーゼ通りに折れ、目を配っているのを気づかれないようにしながら、周囲の顔を仔細《しさい》に分類して記憶した。店のウィンドウをちらりと見て、道端のカフェの客を眺め、電動スケートボードで近づいてきてそばをビュンと通った若者をじろじろ見た。

ふつうなら、元NSA情報アナリストのアメリカ人が、ヨーロッパの首都を歩くのに格別な不安材料はないはずだが、ステファニー・アーサーの正体はゾーヤ・ザハロワで、ゾーヤには警戒する理由がじゅうぶんにあった。ロシア政府が殺したいと思っているのを知っていたし、雇い主に偽装を見破られた。したがって、ここにいるのをクレムリンが知っているかどうかはわからなかったが、殺し屋がすべての角に潜んでいるという前提で、二週間前から活動していた。

ゾーヤはケーニギン・ルイーゼ通りを歩きつづけ、並木道の薬局とヘアサロンのあいだにあるアイスクリーム屋の〈アイス・ツァイト〉の前まで行った。どの店にもはいらず、道路に出て、そこにとまっていた、梯子《はしご》を屋根と車体側面にいくつも取り付けてあるブルーのバンの後部に乗った。

バンはエンジンをかけておらず、したがってエアコンも切ってあった。なかは生暖かく、ゾーヤは座るとすぐに闇のなかで〈トム・フォード〉のサングラスをはずして、ハンドバッグに入れた。陽射しを浴びている通りよりもそこのほうが暑かったが、不快なのはそのことだけではなかった。ゾーヤの左肩はバンの車体の内側に押しつけられ、モニターなどの機器が並ぶ低いテーブルが右脇に食い込んだ。

そこにはゾーヤのほかに男がふたりいた。窮屈なところに三人が座っていたので、ゾーヤは男たちの腋《わき》のにおいと、ひとりの頭のヘアジェルのにおいが入り混じったものを嗅《か》がされた。

ふたりとも二十代だった。モイセスはイスラエル人で、シュライク・インターナショナル・グループに通訳兼技術者として雇われ、ファールシーを流暢《りゅうちょう》に話す。やはりシュライクに雇われているヤニスは、フランス系アルジェリア人で、短い黒髪をジェルでスパイクヘアにしているのを、ゾーヤは見てとった。

ふたりは、ゾーヤがシュライクで最初の作戦を行なうにあたって割り当てられた技術者だった。情報収集のための不法侵入がヤニスのおもな仕事で、その仕事をやっていないときはバンを運転し、機器を管理する。マイクを仕掛けたり、書類の写真を撮ったりするようなことのために不法侵入するときには、ヤニスが先導する。だが、バンではモイセスが作戦を指揮する。

そして、シュライク・インターナショナル・グループの新人工作担当ステファニー・アーサーが、ふたりを指揮する。

ゾーヤは二週間前の仕事初日にふたりと会い、それから小さなチームを組んで、イラン大使館の館員数人の監視を行なってきた。きのうゾーヤはあらたな命令を受けた。ヤニスとモイセスにゾーヤはブリーフィングを行ない、アイスクリーム屋の三階にある広い貸間に盗聴装置を取り付けるために、ふたりはじかにこのベルリン南西部に来た。

ゾーヤは盗聴装置を取り付ける作業にはくわわらず、夜のあいだターゲットの身上調書に目を通した。

ジャヴァード・ササーニーは、ベルリンに駐在する三十六歳のイラン領事部員で、シュライク・グループは謎の顧客に雇われ、彼がVEJA——イラン・イスラム共和国情報省——の工作員であるかどうかを調査していた。

ササーニーがイランの情報機関と結びつきがあると疑われた理由が、ゾーヤにはわからなかったが、それはどうでもよかった。ゾーヤのほんとうの任務は、スパイがわんさといるイラン大使館から、スパイの可能性があるこの男ひとりを追い出すことではなかった。そうではなく、ポイズン・アップル構想の一員として、隣に座っている男ふたりからシュライク・グループに関する情報を得るのが、ほんとうの目的だった。

シュライクにくわわってからの短いあいだにゾーヤが会ったのは、彼女を雇ったリック・エニスと、この若者ふたりだけだった。民間情報会社のシュライクに関する情報を探り出すのには、エニスのほうがまちがいなく大物ターゲットだったが、モイセスとヤニスはここで協働しているので、当然ながらゾーヤはふたりに探りを入れた。

この二週間、毎日やってきたように。

すでにふたりのべつの車二台に、追跡装置を取り付けてある。ふたりがシュライクのべつの仕事をやっていて、そこからシュライクの性質を見抜くのに役立つような情報が得られればいいと思っていた。これまでのところ、興味をそそられるようなことはなにも見つかっていないので、ふたりが情報を明かすよう仕向けるために、きょうはソーシャル・エンジニアリング（相手の虚栄心や欲望や好奇心など、精神的な隙に付け込んで重要な情報を得る手法）を使ってみようと思っていた。

ゾーヤは、ハンドバッグに手を入れて、市場で買ったばかりのよく冷えた〈レッドブル〉を二本出して、小さなテーブルの上でふたりのほうへ滑らせた。「ふたりとも、きのうはあまり眠っていないはずよね」

モイセスとヤニスは、すぐさま缶のステイオンタブをあけた。

ヤニスがいった。「ありがとう。じつはそんなにたいへんじゃなかった。ドアに警報装置があったけど、窓はロックだけで、リビングの天井にガラスを割られたときの感知器があるだけだった。旧式のロックをシム（錠前破り、ことに南京錠用の道具のひとつ。専門の工具もあれば、その場で金属片で工夫して作ることもある）で解除して、すぐにあけられた。対象《サブジェクト》は食事に出かけていたし、カメラを取り付けてあったから、出かける時間と部屋に帰ってくる時間がわかってた」いくぶん自信ありげにいった。「いわせてもらえば、かなり簡単だった」

モイセスがつけくわえた。「ああ、あいつが情報部員じゃなかったから簡単だったのかもしれない。一日ずっと盗聴したけど、テレビを見てるだけだった。電話はかけていないし、かかってこない。客もなかった」

男ふたりにはステファニーという名前で知られているゾーヤがいった。「でも、日曜日だから。あした尾行して、なにか出てこないかたしかめる」

ヤニスがうなずいた。「その、おれたちのバンに乗らなくてもいいんだよ。なにかあったら報《しら》せる――」

「わたしを厄介《やっかい》払いするつもり？」ゾーヤがさえぎると、男ふたりはおどおどして顔を見合わせた。一秒置いて、ゾーヤはいった。「冗談よ。つづけるわ。それしかないでしょう。あなたたちは嫌かもしれないけど、このバンは行動の中心だと、わたしは考えているのよ」

ヤニスが、〈レッドブル〉を飲み干して、空き缶を足もとに置いてあったゴミ袋に入れた。「モイセスは、ずっとバンにいたほうがいいといい張ってるんだ。盗聴器は仕掛けたから、対象の監視は、こぎれいで居心地のいいシャルロッテンブルクのフラットか、あんたのアドロンのスイートか、それとも――」

「だめだ」モイセスが反対した。「近くにいる必要はないって、みんながしじゅういってる。インターネットがあるから、カナダにいてイスタンブールのだれかを盗聴できるし、カリフォルニアにいてベルリンのだれかのコンピューターをハッキングできると」

「事実だから、みんなそういうんだよ」ヤニスがいった。

「ちがう。嘘っぱちだ」モイセスは反論した。「相手が監視に値するやつだとすると、そいつはなんらかの対監視を行なう可能性がある。最近ではインターネットやWi-Fiでそれが簡単にできる。この十五年で、サイバー関係のテクノロジーはものすごく進化した。ふつうの短距離送信機だって、かなり進歩している。信号をコーヒーメーカー、電子機器、スマート食器洗い機なんかのデジタルノイズにまぎれ込ませることができる。監視は近くでやらなきゃならない」

ゾーヤはいった。「これについてはモイセスに賛成よ。こうするほうがたいへんだけど、ずっとうまくいく」つけくわえた。「わたしはここでは新人だけど、シュライク・グループが効果的な作戦をやっているのが自慢だというのはわかる」

「おれたちは努力してるよ」ヤニスがいった。

しばらく黙って座っていたあとで、ゾーヤはきいた。「あなたたちのことを話して。自分の国の国内軍事情報部門の出身？　ふたりとも兵士みたいに見えないから、シュライクにじかに雇われた研究者でしょうね。電子工学の学位？　当たったかな？」

ふたりともしばし黙っていたが、モイセスがいった。「シュライクでは、接触する他の社員と前職の話をしないことが重要なんだ。作戦上の秘密保全だよ」

ヤニスがつけくわえた。「ああ、エニスさんがいったはずだけど」

「ええ、聞いた。でも、あなたたちの能力の水準が知りたいのよ。いっしょに働くには、どうしても――」

モイセスが、首をふった。「雇われたときに、同僚に出身国以外の話をしたら解雇するといわれた」

「おれもだ」ヤニスがいった。ふたりとも質問にうんざりしているようではなかったが、経歴を伏せるという約束を真剣に受け止めているのがわかった。

「わかった」ゾーヤはいった。「わたしは新人で、あなたたちとエニスにしか会ったことがないのよ」

「この先も変わらないよ」ヤニスがいった。「おれはもう二年近くいるけど、あんたとモイセス以外のシュライク・グループの人間には、六、七人しか会っていない」

「水平的な組織だといわれたのよ」

「ああ」モイセスがうなずいた。「だれがクライアントなのかも知らない」

ゾーヤは、べつの方向から質問しようかと思ったが、なにかを思いつく前に、ヤニスが声を殺してつぶやいた。「おれは知ってる」

ゾーヤには、そのままにしておけない絶好のチャンスだった。「知っているの？」

「ああ。見え見えじゃないか。モサドだよ」

「でたらめだ」モイセスがいった。「どうしてそういえるんだ？」

自分がほしい情報を他人が追及するあいだ、黙ってきいているしかないと、ゾーヤは気づいた。

「いいか」ヤニスがいった。「たしかにドイツ人がやってる会社に見せかけてる。元シュタージのやつが経営者だということになってる。だが、そいつはフランス南部に住んでて、おれがやってるような仕事とは無関係だ。だが、おれが会った工作担当四人のうち三人は、イスラエル人だった。おまえもイスラエル人だ。おれはエニス、デンマーク人、イギリス人、ステファニーに会った。だが、あとの連中はまちがいなくモサドだ」

モイセスが首をふった。「おれはイスラエル人だけど、だからといってモサドとはかぎらない。おれはモサドにいたことはない。おれたちは自分の経歴についてしゃべっちゃいけないことになってるが、自分がなんでなかったかはいってもいいはずだ」

ヤニスがいった。「わかった。おまえはシュライクに雇われただけだ。しかし、ダン、シモン、ミリアムはどうだ？　あの工作担当三人は、経験が豊富だし、三人ともイスラエル人だ」

モイセスが首をふった。「シモンは知らない。ダンはイスラエルのティベリア出身だから、おまえのいうとおりだし、元モサドかもしれない。しかし、ミリアムはイスラエル人じゃない」

ヤニスが首をかしげた。「ちがうのか？」

「おれはいっしょに仕事をしたことがある。ドイツ人みたいだった。ヘブライ語をしゃべるが、ちょっとなまりがある」

「イスラエル人でもそうでなくても、ミリアムはセクシーだよな」ヤニスがいい、モイセスがうなずいたが、つけくわえた。

「でも、気を悪くしないでほしいけど、ステファニー、あんたほどセクシーじゃない」

ゾーヤはほとんど聞いていなかった。「じきにミリアムと仕事をすることになるかもしれない」

ヤニスが首をふった。「あんたは彼女とおなじ工作担当だ。シュライクは工作担当を区画化する。おれたち技術者はいろんな担当と仕事をするけど、担当のほうはおれたち技術者とだけ仕事をする」

ヤニスが、自分の考えていることをしゃべりつづけた。「だけど、やっぱりこれはモサドの隠れ蓑《みの》だと思う。ヨーロッパの中心部に陣取って、イランの情報活動を猛攻撃しようとしてるんだ。おれたちがやってるのはいいことだし、おれに関心があるのはそれだけだ」にやりと笑った。「おれたちは世界を変える。ゴドス軍の細胞の正体を暴き、来週に作戦が終わったときには、おれたちのクライアントはドイツ政府に連絡して、そいつらを逮捕させるだろう」

ゾーヤは、それを聞いてびっくりした。「ゴドス軍が？ ここにいるの？ ベルリンに？」

モイセスがうなずいた。「ああ。大物の司令官がいて、細胞の工作員を徴募してるみたいだ。そいつらはいま活動を休止して、海運や陸運会社で働いてる」

「活動していないのは、不活性工作員《スリーパー》だからだ。しかし、テヘランがゴーサインを出したらたちまちこの街を炎上させるだろう」

ゾーヤは、愕然《がくぜん》とした。「どうしていまドイツ政府に報《しら》せないの？ 契約の作戦が終わるまで待つのは、どういうわけなの？」

ヤニスが答えた。「いま報せたら、そいつらは国外追放されるだけだ。ドイツは経済制裁をゆるめて、正常な国交をしようとしてる。だいたいにおいてアメリカやイスラエルなど、イランに厳しい態度をとってる国とは、距離を置こうとしている。でも、そいつらが重大なことを計画してるところをおれたちが捕まえれば、ドイツはそいつらを勾留して訊問するだろう。潜伏してるほかの連中を見つけられるかもしれない」

筋は通っているとゾーヤは思った。もちろん、細胞が逮捕される前にテロ攻撃を行なうこともありうる。

モイセスも明らかにおなじことを心配していた。「シュライクはモサドの隠れ蓑じゃないと思う。モサドは、こんなきわどいことはやらないだろう。おれたちが一日でも監視に失敗したら、ゴドス軍がレストランかなにかを爆破するおそれがある」

ヤニスがそのことを考えているようだったが、反論する前にモイセスがつけくわえた。

「それに、モサドにはシュライクみたいなダミー会社を立ちあげる理由がない。モサドはそういう仕事をもとからやっていたんだから」

だが、ゾーヤは、そういう理由はあると思った。行方をくらまして祖国の国家機密を持ち出すような情報機関の人間をシュライクが世界中で雇っていて、それがイスラエルの差し金だったとすると、イスラエルはその作戦に関わっていることを公《おおやけ》にしたくないはずだ。

一時間後、ゾーヤ・ザハロワはバンから暖かい雨が降る表に出て、傘をひろげ、南に向かった。不機嫌になっていた。バンの車内で若い技術者ふたりから情報を引き出そうとしてソーシャル・エンジニアリングを試している最中に、スーザン・ブルーアが連絡するよう暗号化メールを送ってきたからだ。最初は無視したが、ついに折れて、午後に戻ってくるとヤニスとモイセスに告げた。

そしていま、ベルリン自由大学のほうへ歩きながら、携帯電話を出して電話をかけた。

調教師《ハンドラー》のスーザンが、すぐさま出た。

「ブルーア」

「アンセム。身許C《チャーリー》、M《マイク》、G《ゴルフ》、7《セヴン》、1《ワン》、C《チャーリー》」

「認証した」

ゾーヤはいった。「わたしに連絡するのはやめたほうがいい。必要なときに、こちらから連絡する」

「情報があるのよ。だからメールした。まず、報告することがなにかある？」

「報告することはない。ローエンドの監視をやっているだけだから」

「ターゲットはだれ？」

「イラン大使館の領事部員。どうでもいい人間みたい」

「シュライク・グループは、どういう疑いを持っているの？」

「いつもとおなじ。VEJAだと思っている。まだそういう証拠は見つかっていないけど、まだ見張りはじめてから十二時間しかたっていないし」

「このスパイ容疑者が、どうして彼らにとって重要なのかしら？」

「わかっていない。身上調書と、自宅の住所と、雇用情報を教えられて、チームといっしょに調べるよういわれただけよ」

「つまり、シュライク・グループのべつの人間と接触しているのね？」

「若い監視技術者ふたりだけよ」

「それだけ？」スーザンは気分を害しているようだった。

「ここに来て二週間なのよ、スーザン。まだ宇宙の謎を暴いてはいない」返事がなかったので、ゾーヤはいった。「でも、手がかりはつかんだ。技術者二人が、シュライクのべつの工作担当の話をした。ミリアムという名前を使っている。偽名かもしれない。イスラエル人のふりをしているけど、ドイツ人かもしれない」

「年齢は？」

「三十代。それも憶測よ」

「特徴は？」

「セクシー」

「なんですって？」

「若い技術者たちが、セクシーだといっていた。それしか特徴は聞いていない」

「それで……その情報でどうしろというの？」

「あなたがどうするのか、わたしは知らない、スーザン。CIA本部《ラングレー》のオフィスに座っているわけじゃないから」

スーザンがいいかえした。「わたしがなにをやっているか、教えてあげる。謎の女ミリアムは、本名アニカ・ディッテンホファー。三十六歳。ベルリン南部のクロイツベルクのアパートメントを所有している。ドイツ統一直前にドレスデンで生まれて、ブンデスヴェール——ドイツ連邦軍に勤務。そのあと、ドイツの対外情報部に移ったけど、辞《や》めて、数年前からシュライク・グループで働いている」

ゾーヤは耳を傾けていたが、ほんとうに気になっていたのはその情報源だった。「どうしてこういうことを知っているの？　シュライクにはほかにアクセス・ポイントがないと、ハンリーにいわれた」

「この情報は、二十四時間以内にはいったのよ。それしかいえない」

ゾーヤは、そんなふうに情報を伏せられるのは気に入らなかったが、聞き流した。「とにかく、その女はわたしとおなじような工作担当で、会社の内部秘密保全の方針があるから、ぜったいに会うことはないといわれた」

「意志があれば道はひらけるという言葉があるわ、アンセム。あなたがミリアムといっしょに仕事をすることはないかもしれないけれど、エニスは彼女のことをよく知っているでしょうね。あなたはエニスにもっと接近しなければならない。あたえられた仕事を達成するために必要なくらい密接に」

ゾーヤはそれを聞いて腹を立てた。「どういう意味、スーザン？」

「あなたの国にはすごく有名なスパロー・スクールがあって、美しく若い女性新兵に誘惑の技術を教えていたそうね」

ゾーヤは、電話を通じて手をのばし、スーザン・ブルーアの顎《あご》を殴りたかった。だが、あえて落ち着いた声でいった。「わたしたちには、敵を殺す戦闘を教えるすごく有名な学校もあった。そこではいとも簡単に相手の首を折ることを教わるの」ひと呼吸置いてからいった。「わたしはセックス訓練所ではなく、そっちの学校へ行ったのよ」

「あいにくだったわね。ディッテンホファーの首を折っても、なにも得られない。ひきつづきエニスに取り組んで。技術員ふたりとの仕事も、どんな役に立つかわからないけれどつづけて」

ゾーヤはきいた。「わたしがここにいるのをモスクワが知っている気配は見つけた？」

「なにもない」スーザンは答えた。「変化があったらこっちから連絡するに決まっているじゃないの」

ゾーヤは、声を殺してつぶやいた。「でしょうね」

数分後には、地下鉄に乗って、自分が泊まっているホテルに向かっていた。

18

ロシア人の殺し屋マクシム・アクーロフは、雨のワルシャワ中心部の昼のにぎわいから離れて、ヴィドック通りにある国営酒店〈アルコホーレ・ノンストップ〉のドアからはいった。アクーロフは独りだったが、カウンターの奥にいた年配の女にうなずくと、女が横目で見てかすかにうなずき、会う相手がすでに来ていることを知らせた。

アクーロフは、黒いレインコートから水滴を床に垂らしながら、女がちらりと見た店の奥へ進んでいった。狭い階段を下って地階へ行き、アイリッシュ・ウィスキー、ポーランドのウォトカ、ハンガリーのワインの箱が積んである横を通った。人気のある地元の蜂蜜のリキュールを宣伝する店舗用什器《じゅうき》のところで左に折れ、暗く狭い通路をなおも進んでいった。さまざまなアルコール類の一・五リットル瓶がまばらに置いてある棚のそばを通り、大股の歩調をゆるめずに、室温の〈ショパン〉ウォトカを一本引き抜いて小脇にかかえ、奥の部屋へ行った。

女ふたりと男ひとりが、近くの〈カフェ・ネロ〉で買ってきた紙コップのコーヒーを持ち、そこで小さなテーブルを囲んで座っていった。空《から》の椅子の前に、四つ目のコップが置いてあった。

アクーロフは、ずぶ濡れのレインコートを着たままで、その椅子に腰かけた。ウォトカをテーブルに置き、コーヒーのコップの蓋《ふた》をあけた。

アクーロフの左の男は年配で、髪が灰色になり、腹が出ていた。女のひとりは、アクーロフよりもすこし若く、三十九歳だった。ビジネススーツを着て、眼鏡《めがね》をかけていた。長いブロンドの髪を三つ編みにして、前にタブレットコンピューターを置いていた。もうひとりの女はまだ二十代で、髪をプラチナブロンドに染め、ショートにカットして、ジーンズにタンクトップという格好だった。アクーロフは彼女をひと目見て、きょうのこの三人のなかでもっとも気配りできそうだと思った。座ったとたんに、そのとおりだとわかった。

女が明るい声でいった。「おはようございます《ドーブラエ・ウートラ》」

「まあな」

女が、アクーロフの手のコップを指さした。「コーヒーを買ってきましたよ」

アクーロフは、いちおう「ありがとう《スパシーバ》」といい、女が見ている前でコーヒーをぞんざいにコンクリートの床にこぼした。

つぎに〈ショパン〉のキャップをまわしてはずし、まだ温かいコップにたっぷり注いで、コーヒーと混じったウォトカを一気に飲み干した。

女ふたりが顔をしかめた。

テーブルに向かっていた男が、くすりと笑った。「ポーランドのウォトカか？　偽装のためか、それともロシアのいいウォトカよりも好きなのか？」

アクーロフは、きついウォトカが喉《のど》をおりていくときに、すこしたじろいだが、それが過ぎるとまた一杯注いだ。そのときにいった。「ちがう、セミョーン。ロシアのいいウォトカほど美味《うま》くはないが、ロシアのひどいウォトカよりはましだ。ここの間抜けどもは、そういうウォトカしか輸入しない」

「やつらはひどい酒に慣れてるのさ」セミョーン・ペルヴァークが、常識だというように断言した。

女ふたりのうちで年上のインナ・サローキナは、コーヒーを慎重に飲みながら、アクーロフをじっと見てから、右の若い女にちらりと目配せした。

アクーロフは、インナ・サローキナとアーニャ・ボリショワの目配せに気づき、昼前に酒を飲んだことを下級職の女ふたりがとがめているのだとわかったが、気にしなかった。なにを飲もうが、あすまでには回復できる体質だと考えていたからだ。それでも、早く飲みはじめたほうが鋭敏になり、頭も冴《さ》えると自分にいい聞かせた。さらに重要なのは、そうすれば一日が早く終わることだった。

アクーロフは、セミョーン・ペルヴァーク、アーニャ・ボリショワ、インナ・サローキナに自分の選んだ人生を見下されていることを知っていたが、三人はアクーロフの立場に身を置いたことがない。だが、批判的であっても、三人はアクーロフが命じた仕事を黙ってやるはずだった。

だから、アクーロフはよけいなやりとりは抜きで、レインコートの内側に手を入れて、マニラ紙のフォルダーにはいった書類の束を出した。「ようやく仕事に戻れる。ターゲットはベルリンにいる。われわれはきょう出発する」

「ベルリンはつまらない」アーニャがいった。

「ワルシャワはちがうのか？」ペルヴァークがきいた。

アクーロフは、二杯目を飲み干してからいった。「おれだっておまえたちとおなじようにタヒチで仕事をやりたいが、おれたちはどこへでも送り込まれるところへ行く。そうだろう？」

答を求めた質問ではなかったし、チームは全員、そう考えていた。

アクーロフは、フォルダーをテーブルのまんなかに置き、片手で押さえた。ペルヴァークが手をのばしたが、アクーロフは渡さず、インナのほうを見た。「インナが最初に割り当てられた仕事を見る」

三十九歳のインナが、びっくりして首をかしげた。チームのサブ・リーダーは、セミョーン・ペルヴァークだったからだ。

インナが、フォルダーを取ってきいた。「どうしてわたしに？」

アクーロフはにやりと笑った。すでに〈ショパン〉の瓶にまた手をのばしていた。「見ればわかる」

インナがフォルダーをひらき、とたんに小さなあえぎを漏らした。五ページの身上調書を無言で読んでから、ようやく閉じた。

インナの灰色の目が、アクーロフに向けられた。驚きに打たれた声で、ひとことつぶやいた。「シレーナ」

「シレーナとはだれだ？」ペルヴァークがきいた。

アクーロフは答えた。「ターゲットは、ゾーヤ・ザハロワ、元対外情報庁《SVR》将校。暗号名シレーナ・ザメチーチ・スメルチ、英語では〝バンシー〟」まだインナに目を向けていた。

「インナ、SVRにいたときに、この女を知っていたはずだな」

インナが、ゆっくりと慎重に息を吸った。「よく知っていた。いっしょに訓練を受けた。

何年ものあいだに、現場で何度か仕事をやった」

アルコールの靄《もや》がかかっていても、アクーロフの頭脳は鋭敏で、つぎの質問をするときにレーザーのように狙いを集中し、インナの微細な表情《マイクロエクスプレッション》をすべて探知しようとした。

「それで」――ゆっくりと、注意深い口調でいった――「旧友をターゲットにすることをどう感じている？」

インナがどう感じているか、ありありとわかった。マイクロエクスプレッションなどではなく、大きな表情の変化が、すべてを物語っていた。インナは、険しい顔でアクーロフを見た。「あの女が友だちだといったことは一度もない。それどころか、数カ月前にあの女はバンコクでわたしの友だちを殺した」コーヒーをひと口飲んでから、身上調書をテーブルの上で押し戻した。「あの女が死ぬのを見るのは、さぞかし楽しいでしょうね」

ペルヴァークは、無視されていると感じた。この仕事は長くやっている。いつもなら、ターゲットを知っているのは、差し出がましく女の魅力がない元ロシア政府のスパイのインナではなく自分だった。ペルヴァークは、一九九〇年代のロシア・マフィア全盛期以来、ギャングの手先となって暴力をふるう街路の殺し屋で、アクーロフよりも十歳上だったが、スペツナズ隊員だったアクーロフのサブ・リーダーの地位を誇りに思っていた。

だが、女の風下に立つつもりはなかった。「ターゲットを知っている人間がいようが関係ない。その女も、これまでのターゲットとおなじように死ぬんだ」

「いや」アクーロフがその考えを否定した。「これまでのターゲットとはちがう。まったくちがう。モスクワは、彼女に機会をあたえろと指令してきた」

アーニャ・ボリショワは、とまどっていた。「機会……なんの？」

「帰国する機会だ。彼女がやってきたことや話をした相手のことをＳＶＲ《ヤセネヴォ》本部に報告する機会」

インナは、信じていなかった。「彼女は頭がいいから、そんな話には乗らない。どういう話をしても、首の付け根に銃弾を一発撃ち込まれ、墓標のない墓に埋められるのを知っている」

アクーロフは、薄い笑いを浮かべた。「おれもそう思う。おれたちから逃げるほかに勝ち目はないと、その女にもわかっているはずだ」ほとんどひとりごとのようにいった。

「そのほうがいい。おれは狩りをやりたい」

「交戦規則は？」ペルヴァークがきいた。

アクーロフは溜息をついた。「女が逃げた場合、これに注意を惹《ひ》かれるのはまずい。ベルリンでやるのなら、ひそかに殺さなければならない。事故か、自然死か、自殺に見せかけなければならない」肩をすくめた。「手首を切って、バスタブにほうり込めば、地元警察はじきに忘れてしまうだろう。母国《ロージナ》までたどられることはない」

こんどはアーニャ・ボリショワがきいた。「情報はどれくらい新しいの？」

「ほぼリアルタイムだ」アクーロフは答えた。

「どういう意味？」

「女が所属している組織に、だれかが潜入していて、位置を報《しら》せてくる。情報はおれたちに伝えられる前にモスクワを経由するが、ターゲットの配置についてたしかな情報が得られるはずだ」アクーロフは、三杯目の〈ショパン〉を注ごうとした。「簡単すぎるな」

インナ・サローキナがテーブルの上に跳びあがるようにして、上官の手からウォトカをひったくり、隅にあったプラスティックのゴミ入れに投げ込んだので、あとの三人はびっくりした。「よく聞いて、マクシム。シレーナはそんな簡単な相手じゃない。SVRの精鋭がアジアで彼女を追った。そのうち何人かが死んだ。わかる？　戦っている彼女をわたしは見たことがある。つねに強力な味方だった。敵にまわしたら手強《てごわ》い。工作員として最高よ」

「おまえが最高かと思っていた」アクーロフはたしなめた。

「わたしが最高だったら、あなたの下にはいない。あなたがわたしの下で働いている」

ペルヴァークが、鼻を鳴らして笑った。「怯《おび》えてるみたいだな、インナ。臆病者とはいっしょにやりたくない」

「怯えていない。用心深いだけだし、このターゲットのことをわたしは知っている」インナは、アクーロフに向かっていった。「信じて、マクシム。あの女を殺すのなら、ベルリンで酔っ払って列車をおりて、女の部屋へ行き、手首を切り裂くようなわけにはいかない。シレーナが相手のときは、そんなことはできない。あなたが最高の状態でなかったら、彼女は完全に行方をくらますか、わたしたちが見失ったあと、あなたのうしろに彼女が現われて背中にナイフを突き刺すでしょうね」

アーニャが目を丸くしたが、アクーロフとペルヴァークはまったく動じていなかった。

インナはふたりの男のいらだちを無視して、テーブルを囲んでいる三人のほうをゆっくりと眺めまわした。「彼女を殺《や》れるかもしれないけど、わたしたちのうちひとりは殺られるわ。そう断言する。あなたたちのなかで、死にたいのはだれ？」

アクーロフが片手を挙げ、冗談だと思ったアーニャが笑った。

ペルヴァークが首をふった。「馬鹿なことをいうな、インナ。おれはこういうことを長年やってきたし——」

インナは、マフィアの殺し屋をどなりつけた。「あなたが襲いかかるのにも気づかなかった哀れな連中を殺しただけじゃないの！　ゾーヤは、わたしたちのようなチームがいることも、追われていることも承知している。防御態勢をとっていて、いつでも反撃できるようにしているはずよ！」

まるで早朝に起きているかのように、アクーロフが目をこすり、もじゃもじゃの赤茶色の濃い髪を手で梳《す》いた。インナの言葉に聞き入ってから、しぶしぶ認めるように肩をすくめた。「どんなにしっかりした計画でも失敗することがあるのは、いわれるまでもなくわかっている。意見は聞いた、インナ。できるだけ念入りにやろう。

手持ちの情報の話に戻る。この作戦も、ほかの作戦とおなじように組み立てる。ザハロワはベルリンにいて、アメリカ人を装い、ステファニー・アーサーと名乗っている。民間情報会社の仕事を偽装した身分でやっている。その会社はイスラエルとつながりがあると、クレムリンは考えているが、ザハロワはほぼ孤立無援だ。だれもうしろを護《まも》っていない」

「でたらめよ」インナがいった。

アクーロフは溜息をついた。「おれたちの情報がまちがっているというのか？」

「仕事をやる前から、うまく片づけたような気分になって自己満足にひたらないほうがいいといっているのよ。彼女はモスクワに追われているのを知っている。こんなふうに姿を現わしたのは、大がかりな企てがあるからよ。彼女がなにをやっているにせよ、わたしたちのようなチームに備えているにちがいない」

セミョーン・ペルヴァークが、金属製の椅子にそっくり返り、安物の紺ブレザーの前があいて、洗ってアイロンをかけたほうがいいオフホワイトのシャツに覆《おお》われた肥《ふと》った腹が見えた。「馬鹿をいうな、サローキナ。このゾーヤという女は、グレイマンとはちがうんだ」

アーニャが、大きな笑い声をあげた。殺すことが不可能な超凄腕《すごうで》の暗殺者グレイマンの逸話は聞いていたし、それが空想ではないのも知っていた。

アクーロフはいった。「ああ……彼女はグレイマンではない」考えにふけるように溜息をついた。「だったらいいんだが」

会議は三十分後に終わり、確保してあるベルリン中心部の隠れ家にチームと装備を運ぶ作戦計画ができあがった。チームの兵站《へいたん》を担当するアーニャが、準備をはじめるために最初に出ていった。ペルヴァークは〝清掃員〟だった。攻撃前に偵察を行ない、攻撃後に現場へ行って、緊急出動組織《ファースト・レスポンダーズ》（警察、消防、救急など）が到着する前に、チームを有罪にするような証拠が残っていないことを確認する。

インナ・サローキナは、小規模なチームの情報担当官をつとめる。ターゲット捕捉を指揮し、アクーロフとともにじっさいの暗殺のタイミングと場所を決める。

マクシム・アクーロフは、暗殺の実行役だった。失敗したのはクレタ島での一度だけで、車からおりられないくらい酔っ払っていたために、戸外のカフェにいた男を撃ち殺すことができず、ペルヴァークがそれを実行し、現場から証拠を消すのもやらなければならなかった。

クレタ島の街ハニアでのその晩のことを、チームのものは口にせず、マクシム・アクーロフはその後の二度の仕事で、暗殺を行なう前の数時間、酒瓶に手を出さずに埋め合わせをした。

ペルヴァークが酒屋を出ていくと、ウォトカが投げ捨てられたゴミ入れを見つめているアクーロフとインナがじっと座っていた。

インナが、アクーロフの遠い目つきに気づいた。「どうか《パジャールスタ》、マクシム。この女を有能な敵として重視して」

「そうしないと思ってるのか？」

「こう思っているのよ。生き延びたいのなら、この作戦はミンスク、アンカラ、ロングアイランドでやったようにやらなければならない。クレタの二の舞ではなく」

アクーロフは、テーブルを押して立ちあがり。身上調書を腰のうしろに入れた。「わかった。ターゲットの事前調査はおまえがやれ。行動するときには、おれは最高の状態になっている」

　インナはほっとした。「よかった。わたしたちは完全隠密で行く。彼女はなにも見聞きしないうちに――」

　アクーロフは片手を挙げた。「調書を見ただろう。この女には戻る機会をあたえないといけない」

「戻るはずがない。正気の沙汰じゃない」

「ああ、そのとおりだ。だが、それだけじゃない。それが命令なんだ。女を見つけて追いつめたら、もと同僚のおまえが接触して、逃げ切れないし、モスクワで責任を負うしかないと説得しろ。たしかに、おかしなやりかただと思うが、SVRかクレムリンの最高幹部がそう命じているんだ。彼女がどこにいて、だれと話をしていたかを、その連中が知りたがってる」

「そんなことはやらないで、説得したけど断わられたと本部にいったらどう？」

　アクーロフがそれを聞いて笑い声をあげた。「本部に嘘をつくのか？」

「かまわないじゃないの。あなたが作戦に適した状態だと、毎回嘘をついてるんだから」

　アクーロフが笑うのをやめたが、薄笑いは残っていた。「反則だぞ、インナ。おれは精神科病院を出てからずっと、山あり谷ありだがまともにやってきた」

インナがすかさずいった。「山あり谷あり？　ええ、そのとおりね。〝山〟はロングアイランド、〝谷〟はクレタ」アクーロフが答えなかったので、インナはつけくわえた。「あなたが向かっているところは、二カ所のうちの一カ所、精神科病院か死体安置所のどちらかよ。わたしにはあなたをとめられないけど、巻き添えを食ってどちらかに行くのはまっぴらよ」

赤茶色の髪のアクーロフが、また声をあげて笑った。どう思われようが気にしていないのだと、インナにはわかった。やがて、すこし頭がはっきりしたらしく、アクーロフがいった。「襲いかかる前におまえはザハロワと接触しろ。降伏を拒んだら殺す。これが最終的な指示だ」

インナは、そういう複雑なやり方が気に入らなかったが、アクーロフに逆らうつもりはなかった。「いいわ《ラードナ》。あなたは自分の役割をやる、わたしは自分の役割をやる。アーニャが手配してある隠れ家へ着くのを待って、列車に乗りましょう。今夜、ベルリンに行ける。ペルヴァークが偵察をやり、わたしが監視を行なう。二日かけて彼女の行動パターンがわかったら、行動できる」

「つまり」向きを変えてドアに向かいながら、アクーロフはいった。「ゾーヤ・ザハロワが、このみじめな地球にいられるのは約七十二時間だ」パックから煙草《たばこ》を一本抜いて、火をつけた。「運のいい女だ」

インナは答えなかった。リーダーのアクーロフには死にたいという願望があり、とてつもない難敵をターゲットにしようとしている。それに、ゾーヤがベルリンでなにをやっているにせよ、重大な事情があるはずだと、インナは確信していた。ゾーヤを襲う前に、それを突き止める必要がある。ターゲットのプロファイルに集中しようと、インナは決意した。アクーロフが暗殺を行なえるように、まともな状態を維持することを願うしかない。

インナは、アクーロフのあとから〈アルコホーレ・ノンストップ〉を出て、ワルシャワの温かい雨のなかに戻った。

19

十二日前

トルコのカラビュックにある工場へ行って、貨物がトレイラートラックに積み込まれるのを、スルタン・アル＝ハブシーが見届ける必要はまったくなかった。しかし、七月のいくらか暑い朝にそこへ行ったのは、この作戦の細部すべてを周到に準備していることを周知させるためだった。あらゆるものに自分の指紋を残したかった。もちろん、物理的にではなく、比喩《ひゆ》的に。スルタンには力量を示したい相手がひとりいるので、これを自分の作戦にしたかった――そうする必要があった。

スルタンの父親。

ドバイの首長。

スルタンは、父親にどう判断されるかということを頭からふり払い、イエメンで死んだ兄と弟のことを意識から追い出して、装甲車をおりると、現地の随行団の男女のあとから、無菌倉庫へ行った。倉庫内の環境を汚染しないように、入口で防護服を着なければならなかった。スルタンは、スーツの上から白い防護服をかぶり、ポリエチレンのカバーで靴を覆《おお》い、顔と頭をマスクで包み込んだ。全員がおなじ格好になると、倉庫のフロアを通って、広い保管・荷積み場にはいった。壁ぎわに数カ所の荷積み口があったが、扉があいているのは一カ所だけだった。トレイラートラック一台がバックでその荷積み口にとまり、全身をおなじ防護服で覆った武装警備員数人が、そのそばに立っていた。

トラックの手前には、視察のためにスルタンがわざわざUAEからやってきた目的の品物が、仰々《ぎょうぎょう》しく並べてあった。

クワッドコプター型のドローン四十機が、楔形《くさびがた》に二列をなして床に整列していた。四十機はすべて幅一メートル、高さ五〇センチだった。輸送のために組み合わせて梱包《こんぽう》され、待機している全長一六メートルのドライバン・トレイラー（荷台が密閉されて貨物が風雨にさらされないようになっているもの）にぴったり収まるとわかっていたが、まず会社の社長の説明を聞かなければならない。

じっさいは説明など必要ではなかった。UAEの情報機関幹部のスルタンは、このドローンに関する書類をくまなく読んでいた。だが、作戦が完了したとき、自分がドローン輸送に最初から関わっていて、オンラインで何カ月も連絡をとり合っていたメーカーの幹部とじかに会ったことを、父親に知ってもらいたかった。

トルコのハイテク会社の社長は、満面の笑みを浮かべて、アラビア語で誇らしげに演説を行なった。営業担当というよりは、子供を自慢する親のようだった。「〈カルグ〉はトルコ語で〝鷹〟を意味します。ここで設計され、製造されました。攻撃ドローン・クワッドコプターです。最高二十機までの群飛《スウォーム》で運用でき（一機ずつ個別に操縦する必要はなく、群飛単位で自律的に飛ばすことができる）、各ユニットが一・三六キログラムの弾頭を投射できます。最大速度は時速一四四キロメートル、一度の充電での航続距離は一〇キロメートルです。

遠隔操作で操縦できますし、設定したパラメーターに応じて、ホヴァリング、滞空《ロイター》、ターゲットの自動選択を行なうことができます」

社長はさらに数分話をしてから、同型のドローンを倉庫のフロアから荷積み口へ飛ばして実演した。スルタンの前方で機首を持ちあげたドローンのモーターがうなり、ローターが空気を激しく叩いて揚力を発揮した。

スルタンは前進して、ドローンのカメラの目のすぐ前に顔を近づけた。壁のスクリーンに巨大な茶色の目が映し出され、観衆が笑った。

会社の社長がいった。「閣下がドローンを検査しているのとおなじように、ドローンも閣下を検査しています」

全員がまた笑った。

ドローンの実演が終了すると、スルタンは質問をはじめた。

「弾頭はわれわれが話し合ったとおりのものだな?」

トルコ人社長がうなずいた。「十五個は高性能爆薬、十五個は対人、十個は徹甲成形炸薬《てっこうせいけいさく》《やく》です。そちらの射撃諸元データが合っていれば、どのような組み合わせでも運用でき、ターゲットの数センチ以内に爆装を落とすことができます」

「たいへん結構」

さらに質問がつづいたが、スルタン・アル=ハブシーはすべて答を知っていた。だが、それによって、スルタンが無人機テクノロジーに通暁《つうぎょう》しているのを、観衆に見せつけることができた。

支払いはすでに数カ所のオフショア口座への秘密電子送金で終えていたので、ドローンが頑丈なプラスティック・ケースに収められて、人力でパレットに積まれ、フォークリフトでトレイラーに運び込まれるのを眺めるほかに、やることはなかった。

トレイラーの扉が閉まると、スルタンは片手をトレイラーに置き、やがてハイウェイに向かうトラックを見送った。

トルコに着陸したのはわずか一時間半前で、自家用ジェット機はドバイに帰る用意ができていた。装甲車に戻ると、スルタンは作戦部長のオマールにいった。「ルートをあらためて教えてくれ」

オマールが、いかにも部下らしい口調で答えた。「ブルガリア、セルビア、ハンガリー、スロヴァキア、チェキア（チェコ共和国が英語名称として使うことを希望した国名）、ドイツ。賄賂《わいろ》ですでに許可を得ている国境の通過にどれだけ時間がかかるかによりますが、約三日です。おなじルートにおなじ手配で囮《おとり》のトラック二台を派遣しています。そのうち一台が問題に遭ったら代替ルートを通るしかありませんが、遅くとも四日目には品物が最終目的地に着くと確信しています」

スルタンはうなずいた。「だいぶ時間がある。到着したときには、おまえも現地にいるはずだな？」

「手配なさったとおりです」

スルタンは、装甲車の厚い窓から外を見て、家族、死、武勇のことをしばし考えた。もうじきだと思った。ほとんどすべてが動き出す。つぎの段階が待ち遠しかった。万事が計画どおりに進めば、ラシード・アル＝ハブシーに残されたただひとりの息子は、ほぼ独力で中東全体の状況を再構築する。それをヨーロッパの心臓部で行なう。

20

現在

ドクター・アズラ・カヤは、ほとんどの晩とおなじように、ブダペスター通りにあるフランツィスクス病院の緊急治療室《ER》のドアを出て、夜道を独りで歩いていった。彼女のアパートメントは、ベルリン中心部のティーアガルテン通りのビルにあり、いつものようにきびきびと歩けば十五分しかかからない。歩くときにはたいがい音楽を聴くのだが、イヤホンを充電するのを忘れたので、きょうの患者のことを考えながら、ひんやりする風に向かって進んでいた。

六〇メートルうしろの男には、まったく気づいていなかった。男はティーアガルテン通りの向かいの歩道を、おなじ方向へ歩いていた。

アズラは内科医で、医学実習期間がまだ一年残っていたので、長時間、過酷な勤務をつづけることが多かった。トルコ生まれで、十九歳のときに家族と離れ、永住するためにひとりで移住した。いまではトルコ人ではなくドイツ人だという意識のほうがはるかに強い。アズラの両親のような第一世代の移民は、それに複雑な感情を抱いている。

アズラはハイデルベルクの医科大学に入学し、トップに近い成績で卒業してすぐに、ベルリンのあちこちの病院や診療所で働きはじめた。三十歳で独身だった。たいがいのトルコ系の女性とおなじように、社会で役割を果たすという現代的な考えかたで、急いで家庭を持つつもりはなかった。仕事が生き甲斐《がい》で、一所懸命働いていた。

午前零時十八分、アズラはアパートメントのあるビルにはいり、狭く暗いロビーを通って小さなエレベーターに乗った。四階まではあっというまで、廊下を半分進みながら鍵を出して、四〇三号の前で立ちどまった。

すばやくなかにはいって、ドアをロックし、ハンドバッグをキッチンのアイランドに置いた。冷蔵庫から缶入りのスパークリングウォーターを出して、シャワーを浴び、着替えるために、寝室へ行った。

今夜の当直はことにきつかったが、ポップコーンを食べながら映画を観るのを楽しみにしていた。大好きな深夜の娯楽で、眠りに落ちるのに役立つ習慣だった。

二十分後、黒い〈プーマ〉のトラックスーツに着替え、髪を解いて、濡れている波打つ黒髪が肩の下まで垂れるようにした。コンタクトレンズをはずして眼鏡《めがね》をかけ、ほとんど空《から》になったスパークリングウォーターの缶を持って、キッチンに向かった。

リビングにはいったとき、かすかに風があったので驚いた。右に目を向けると、テレビの横の窓があいていた。アズラははっとして立ちどまり、胸に恐怖が湧き起こって、左のキッチンに視線を向けた。

四メートルしか離れていないところで、キッチンのアイランドにもたれて立っている人影があった。アズラは小さくあえいだが、悲鳴をあげたり、逃げたりはしなかった。そういう状況にしては落ち着いた慎重な声できいた。「あなたはだれ?《ヴェール・ジント・ジー》」

男が英語で答えた。「助けてもらいたいんだ」

アズラは、深く息を吸ってゆっくりと吐いてから、英語に切り換えた。「びっくりしたわ」つづけていった。「メールを受け取っていない」

「わかっている」

若い女性医師のアズラはいった。「先にメールを受信しないと手当てしないのよ」

「近くに来て、おれの顔を見てくれ。きみはおれを知っている」

アズラは、自分のアパートメントにいる男に、もう不安を感じていなかった。大股に男に近づきながら、明かりのスイッチを入れた。

そして、すぐに男の顔を用心深くしげしげと見た。「あなたなの」こんどは当惑した口調になっていた。

「そう、おれだ」男は咳をした。

「知っている。二年半前に、わたしのところに来た」

男がかすかな笑みを浮かべた。具合が悪そうな顔だと、アズラは思った。男がいった。

「記憶力がいいな」

「あなたのことを忘れるはずがない」アズラはいった。「はじめてだった。だれでもはじめては忘れないものよ」

ジェントリーは、不安げに咳払いをした。ジョークで応じてもよかったのだが、そういう気分ではなかったし、アズラがなにかほかのことを考えているような目で見ていた。

やがて、アズラ・カヤが淡い笑みを浮かべた。「あなたの腕にひどい裂傷があった。なにで切ったのかときいたら、割れたガラスだとあなたはいった」間を置き、暗い明かりのなかで相手に視線を据えた。「ガラスじゃなかった」

ジェントリーは、アズラの言葉を認めた。「ガラスじゃなかった」

「ナイフだっん」アズラがいった。

「あなたはかなり出血していたけど、信じられないくらい頑健だった。それに、冷静そのものだった。二十六歳の医学生が懸命に手当てするあいだ、じっと座って血を流していた。わたしの手はふるえていた」

「そう、ナイフだった」

「すごく上手な手当てだった」

ジェントリーは、アズラとおなじように一部始終を憶えていた。ロシア・マフィアの関係者に雇われ、厳重な警護に囲まれていたチェチェン人ギャングを暗殺するために、ベルリンへ行った。仕事は終えたが、脱出するときに、弾薬が尽きた護衛がふるったナイフで切られた。

ジェントリーは、腕を切り裂かれたつぎの瞬間に、そのナイフでチェチェン人護衛を殺した。

当時、ジェントリーはイギリス人調教師《ハンドラー》のもとで暗殺者の仕事をやっていた。調教師は地下資源ネットワークに属していて、雇った人間は手助けが必要なときに、それを世界のどこでも利用できた。資源には、秘密で治療を行なう医療専門家もいて、サー・ドナルド・フィッツロイという調教師のために働いていた年月には、何度となくそのサービスを利用した。だが、いまはフリーランスで、ときどきＣＩＡと契約して極秘の仕事をやっていて、ネットワークの手助けは独自に利用している。

アズラがいった。「あなたが行ってしまったあと、三千ユーロがわたしの銀行口座に振り込まれた」

ジェントリーはいった。「きみのような人間がネットワークで働いているのは驚きだった」

髪が濡れているトルコ系ドイツ人のアズラが答えた。「褒《ほ》め言葉だと受け止めるわ」ジェントリーの体を眺めまわした。「治療してほしいというけど……でも、メールを受け取っていない」

「おれは、この地域で患者の手当てをさせるためにきみを雇っている組織の外で仕事をしている。しかし、ベルリンにいて、きみの助けが必要だから、ここに来た」つけくわえた。「報酬も払える。現金でいますぐに。手当てしてくれるか？」

「こっちへ来てください」

ジェントリーは、質素なリビングの小さなソファへ行って、ドサッと腰をおろした。膝《ひざ》を曲げたときに、ほとんど力が抜けそうになった。アズラはジェントリーの姿勢を安定させてから、キッチンのアイランドへ行って、ハンドバッグから聴診器を出した。

ジェントリーはいった。「肩が感染症を起こしている。骨のなかだ。かなりひどいと思う」

「いつ接触したの？」

「一ヵ月前」

「どういうふうに？」

ジェントリーは、ためらってからいった。「わかっているだろう。割れたガラスだよ」

アズラは、ジェントリーの前でひざまずいた。「なんでもいいわ」シャツを脱がせて、はじめて包帯を見た。

「だれが傷を縫《ぬ》ったの？　猿？」

ジェントリーはまた咳をした。「猿がいなかったから、自分でやった」

アズラがちょっと笑い、汚れた包帯をそっとはずした。縫合《ほうごう》された傷口を見てから、その近くの皮膚に触れ、ジェントリーの額に手を当てた。

「外科医としてはまあまあね」ジェントリーの額に触れたままで、アズラはいった。「でも、熱が出ている。この手当てはどうやっていたの？」

「抗生物質の点滴だ。三週間ぐらいやっていた。数日前に中断して、錠剤を飲んでいる」

「点滴を中止した？」アズラは唖然《あぜん》としていた。「〈シプロ〉（抗生物質シプロフロキサシンの商品名）を最短でも八週間、点滴する必要があるのよ。かなり重症だわ」部屋を見まわした。「包帯を巻き直すのはいまできるけど、抗生物質、点滴液、点滴スタンド、チューブを用意しないといけない。毎晩ここに来てもらって、治療を――」

「それはできないと思う」

アズラは、ジェントリーの顔を見た。「わかった。納得した。来られるときに、何度でもいいから来て。ここに泊まって。お客用の部屋があるから。散らかってるけど、ベッドがある。当直が終わったら、抗生物質と点滴液を持ってきて設置し――」

「それもできない。おれは仕事でここに来たんだ。ベッドに寝ているわけにはいかない」

「でも――」

「錠剤だ。錠剤がもっと必要なんだ。大量に」

「経口抗生物質は、骨の感染を打ち負かすほど強くない」

「戦いに勝つ必要はない。戦いをつづけられればいいだけだ」

「理解できない」

「動きつづける必要があるんだ。一週間で済むと思うが、もうすこし長くかかるかもしれない。ここでの用事が済んだら、必要なだけ長期間、抗生物質を点滴してもらう場所があるから、そこへ行ける。用事が終わるまでがんばらなければならないだけだ」

アズラが、腹を立てて両手で頭をかかえた。「あなたの仲間は、どうやってあなたをこんなふうに……」

アズラが言葉を探しているようだったので、ジェントリーは助け舟を出そうとした。

「正気を失わせた？」

「〝自分の意志をあくまで押し通す〟ようにしたのか、といおうとしたのよ」

「ああ、たしかにおれは自分から危ない状況に跳び込む。そこから脱け出すのに助けが必要なこともある」

「錠剤はあげるけど、診察を受けられるときには受けに来てほしい。たとえ〈シプロ〉を使っていても、感染が進むこともあるわ。ベルリンにいるあいだ、できるだけ頻繁《ひんぱん》に来てくれれば、点滴する」

ジェントリーはうなずいた。「わかった。ほかの薬もほしい」

「どういう薬？」

「立っていられるように〈アデラル〉（ADHD〔注意欠陥・多動性障害〕などの治療に用いられるアンフェタミンの商品名）。休む時間があるときに眠れるような薬もほしい。〈クロナピン〉（クロナゼパムの商品名。抗てんかん薬。パニック障害にも用いられる）が効く。それから、肩の傷や新しいもののための鎮痛剤」

「新しいもの？」

「ベルリンには割れたガラスがごまんとある」

じめて感じた。

アズラはまたジェントリーをじっと見つめた。批判されているのを、ジェントリーははじめて感じた。

アズラがいった。「つまり、体がバラバラになりそうだけど、それをつなぎ合わせておく薬がほしいというのね」

ジェントリーは、肩をすくめた。「体を動かしつづけないといけないんだ。なんであろうと、戦いつづけられるようなツールがあれば、使うつもりだ」

しばらくして、アズラがうなずいた。「必要なものは診療所で手にはいる。点滴の器材を用意しておくわ。あしたの晩、また来られる?」

「と思う」

アズラがハンドバッグのなかを探りはじめた。ジェントリーは片手を右腰に近づけて、脅威になるものをアズラがハンドバッグから出したら、腰のうしろの拳銃を抜けるように身構えた。だが、アズラが出したのは薬瓶だった。「〈ロータブ〉よ」アズラがいった。「痛みを我慢するのに使える」

ジェントリーは首をふった。「もっと弱いトラマドールのほうがいい。激しく痛まなければいいんだ」

アズラが瓶を投げ、ジェントリーは受けとめた。「半分に割って。何カ月か前に口腔《こうくう》手術を受けたの。痛み止めに二日だけ必要だった」

ジェントリーは、鎮痛剤への依存と戦ったことがあった。兵士や情報機関の軍補助工作員のあいだでは、衝撃的なくらいありふれたことだった。だが、ジェントリーは自分の体と薬物についてよく知っていた。オピオイド系の鎮痛剤をほんとうにつらいときだけ使うようにすれば、乱用に陥る可能性は低い。

それに、いまはかなり痛みが激しい。「ありがとう」ジェントリーはそういってシャツを着た。

「お礼をいうなら、わたしのいうことをもうひとつだけ聞いて」

「いいよ」ジェントリーは一錠を半分に割って、水なしで飲み込んだ。

「痣《あざ》や擦《す》り傷がかなりあるわね。三週間前のものではない打撲傷《だぼくしょう》がいくつもある。なにをやっているにせよ、また負傷する危険がある」アズラは、ジェントリーの腕を叩いた。

「もう怪我《けが》をしないように気をつけて」

ジェントリーはうなずき、窓の外の通りを眺めた。「二十年ずっと、そう努力して失敗してきた」アズラに目を向けた。「もっと努力する。きみがストレスを感じないように」

ジェントリーは、ユーロの札束を出した。アズラはそれを見たが、受け取ろうとしなかった。「今回はほとんど問診だけだった。お金はもらうけど、今夜はいいわ。あなたは旧《ふる》い友だちだし、会えてよかった」

　ジェントリーは、何年も前にアズラの治療を数時間受けただけだった。手当てを受けたときのこと以外は、ほとんど憶えていない。ジェントリーが心温まる記憶として彼女の胸に残っているのは、ここに手当てを受けにきたあとの連中がろくでなしばかりだったからにちがいない。


　五分後、ジェントリーはドクター・カヤのアパートメントを出ていた。ティーアガルテン通りを歩きながら、すべての暗い玄関前のくぼみを覗《のぞ》き、駐車しているすべての車に目を留め、午前一時に明かりがついているアパートメントの窓をじっくり観察した。無意識にそういうふうに行動していた。そういった周囲の自然なパターンを理解できるように、頭のなかにメモを残した。ここにまた戻ってくるとわかっていたからだ。

　それに、ゾーヤのことを思った。

　スウェーデン大使館の前でタクシーに乗り、どうにか通じるドイツ語で、ラトハウスシュパンダウの地下鉄駅へ行くよう運転手に指示した。夜の闇を十五分近く西へ走り、メルセデスのタクシーがとまると、ジェントリーはおりて、またひと気のない通りを独りで歩きはじめた。

十分後、ほとんど真っ暗なビルにはいって、階段を昇っていった。

ジェントリーは、地下鉄駅からあまり遠くないビスマルク通り64のなんの変哲もないアパートメントビルの部屋を借りていた。ハーフェル川西岸で、西ベルリンのシュパンダウ区にある。三階の狭い部屋は裏の駐車場へおりられる階段のそばで、薄汚く飾り気のない黄色いバルコニーが表通りに面している。だが、都合のいい裏口があり、正面からの接近を照準線に収めているだけで、ほかにはなんの取り柄もないアパートメントだった。街の中心から六キロメートル以上離れているし、床とバスルームには埃《ほこり》が積もって汚れ、おなじ階の唯一の隣人は、隣のバルコニーで気持ちが悪くなるような甘いにおいの肉を焼いているらしかった。午前一時をだいぶまわっているのに、そのにおいがジェントリーの汚い部屋に漂ってきた。

ジェントリーはいつもならクロゼットに寝るようにしている。夜間に何者かが忍び寄ってきた場合、ベッドに寝ていると思うのがあたりまえだから、そのほうが安全なのだ。だが、ビスマルク通り64では、擦《す》り切れた寝具をバスルームの冷たいビニールの床に敷いていた。四二平方メートルの部屋にクロゼットはなく、古びたせいと湿気と職人の腕が悪かったせいで引き出しがへばりついてあかない化粧簞笥《だんす》があるだけだった。ジェントリーは明かりを消し、HK・VP9セミオートマティック・ピストルを抜いて、そばの床に置いた。

ドクター・カヤにもらったオピオイド系鎮痛剤のおかげで、熱はすでに下がっていたが、朝にはぶりかえすとわかっていた。肩に焼けるような痛みと刺すような痛みがあったが、鎮痛剤が効いているため、そうひどくはなかったので、睡眠を妨《さまた》げられることはないだろうと思った。

疲れ果てていて、痛みのことを心配していられなかった。あすはゾーヤを遠くから観察しなければならないし、それについて知恵を絞らなければならない。

ここでの任務にジェントリーは乗り気ではなかったが、ゾーヤがＣＩＡの支援もなく独りで危ない状況に置かれるよりはましだと思っていた。

ジェントリーは目を閉じて、意志の力で眠ろうとした。

21

九日前

シンガポール商船旗を翻《ひるがえ》している中型の在来貨物船〈レモラ・ベイ〉は、四日前にインドのムンバイを出航した。パティオの家具、ガラス製品、食卓用金物類を混載し、アラビア海を西に航行しはじめた。アブダビで投錨し、貨物の半分をおろしたあと、アラビア半島を大きくまわって、エリトリアのアッサブ沖でふたたび投錨した。

闇夜の真夜中にそこで小さなダウ（マストが一本か二本で三角帆の小型帆船。現在はディーゼル機関を備えているものもある）二隻が、投錨している〈レモラ・ベイ〉に東から近づいた。〈レモラ・ベイ〉の甲板から縄梯子《なわばしご》四本がおろされた。縄梯子をおろした乗組員たちは、甲板の投光照明を消しながら急いで調理場へ行った。あらたな貨物を見てはいけないと注意されていたからだ。

ダウの甲板から貨物船の手摺《てすり》まで三層の高さを、十五人の男が昇っていった。縄梯子を昇る男たちの引き締まった筋骨たくましい体に、ひんやりする潮風が吹きつけた。いずれも折り畳み銃床と短銃身のツァスタヴァ・アサルト・ライフル——ＡＫ-47かＡＫＭのライセンス生産型——を持ち、糧食を入れた〈パタゴニア〉のバックパックを背負い、予備弾倉を身につけていた。欧米の服装で、そのほかの必需品も携帯していた。

〈レモラ・ベイ〉の上甲板に最初にあがった男は、黒ずくめで、襟《えり》まで髪をのばし、短い顎鬚《あごひげ》と口髭《くちひげ》をたくわえていた。男は武器と装備を背負って機敏に縄梯子を昇り、甲板のほうへ横向きに転がり、猫のように巧みに音もなく着地した。すぐに縄梯子のほうをふりかえり、あとにつづく男たちの手を握って引きあげ、上甲板から船艙《せんそう》に直接行ける階段の入口に向かわせた。

その男の名はハサン、ヨーロッパでの任務の作戦指揮官としてスルタン・アル＝ハブシーがみずから選んだＵＡＥ信号情報局《ＳＩＡ》工作員だった。あとの十四人は、バーブ・エル＝マンデブ海峡の向かいのイエメンにあるＵＡＥの非合法施設に収容されていたイラン人捕虜だった。彼らは練度の高い戦士だが、動きが鈍く、健康状態もよくない。しかし、任務に対する熱意はハサンをしのいでいた。ハサンは報酬をもらってこの集団を最終目的地まで先導する。十四人の原動力は意志の力だけだった。

十四人は、経験ではスンニ派の指揮官ハサンに劣っていたが、思春期から武器を扱っていて、市街戦にのめり込んでいた。

ハサンは上甲板に最後まで残っていた。階段の入口に立ち、うしろを向いて、闇のなかではほとんど見えない海の方角を甲板ごしに眺めた。これから何日ものあいだ外気を吸えないとわかっていたので、潮気を含んだ空気を深く吸い込んだ。任務と生き残れる可能性について考え、母国に戻ることができれば、首長が報奨金や名声をさずけてくれるはずだと自分にいい聞かせた。その後、首長が死んだときには、ハサンのボスのスルタンが国家指導者になり、王位に就くとともに、ハサンをＳＩＡの新作戦部門の長にするはずだった。いまからそのときまで、やらなければならない仕事が数多くあると、ハサンにはわかっていた。だが、この作戦には、そういったこととはべつの誘因もあり、それもまたとてつもなく魅力的だった。

ハサンは階段のほうを向いて、巨大な貨物船の奥底へ下っていった。

22

現在

　ジェントリーは、アパートメントを午前六時十分に出た。体が弱っているので、早朝に起きるつらさが、いつもよりこたえた。錠剤は飲んだが、強い鎮痛剤には手を出さず、アルバから持ってきた抗炎症剤をすこし飲んだだけだった。今夜、ドクター・カヤから薬をもらうが、それまでなんとかやっていくしかないとわかっていた。

　今夜がひどく遠いように思えた。

　HK・VP9は、ウェストバンドの内側でアペンディックス・キャリー・ホルスター（虫垂〔appendix〕の上に銃が位置するように携帯するので、こう呼ばれる）に収まっている。それにくわえて、昨夜、路面店で買った安物の小さな黒いダッフルバッグを持っていた。そこで"I❤Berlin"と描かれたスウェットシャツ二着を買い、空《から》のバッグをそれでふくらませて肩で揺らしていた。

まもなくシュパンダウアルスタット駅で地下鉄に乗り、東へ向かった。

午前七時に、ジェントリーはアパートメントから八キロメートル離れ、シャルロッテンブルク宮殿の庭園にある池のそばのベンチに座り、ふわふわのコーヒーケーキを食べ、トールカップのブラックコーヒーを飲んでいた。時計を見て、ふた口三口食べてから、コーヒーケーキの残り三分の一をちぎって、池のほとりに群がっているアヒルに投げてやった。立ちあがり、コーヒーを飲み終えて、カップを近くのゴミ入れに投げ込み、銅像と木立のあいだの狭いアスファルトの遊歩道を歩いていった。

最初はだれの姿も見えなかったが、すぐに浅黒い肌の男が近づいてくるのに気づいた。

ジェントリーは、その男を一瞬見てから目をそらし、池に視線を戻した。見知らぬ男が小さな黒いダッフルバッグを肩に担《かつ》いでいるのを、ジェントリーは見届けていた。ジェントリーのバッグとおなじだった。近づくあいだ、男が完璧なタイミングで現われたことを、ジェントリーは高く評価した。

ふたりは相手に目を向けずに近づき、足をゆるめたり、立ちどまったりはしなかった。ただすれちがっただけだが、そのときにふたりともダッフルバッグを肩からおろして手で持ち、体の前で手をのばして、相手の手からバッグを取ると同時に、自分のバッグから手を離した。

つぎの瞬間には、ジェントリーは新しいダッフルバッグを、相手がそうしていたように右肩に担いでいた。うしろで男がおなじようにしていることはまちがいなかった。

すれちがい交換はみごとに実行され、ジェントリーはＣＩＡベルリン支局の工作担当官の技倆《ぎりょう》にすこし感心した。

ジェントリーは、ベルリンで必要な装備を用意するようハンリーに頼んでいた。ＣＩＡから直接受け取ると、発見されるおそれがわずかにあるが、そのリスクを取ることにした。とはいえ、暗殺者としてこれほど長く生き延びてきたのは、用心深いからだ。ジェントリーは三十分間、監視探知ルート《ＳＤＲ》をとり、路面電車や地下鉄を何度も乗り換え、地下鉄で議事堂へ行って、すぐに半身の姿勢になり、ドイツ連邦議会の写真を撮ろうとして早々と群がっている観光客のあいだを抜けて、タクシーに乗り、もとの東ベルリンに向かった。

九時十五分前、ＳＤＲを終えたジェントリーは、アレクサンダー広場を歩きながら、携帯電話を出した。端末相互間を暗号化するアプリ〈シグナル〉をひらいて、保存済みの番号を選択し、付近を監視しながら、相手が出るのを待った。

ようやく、耳慣れた声が聞こえた。「ブルーア」

ジェントリーは、二分前からこの電話のために心の準備をしていた。できればスーザン

・ブルーアと連絡をとりたくはなかったが、情報を聞きたいのでやむをえなかった。しかし、自分のことと居場所については情報を教えないつもりだった。

ジェントリーは答えた。「ヴァイオレイター、身許コード、L《リーマ》、Y《ヤンキー》、P《パパ》、5《ファイヴァー》、1《ワン》、G《ゴルフ》」

「身許認証。荷物は受け取ったわね？」

「受け取った。アンセムがどこにいるか知りたい」

「現在位置はつかんでいない」

たとえ監視のみであっても、この作戦にジェントリーを参加させるとハンリーにいわれたとき、スーザン・ブルーアは文字どおり頭にきたにちがいない。不愛想で手厳しいのは当然だろうと、ジェントリーは思っていた——もとからそういう関係なのだ——だが、アンセムの居場所を教えろというハンリーの命令には従うはずだった。

「どうして知らないんだ？」

「昨夜から連絡がない。彼女が泊まっているところと、シュライク・インターナショナル・グループの彼女のターゲットのいるところへは誘導できる。でも、どこで彼女が見つかるかということに関しては、あなたが自分で探すしかない」

「ターゲットは何者？」

「ジャヴァード・ササーニー。イランの海外情報部の工作員だと疑われている。中レベルで、個人警護はない。いたって簡単な的よ。退屈な仕事だと、彼女はいっている」

「それなら、どうしてシュライクは彼女にその男を追わせているんだ？」

「彼女は二週間前にシュライクに雇われたばかりよ。最初は月並みな仕事をやらせるつもりらしいと、彼女は見ている」スーザンは、ササーニーの住所をジェントリーに教えた。

「わかった」ジェントリーはその情報を暗記した。「アンセムはどこに泊まっている？」

「アドロンのスイート。４０５」

「ブランデンブルク門の近くだな？」

「ええ。だからアメリカ大使館にも近い。ホテルの西側では顔を見せないほうがいい。アメリカのカメラに映って、顔認証で身許確認されるかもしれない。ＣＩＡが公式にはあなたを追っているのを忘れないで」

「忘れるわけがないだろう」

「アンセムに支援の人間がいることはぜったいに知られてはならないと、ハンリーはあなたに強調したはずよ。ちがう？」

「おれがここにいるのは、だれも知らない」

「あなたが前にそういったとき、その街全体が焼け落ちた」

それはいいすぎだとジェントリーは思ったが、その指摘にも妥当なところはある。今回は作戦上の秘密保全を厳しく守ろうと自分をいましめた。なぜか対監視資産にうしろを護《まも》られているのがばれて、ゾーヤが単独工作に失敗するようなことは、避けなければならない。

ゾーヤを助けるために来たのだ。ゾーヤが殺されたら、元も子もない。

スーザンとの電話を切るとすぐに、ジェントリーはジャヴァード・ササーニーの家に向かった。

23

二日前

在来貨物船〈レモラ・ベイ〉は、地中海を七日間航海し、イベリア半島をまわって、大西洋を北上してフランスを過ぎ、イギリス海峡にはいって、アムステルダムの港を目指した。

何事もない航海だったとはいえ、操船する船長以外の乗組員は毎晩、九十分のあいだ船室にこもるよう命じられていた。船内の人間貨物が、新鮮な海の空気を吸えるようにするためにちがいなかった。

イギリス海峡は霧がかかり、低い雲が水面の上におりていたが、東にアントワープを見るころには、陽射しが戻り、日没には北海に達していた。オランダ沿岸のデン・ハーグのかすかな明かりが、右舷の彼方に見え、針路が陸地に近づくと、それが徐々に明るくなっ

ていた。

進んでから、針路を南に戻し、ハルリンゲンを左に見て、アムステルダムに向けて南下した。〈レモラ・ベイ〉は午前零時に針路変更し、フリーシェ諸島とワッデン海を抜けて真東に
た。アムステルダムに接近したときには、街の明かりが視界にひろがっていた。

午前二時、〈レモラ・ベイ〉は速力を七ノットに落とし、命令により乗組員は船室にこもった。船長ひとりが操船していると、全長二一メートルのトロール漁船が近づいてくるのが、最初はレーダーでわかり、やがてスポットライトをつけると肉眼で見えた。

大型の〈ゾディアック〉膨張式ボート二艘《そう》が、漁船から発進した。船長は漁船の船名には注意を払わないよう指示されていたが、甲板の照明が船尾を照らし、濃紺の船体に白くくっきりと〈ゲルダ〉と描かれているのが見えた。

船長が見ていると、〈ゾディアック〉二艘が〈レモラ・ベイ〉に横付けし、重いバックパックを持った男たちが船艙《せんそう》から甲板に出てきた。大きなクライミングネットが投げおろされ、人間貨物が伝いおりていった。

船長のところからは、横付けされた〈ゾディアック〉が見えなかったので、不安になった。世界中の船舶はすべて電子的に追跡されているので、怪しまれないために、〈レモラ・ベイ〉は七ノット以上で航行しなければならなかった。

〈ゲルダ〉は数百メートル東をおなじ速力で並行していた。二隻がそういう状態を長くつづけていると、怪しまれるおそれがある。

だが、数分後に〈ゾディアック〉は離れていった。〈ゲルダ〉のスポットライトが一瞬照らしたので、荷物と男たちが〈ゾディアック〉にこぼれ落ちそうな感じで乗っているのが見えた。船長は速力をあげてアムステルダムに向かうとともに、船内放送で乗組員に甲板に出てもいいことを伝えた。神経をすり減らす一週間だったが、それも終わった。あとの航海は、ふだんどおりになるはずだった。

船長は、一等航海士に操船を任せて船長室へ行き、このときのために用意してあるスコッチを飲むのを楽しみにしていた。

十五人をヨーロッパに運ぶことで、船長はかなりの額を稼《かせ》いだ。ひと財産とはいえないかもしれないが、インドネシアの四十歳の貨物船船長にしてみれば、かなりの富だった。

二艘の〈ゾディアック〉は、ハルリンゲンの北で着岸して、イラン人十四人とUAEのひとりがおりて、低い石の堤防を登り、反対側を下った。ハサンは上陸する日が闇夜に近いことを計算に入れていたので、月明かりはほとんどなかった。目が慣れて、サトウキビ畑のあいだを通る砂利の農道に作業用バン二台がとまっているのを見分けるまで、しばらくかかった。

　速力をあげて〈ゲルダ〉に戻っていく〈ゾディアック〉の音がしだいに消えると、ハサンはイラン人チームをバン二台に分乗させ、ほどなく東に向かった。

　一行はフランエーケルとレーワルデンの町を、夜明けの何時間も前に通過した。二台はほとんどおなじ型だったので、連なって走らないように気をつけ、制限速度を守った。運転手ふたりを除く全員が、移動を邪魔する警官がいたら殺せるように、武器を低く構えていた。ヨーロッパに来たことがあるのはハサンだけで、数人は英語を学校で学んでいたが、書類もなく武器を携帯しているのだから、怪しい外国人だと見なされるにちがいなかった。

　だが、邪魔ははいらず、夜明けのオレンジ色の光があたりに満ちるころに、ハサンは先頭のバンの運転手に指示して、ドイツのブレーメン郊外のアデレーダー通りにある木立に覆《おお》われた農家の私設車道を進ませた。ハサンは車をおりて、付近に目を配ってから、手をふってイラン人たちにつづくよう指示した。疲れ果てた男たちがバンから出てきて、バックパックと武器を肩に担《かつ》ぎ、農家にはいっていった。

　ターリクと名乗る作戦の首謀者のスンニ派とともに、欧米の楽な服装の男――イエメンの監獄で彼らが会ったことがあるUAEの人間――《SIA》がそこで待っていた。

　その男も、ハサンやターリクとおなじように信号情報局にちがいないと、イラン人たちにはわかっていた。

「ムハンマドと呼んでくれ」ハサンと心のこもった抱擁《ほうよう》を交わしたあとで、男がいった。

「よくきてくれた、同胞《きょうだい》。ちょうど礼拝の時間に間に合った」

24

ルドルフ・シュパングラーは、正義、宿命、神の摂理など、あらゆる基準からして、とっくに死ぬか刑務所送りになってしかるべきだった。自分の手でおおぜい殺し、手先を使っておおぜい殺させていた。自分の行動によって、無数の人間の人生を引き裂いてきた。だが、こうして、五つ星ホテルのリージェント・ベルリンのレストラン〈シャルロッテ&フリッツ〉で奥のボックス席に独りで座り、オレンジジュースを飲みながら、新聞を読んでいる。

じつはまったく独りというわけではなかった。四人組の警護班が、隣のテーブルを占領していた。

午前八時前だったが、シュパングラーは一日の仕事をはじめる用意ができているように見えた。スーツはロンドンの店へのオーダーメード、眼鏡《めがね》はミラノの名工が作ったもので、ぴたりと合っている。ほとんど黒い髪と童顔のせいで、六十六歳には見えない。洗練された女性的ともいえる物腰は、目の前で男や女や子供が死ぬのを見ても、いま読んでいる《ディ・ヴェルト》の移民政策に関する記事のどこを読んでいたかを見失うことがないくらい冷酷な心を隠している。

東ドイツ生まれのシュパングラーは、目立たない警護班の向こう側にいる二十五人ほどのベルリン市民や外国人のだれにも、正体を見抜かれていなかったが、数年前の短い期間にはかなり有名だった。

シュパングラーは、政府の中級の役人の子供で、最初はまったく無名だった。ライプチヒとベルリンの中間にあるエーナという村のジャガイモ共同農場の経営が、父親の仕事だった。兄と姉は農業を選んだが、シュパングラーには世界を見たいという野望があった。ソ連の大学へ行ってから、父親の平凡なコネで国家安全保障部門に職を得た。

世界はあまり見られなかった。だが、二十五歳になるまでに、東西ドイツのあいだの全長一四〇〇キロメートル近いフェンス沿いのありふれた国境検問所、刑務所、訊問施設、おもしろみのない政府機関のビルを数え切れないくらい目にした。

その一年後に昇進して、シュタージ（東ドイツ国家保安省）のベルリン本部に配属になったときから、シュパングラーの運命は一変した。へつらい、知力、冷酷無情、祖国と祖国の主であるソ連の党の方針を厳格に守ることで、急激に出世した。

二十八歳になると、シュパングラーは西ドイツやそのほかの国で秘密活動を行なうようになり、三十一歳のときには海外諜報部門の中央偵察管理局《HVA》次長になっていた。階級は大佐で、高く評価され、尊敬され、本部のごく少数の上官につねに信頼されていた。

三十五歳の誕生日を迎える前に、東ドイツのスパイ組織全体を動かすHVAを支配するルドルフ・シュパングラーに異を唱える人間は、リヒテンブルクの広大なシュタージ本部には、ひとりもいなかった。

だが、そのときベルリンの壁が崩壊し、シュパングラーは地獄の底に突き落とされた。だれにも手出しできなかった若い権力者のシュパングラーは、ほとんど一夜のあいだに、ドレスデンの安アパートメントに隠れ住むようになり、東ドイツの情報機関の書類保管庫があけられて、シュタージの秘密が暴露され、その影響をもろにかぶるのを待っていた。やがて、怖れていたとおりそうなって、シュパングラーは怖れていたとおり逃亡を余儀なくされた。

シュパングラーはポーランドとベラルーシを経てロシアへ行ったが、ロシア人も問題を抱えていたので、ドイツに送還され、バイエルン州のランツベルク刑務所で四年間服役し、統一ドイツ政府に以前のコネや連絡相手がいたために釈放された。それに、どういうわけか、彼の名前が載っていて重罪の証拠となる書類が消失していた。

た。再出発しようとしてカリブ海のセント・マーチン島へ行ったときには、まだ三十代だった。オランダ領の側に住み、高級なリゾートやレストラン向けに酒を輸入した。以前の生活と比べれば、目がくらむような凋落《ちょうらく》だったが、とにかく生きているし、ほぼ十年、そうやって潜伏したあとで、シュタージ幹部にのしあがるのに役立った才能を使うことにした。

国際社会の問題は、共産主義から、組織犯罪やイスラム過激派のテロという災難に変わっていた。シュパングラーは、元の同僚たちとじっくり時間をかけて連絡を再開した。多くは自国民に対する犯罪によって、刑期をつとめていた。ある程度安全だと思えるようになると、シュパングラーは空路、ベルリンへ行った。凱旋《がいせん》とはいえない帰国だったが、過去の悪い影響は消えているようだった。

シュパングラーはベルリンを根城に、世界中の民間情報会社とのあらたな人間関係を育《はぐく》み、二十一世紀のはじめには小さな会社を立ちあげ、ドイツ国内の中程度の企業を相手にリスク分析やコンサルティングを行なった。食品スーパーのチェーン、運送会社、新規通信事業者などがクライアントだった。クライアントの数はどんどん増加し、数年後には、ダイムラーベンツやシーメンスと取引し、モルドヴァ、スロヴェニア、ハンガリーなどの政府にもサービスを提供していた。需要をまかなうために工作の専門家やアナリストを雇い入れた。派遣用専門家、特定分野の専門家、犯罪情報専門家、テクノロジー支援要員などへ、範囲がひろがっていった。

当初、ドイツ政府はいやがらせをした。シュパングラーが元シュタージ幹部だったのは、隠れもない事実だったし、国家に対する罪によって服役したとはいえ、罰が軽すぎたと思っている人間が政府上層部にいた。だが、立証できるようなことはなにもなかったし、やがて彼の会社、英語で鳥のモズを意味する言葉から名付けられたシュライク・インターナショナル・グループは、ドイツ政府そのものと熱望していた契約を結んだ。シュパングラーは、ドイツ連邦政府の経済エネルギー省と契約して、中東とアフリカの不安定な市場を判断するのを手伝った。

シュライクは成長につぐ成長を遂げ、ドイツ連邦政府の対外情報機関BND(連邦情報局)と国内情報機関BfV(連邦憲法擁護庁)の工作員が辞《や》めて、この民間企業に移ることが多くなった。

そのとき、特ダネが暴かれた。

シュタージの下級職の役人が隠していた書類を、ドイツの雑誌《デル・シュピーゲル》が発見した。その役人は、逮捕されたときの交渉材料に使おうとして、東ドイツが崩壊寸前だったときに、シュタージ本部から証拠書類を盗み出した。その男はケルン郊外のみすぼらしいアパートメントで死に、忘れ去られていたが、持ち物のなかから、おぞましい過去の秘密を暴き、有罪を立証する公式書類が見つかった。
その書類のなかに、ルドルフ・シュパングラーの輝かしい勤務評定が含まれていた。

シュパングラー大佐は省と党のすべての基準を上まわる成績をあげてきた。一九八八年五月の西ベルリンにおける作戦では、ドイツ民主共和国領内のドイツ連邦共和国の上級工作員四人の正体を暴いた。そのうち三名は国外追放されて東ベルリンでKGBにより処刑され、一名は西ベルリンでの銃撃戦中にシュパングラーがみずから射殺した。

その他もろもろの証拠書類があり、冷戦時代のこういった特定の犯罪に関する訴追は行なわれなかったが、シュパングラーのことはニュースになり、ドイツ国内のクライアントをすべて失い、世界各地のクライアントもほとんど失った。

やがて、シュパングラーは人生で二度目の再出発を迎えた。会合のためにドバイに来てほしいといわれ、イラン・イスラム共和国の諜報活動を監視するために、シュパングラーのヨーロッパに本社を置く会社を裕福な後援者が雇いたいと思っているという話を聞かされた。クライアントはイスラエル政府だとほのめかされたが、正式には確認されなかった。

そのときに聞かされた話は、偽装のための作り話だと、シュパングラーは見なした。国際社会がスンニ派のテロ――アルカイダ、パレスチナ人、ISISなど――ばかりに気を取られて、シーア派の影響力が世界中で拡大しているのにじゅうぶんな注意を払っていないことを、あるイスラエル人ビリオネアが憂慮しているというのだ。

シュパングラーは、自分の会社における公《おおやけ》の地位から離れることに同意した。じっさいはすべてをひきつづき支配していた。その取り決めが二年間つづけられ、シュライクは唯一のクライアントのために活動し、シュパングラーはクライアントの要求を満たすために特殊なチームを雇い入れた。

シュライク・インターナショナル・グループは、その仕事で巨額の収入を得て、シュパングラーは立ち直るだけではなく、世界中で最高の人材を雇うことができた。

それに、クライアントはその言葉どおり優秀だった。その後二年のあいだに、シュパングラーは西欧と中欧諸国がイランのスパイだと見抜いている人間とスパイの疑いがある人間を監視し、すべてのイラン人を追跡するネットワークを築いた。ベルギーのピザ屋、ドイツの幼稚園、イタリアの自動車部品工場など、どこで働いていようが追跡の対象になった。

時間がたつにつれて、自分の任務が当初の話とは食いちがっていることに、シュパングラーは気がつきはじめた。クライアントが監視を命じる人物の多くが、じつはイランの反政府活動家や国外追放された集団など、イランの政権転覆を望んでいる勢力だった。イスラエルはそういうイラン人をスパイとして勧誘するつもりなのだろうと、シュパングラーは思った。しかし、それは民間情報会社が守らなければならない法律をくぐり抜けることになる。民間情報会社は、外国のために諜報員を勧誘することはできない。

シュパングラーは、クライアントの意図を社員にも隠していた。シュライクの幹部工作員がたがいに接触しないようにして、任務全体のごく一部しか見られないようにしながら、控え目にいっても倫理的に明朗ではない活動を行なうのにやぶさかでないものを中心に、世界中の情報機関の人間を熱心に雇いつづけた。

それでしばらくはうまくいっていたが、クライアントがリスクを吊りあげて、イランそのものではなく西側に対する活動も行なうよう命じた。その論理的根拠はもっともだと、シュパングラーは思った。EUは近ごろイランに対する制裁を緩和し、武器を買ったり製造したりするのに必要な資金をテヘランの政権が得られるようになっていた。そのため、EUはイスラエルの敵になっていた。

しかし、汚い仕事であることに変わりはなかった。ドイツ人がドイツ、ベルギー、フランスをスパイするのだ。だが、シュパングラーは深入りしすぎていたので、人生で二度目のゼロからの再建を可能にしてくれた主体の願望に疑問を呈するつもりはなかった。関係を否認できる資産《アセット》を雇い、シュライク本体からは隠して、ヨーロッパ各地できわめて汚い仕事をやらせた。

クライアントの望むことはなんでもやると、シュパングラーは自分にいい聞かせていた。シュパングラーは元シュタージ幹部で、多くの人間を死と悲惨な状況に追いやった。祖国や自国民に対するスパイになることに、なんのうしろめたさも感じなかった。

どうせ、前もおなじようなことをやっていたのだ。

おなじことをやる社員を見つければいいだけだ。

25

そういう社員のひとりが、八時ちょうどに〈シャルロッテ&フリッツ〉のドアを通り、シュパングラーのほうへ歩いていった。

アニカ・ディッテンホファーは、まだ三十六歳だったが、十年以上にわたりシュパングラーがもっとも信頼する社員だった。シュライク・グループのセクション4を指揮し、スパイ、アナリスト、技術支援要員を雇って動かしている。作戦上の秘密保全のために、それらの男女はシュライク本体とは切り離されている。これらの諜報員、アナリスト、技術支援要員は、前の雇い主から秘密を盗むか、競業避止《ひし》義務に違反するか、なにかから逃げてきて隠れ潜む必要がある人間だった。

アニカが雇った人間は、モサドのために働いていると思い込んでいる。アニカがイスラエル生まれで、ヘブライ語をイスラエル人とおなじようにしゃべるからだ。現場ではミリアムと名乗っているが、彼女が軍事保安局《MAD》第Ⅲ課(防諜)で二十四歳の陸軍三等軍曹だったときにはじめて会ったシュパングラーは、いまもまだアニカと呼んでいた。

アニカは、一年前に元CIA局員のアメリカ人、リック・エニスを雇っていた。エニスは〝ミリアム〟とおなじように人的情報活動を行なっていたが、アニカは彼の作業や目標決定リスト作成には関わっていなかった。ルドルフ・シュパングラーが会社に植えつけた〝必知事項《ニード・トゥー・ノウ》〟（当事者に作戦実行に不可欠な情報のみが知らされるという規則）の文化は、徹底していた。シュパングラーは、幹部社員に仕事を割りふり、社員がそれを実行し、シュパングラーのみに報告する。そして、シュパングラーが顧客に報告する。

エニスも最近、雇用を行なっていた。シュライクの合法的《ホワイト》な側に偽名で求職してきたゾーヤ・ザハロワを、関係否認資産の部門に雇い入れた。数週間以内に会社は唯一のクライアントとの契約を打ち切り、民間情報産業全体に幅広く進出する予定だといって、シュパングラーはその雇用を許可した。

アニカは、エニスを嫌っていた。エニスは女嫌いで無作法だと、アニカは思っていた。だが、きょうはもっと重要な問題を意識していた。

シュパングラーのテーブルで席につくと、アニカはコーヒーを注文し、ボスのほうを向いた。「ベネズエラからのニュースを見ましたか？」

「何日か前の夜に、クラーク・ドラモンドが強盗に殺されたことか？ 恐ろしいな。たしかにわたしはあの男をあまり高く買っていなかったが、そういう目に遭うのは望んでいなかった」

「強盗？　このベルリンでグレートヒェンが殺されたのとおなじように？」

シュパングラーが、おおげさに肩をすくめた。「そんなふうに見える」

「トニー・ハチンズの心臓発作も？」

「なにがいいたいんだ、アニカ？」

「なにが起きているの、ルディ？　わたしたちはなにをやっているの？」

「いつもとおなじだ。民間情報帝国を築こうとしている」

「社員がつぎつぎと死んでいるのよ。それがわかっていないの？」

シュパングラーが、重々しくうなずいた。「われわれの会社には、ヨーロッパ全体で百三十人の社員がいる。この数週間でそのうち三人が死んだ。統計的には予想外だが、まったくありえないことだとはいえない。ことにクラーク・ドラモンドの場合は。ベネズエラの犯罪発生率はきわめて高いと聞いている」

アニカは首をふった。「わたしたちは危険な領域に向かいつつある」

「いや《ナイン》。わたしたちはだれも殺していない。わたしたちはそういう人間ではない。わたしたちは正義の勢力だ。難しい仕事だが、会社の目標を達成するためと、クライアントのために、やるべきことはやらなければならない」シュパングラーは身を乗り出して、テーブルに前腕を置いた。「この道がどこに通じていてもだ」

アニカは、ボスの顔を長いあいだ見つめてからいった。「この道がどこに通じているか知っていても、わたしには話さないのね？」

シュパングラーは、まわりを見た。護衛四人を除けば、話が聞こえる範囲にはだれもいない。シュパングラーはいった。「われわれの任務について、どう考えている？」

「最近は考えないようにしているわ」

「なにが起きているかについて、きみの意見が聞きたい」

アニカ・ディッテンホファーは、しばし考えてから、言葉を慎重に組み立てながらいった。「わたしたちのクライアントは、二年間、わたしたちにイランのゴドス軍と情報省《VEJA》の調査を依頼し、その間、彼らの無尽蔵の資源のおかげで会社はどんどん成長した。わたしたちはヨーロッパ中のイランの情報関係者の多くのプロファイルを構築し、ベルリンにいる不活性工作員《スリーパー》細胞を突き止めた。そのあと、この数カ月のあいだに、クライアントはわたしたちへの命令を変更し、いまではドイツ、ベルギー、その他の善意の国をスパイさせ、EUにおけるイランの諜報活動についてそれらの国がなにを知っているかを突き止めようとしている。

社員ふたりが、わたしたちの任務に疑問をあらわにして、もうひとりがわたしたちの活動に関する情報を持って逃げた」アニカは、唇《くちびる》を噛《か》んでからつづけた。「そして、その三人がいずれも死んでいる。

意見が聞きたいといいましたね。わたしたちがやっているのがほんとうはどういうことであるにせよ、わたしたちはみんな刑務所に入れられるおそれがあると思います。あなたは二度目ですね」鼻であしらうようにいった。「それに、今回は、ルディ、出られませんよ」

シュパングラーは、なんの手がかりもアニカにあたえなかった。アニカの推理を否定も肯定もしなかった。「わたしは命令に従う。保安省に雇われていたときには政府の命令に従った。いまはクライアントの命令に従っている。わたしはそういう人間だ。わたしたちにはあたえられた仕事があり、それを実行している。わたしたちの後援者は、わたしたちがやっている仕事に総じて満足している。なにもかも——」

「わたしたちがやっている仕事とは、はっきりいってなんですか?」アニカがさえぎった。「一年前には、自由世界のためにイランのスパイを追い出していると思っていた。いまは、この一カ月間、イラン軍情報機関のテロリストに対抗している反政府活動家をスパイしてきた。祖国ドイツをスパイした。フランス人やアメリカ人もスパイした」

アニカは、コーヒーをひと口飲んでから、前のソーサーにカップを戻した。「ひとつだけ質問があるわ、ルディ。わたしたちはいつ悪党になったの？」

シュパングラーが、くすくす笑った。「きみのことは十年前から知っている。いっしょにさまざまなことをくぐり抜けてきた。いまになって良心が芽生えるとは、奇妙じゃないか」

「前にはだれも死ななかった」アニカは、溜息をついた。「それに、あなたがわたしに隠し事をしていると感じたこともなかった。いまは隠し事をしているとわかっている」長いあいだシュパングラーを見つめてから、アニカはいった。「エニスはなにをやっているの？」

「ほかの工作担当の作戦についてわたしが話をしないのは、わかっているだろう」

「エニスは信用できない」アニカはにべもなくいった。

シュパングラーは笑みを浮かべ、オレンジジュースの残りを飲み干した。「そういうことなら、彼といっしょに仕事をしていなくてよかったんじゃないか？　エニスはわたしが命じたことをやっている。きみとおなじように」言葉を切り、アニカの前腕にそっと手を置いた。「いいか、わたしたちは逆境に耐えて生き延びてきた。きみもわたしも。たしかに、わたしたちの任務は汚い。それは事実だ。しかし、だからなんだというんだ？　わたしたちがクライアントとの契約を完了すれば、イランがEUで力を失うのに役立ったことになるわけだよ」グラスをテーブルに置いた。「われわれのクライアントの力量はたいしたものだ」

アニカは、無言でコーヒーを飲んだ。

シュパングラーがいった。「さて。最近の出来事について話し合おう。ドラモンドがベネズエラに行ったあと、シュライク・グループに影響がある可能性は？」

アニカは、宙で手をふった。「シュライクはなにも疑われていない」

シュパングラーは笑みを浮かべ、ウェイターを手招きして、アニカのコーヒーと自分のオレンジジュースのお代わりを頼んだ。「もうすこし安心させるようなことをいってくれないか。どうしてそうわかる？　ドラモンドがここでの行動についてベネズエラ当局に話をしていないといい切れるのか？」

「そうするのはドラモンドの利益にならない。でも、ドラモンドがベルリンでやっていたことをあらいざらいしゃべったとしても、たいしたことはない。モサドのために働いていると、彼は思っていた。シュライク・グループとの結びつきはまったくなかった」

シュパングラーは、満足していなかったにせよ、なだめられたようだった。だが、やがてこういった。「リックが雇ったロシア人の女はどうなんだ？　シュライクに雇われたのを知っているわけだろう」

「彼女は口を閉じて、わたしたちの望みどおりのことをやるわ。口を閉じているのは、追われているからよ、ルドルフ。わたしたちが彼女を必要としている以上に、彼女はわたしたちを必要としている。それに、作戦の支援には彼女のような人間がぜったいに必要なのよ。ことに新しいクライアントを惹《ひ》きつけるために」シュパングラーが納得していないようだったので、アニカはつけくわえた。「わたしたちは彼女に命綱を投げた。彼女は裏切らない。裏切ったら、わたしたちが電話をかけ、ロシア人が襲ってくるとわかっているから」肩をすくめていった。「これほど安全な賭けはないわ」

二杯目の飲み物が来たが、ふたりとも手をつけなかった。アニカがいった。「飲んで、ルディ。わたしはいい。監督しなければならない技術者が現場にふたりいる。ふたりとも市内でMeK（イランの反体制武装組織モジャーヘディーネ・ハルグ）の協力者の学生を追跡している」皮肉をこめていった。「イランの政権を倒すために、反政府分子のイラン人学生を尾行しているのよ」皮肉な口調は消えた。「わたしたちはいったいなにをやっているの？」

シュパングラーが立ちあがり、伝票を手で示した。「自分たちの仕事。それだけだ。気をつけて行ってこい、アニカ」

アニカが態度を和らげて、シュパングラーの頬にキスをした。父親のように敬愛している男に対する、娘のようなしぐさだった。アニカは向きを変えて、ドアに向かった。

レストランを出ていく花形工作員を、シュパングラーは目で追った。さらに正確にいえば、彼女の周囲に目を配って、ここで話をしているあいだに尾行がついていないかどうかをたしかめていた。情報の分野で一世代以上も活動してきたシュパングラーは、自分の腕はまったく鈍っていないと考えていた。

アニカがレストランを出ていくあいだ、だれも興味を示すようすがなかったので、シュパングラーは向きを変えて、ポケットから携帯電話を出し、プリセットしてある番号にかけた。ジュースのグラスのふちを指でなぞりながら、国際通話がつながるのを待った。

電話の相手が出るまで、さほど待たされなかった。「やあ、ルディ、友よ。調子はどうだ？」

「心配なんだ、ターリク。非常に心配だ。物事が起きるペースが速くなっていて、わたしだけではなく幹部も不安になっている」シュパングラーは、いつもなら後援者に一も二もなく賛成するのだが、殺人が多発したせいで、いらだった口調になるのも気にしないくらいびくついていた。

「わかっている。もちろん、よくわかる」ターリクが間を置いてからいった。「話をしたほうがいいな」

「ああ、そうしよう」シュパングラーはいった。

だが、ターリクのつぎの言葉を聞いて驚いた。「あさってに会うというのはどうだ？ランチに」

シュパングラーは、携帯電話を耳に押しつけて、首をかしげた。ターリクが話をするためにベルリンに来たことは、一度もなかった。「ランチ？ベルリンで？」

「いま、カタールに向かっているが、あす晩《おそ》くにベルリンに行く」

「ほかにここに用事があるのか？」

「いや、あなただけだ」

シュパングラーはよろこんだ。「たいへん助かる、ターリク。ありがとう」

「いいとも、あなたがいったように、われわれの契約はまもなく完了する。それに、あなたや幹部が察しているように、物事のペースが速まっている。あなたがたの懸念を和らげたい」

後援者と会う時間ができたことが、シュパングラーにはありがたかった。ふたりは二度しか会っていないし、二度とも場所はドバイだった。シュパングラーはいった。「了解した。不安を和らげてもらえるのを楽しみにしている」

「着陸したら連絡する」ターリクがいい、電話が切れた。

シュパングラーは馬鹿ではなかった。後援者がイスラエルではなくUAEの人間だということを、探り当てていた。おそらくスンニ派のイスラム教徒だろうし、アメリカの支援を受けているUAEのスパイ組織、信号情報局と関係があるにちがいない。UAEは世界中でのシーア派の勢力拡大を怖れている数多いスンニ派国のひとつだし、それに対策を講じられる資産《アセット》がある国だった。

シュパングラーは、調査することもできたが、せっかくの贈り物のあら探しをするのはやめたほうがいいと心得ていた。ターリクが手札を見せたくないのなら、定期的に金が送られてくるかぎり、それでもかまわないと考えていた。

六十六歳のドイツ人、ルドルフ・シュパングラーは、オレンジジュースの残りをごくごくと飲み干し、急いで〈シャルロッテ&フリッツ〉のドアへ向かった。イスラエル人護衛四人が、位置につくために駆け出した。

26

ターリクという暗号名を使っている男が、父親の所有するセスナ・サイテーション・ビジネスジェット機で、母国UAEのすぐ西にあるカタールのドーハのハマド国際空港に着陸した。ターリクと戦闘経験が豊富な専属護衛四人は、外交官パスポートでなんなく税関を通過し、VIP用到着ラウンジの外で運転手の出迎えを受けた。

シルヴァーのベントレーのドアがあいていて、五人が乗り込み、運転手も乗った。ベントレーはB環状道路を走り、ドーハの昼時の太陽がクロームメッキの部分から反射した。気温はすでに四一度を超え、陽射しから街を守ってくれる雲はひとつもなかった。

ターリクことスルタン・アル＝ハブシーは、リアシートに座り、ベルリンでの自分の作戦と、これからの一時間、ここで明らかになる物事の両方を交互に考えていた。ベルリンでの作戦は刻々と近づいていて、失敗する危険要因がいくつもあり、リスクを伴っているとはいえ、正直なところ、ドーハでもうじき知ることのほうが恐ろしかった。

ベントレーがB環状道路をおりて右に曲がったときにスルタンの恐怖は強まり、もう一度右折してアル＝ハドリ通りにはいるとますます恐ろしくなった。美麗な車がドーハのアポロ癌《がん》センターの屋内駐車場にはいると、スルタンの心臓の鼓動が速まり、こめかみから耳の横へ汗が流れ落ちた。

スルタンは、駐車場でベントレーを出迎えた医師団によってVIP専用口に案内され、護衛と医師団に囲まれて、そのまま六階へ行った。そこで、ICUの患者に面会するために待っている二十人ほどに先んじて、奥へ進んだ。

ドアの前でマスクを渡され、このあとの手順について、手短だが詳細な指示を受けた。スルタンはそれをうわの空で聞き、不安を抑えるためにゆっくりと慎重に呼吸して、頭脳を安定させるために一瞬目を閉じた。

スルタンは目をあけて、医師団に決然とうなずいてみせた。スライド式のドアがあいた。少人数の一団は、廊下を歩き、診察室の横を通り、ようやく癌病棟のICUのドアへ行った。

スルタン・アル＝ハブシーの足どりは一歩ごとに遅くなり、マスクをつけた医師が指示した部屋にはいるのに、意志の力をふり絞らなければならなかった。

病院用ベッドに年配の男が横たわり、カテーテル・リザーバーがベッド脇にぶらさがっていた。鼻には酸素吸入のチューブが挿入され、片腕に末梢静脈カテーテル《PICC》の点滴が接続されて、さまざまな薬剤や化学物質が体内に送り込まれていた。目はあいていて、鋭敏だった。男がスルタンのほうを見たが、白い顎鬚《あごひげ》をたくわえた顔には、なんの表情も現われなかった。

スルタンは近づいた。医師と護衛は外で待ち、ドアが閉められた。

スルタンが最初に口をひらいた。「父上《ワーリディー》」

年配の男は、興奮やその他の感情をほとんど示さずにスルタンを見つめてからいった。

「息子よ」

「手厚くしてもらっていますか？」

スルタンの父ラシード・アル＝ハブシーが咳をした。胸にかなりひどい鬱血《うっけつ》があるのは明らかだった。咳がとまると、ラシードが小さく肩をすくめていった。「彼らはカタール人だ」それがすべてを語っているというような口調だった。

父親の顔に血の気がなく、黄疸《おうだん》を起こしている目がいっそう黄色くなっていることに愕《がく》然《ぜん》としながら、スルタンはさらに近づいた。「この病院も医師も、地域で最高です。たとえアメリカへ行っても、受ける医療は――」

「アメリカへ行くくらいなら、カタールでよろこんで死ぬ」

スルタンは、溜息をこらえた。父親がこれほどいらだつのは、見たことがなかった。向きを変えていった。「だれだって、そんなにすぐに死ぬことはないですよ」

父親は顔をそむけた。「おまえは情報機関の幹部だろう。周囲の人間のようすを見て、情報がつかめるはずだ」

「まあ、医者と話はしましたし、化学療法は——」

「やめろ!」父親は、癌に苦しめられ、死の床についていても、若く壮健な息子よりも精神的に強かった。それをたがいに知っていた。

シャイフ・ラシード・アル＝ハブシーは(シャイフは長老、族長に対する敬称)、アラブ首長国連邦の首相で、ドバイの首長だった。現実に目をつぶることでいまの地位に就いたわけではない。それに、息子を育ててひそかに情報機関幹部に仕立てあげたのは、死の床で病状について益体《やくたい》もないことを聞くためではなかった。

スルタンが口をひらく前に、ラシードはいった。「おまえが子供だったころ、わたしはたったひとつのことだけをおまえに望んだ。宗教学者になってほしかった」乾いた唇《くちびる》をなめた。「おまえはわたしの期待に背《そむ》いた」

スルタンは、目を伏せてうなずいた。何度もそういわれてきたのだ。スルタンはいった。

「しかし、わたしは——」

父親はさえぎった。「そして、おまえが大人になったとき、わたしはたったひとつのことだけをおまえに望んだ。わたしの国の情報機関の作戦担当副長官にし、ひとつの任務をあたえた。たったひとつの任務を」かすんだ目が一瞬すこしだけはっきりした。「わたしたちの国民を護《まも》ることだ」

父親は溜息をついた。「おまえはまたしてもわたしの期待に背いた」

「いいえ、ちがいます。成功に向かっています。必要なのは――」

「生きているあいだになにを見たいと、わたしはおまえに命じた？」

「イランの宗教指導者どもが倒れるのを見たい、と」

ラシードはうなずいた。そうするのに、かなり努力が必要なようだった。「大望だというのはわかっているが、信頼できる自分の息子を、それが実現できる地位に就けた。おまえはアメリカへ行き、ＣＩＡやアメリカ大統領の信頼を得て、訓練を受け、内部の人脈、資源、資金をあたえられた」

「そのとおりです《サヒーフ》」スルタンは認めた。

「それで、あらゆるものを授けられ、ひとつの任務だけを命じられたおまえは、いったいなにをやった？　兄や弟とともに、イエメンでイランの手先と戦った。イエメンだと！　反政府勢力フーシの野蛮人どもは、テヘランのいいなりだが、テヘランから遠く離れたところで活動しているから、そいつらをひとり残らず殺しても、イランの宗教指導者はなんの損害も受けない」

スルタンがそれに反論しようとすると、ラシードはいった。「そして、勇敢な兄と弟が遺体袋に入れられて帰国したとき、おまえはヨーロッパの経済制裁に注意を向けた。スルタン、おまえは馬鹿だ。わたしには三人息子がいた。ふたりは死んで殉教者になり、残ったひとりは期待はずれの失敗者だ」

スルタンは父親を憎もうとした。だが、愛していた。

スルタンは、父親に理解してもらおうとした。「わたしがやっていることは、経済制裁とはなんら関係ありません」

ラシードが鼻であしらった。「わたしの耳目《じもく》となる人間がいなくなったとでも思っているのか？　ベッド脇の電話を取っておまえがやっていることを突き止められないとでも思っているのか？　信号情報局《SIA》の人間はすべて、わたしに忠誠を誓っているからこそ、おまえに忠誠を誓っているのだ。おまえはそれもわからないくらい鈍いのか？」

「いいえ。しかし、わたしはSIAの人間から自分の狙いを隠してきました。目標を達成するために、ヨーロッパの同盟者と組んでいますが、彼らもなにが起きるかわかっていません」

「ヨーロッパの同盟者？」

「はい《ナアム》」

ベッドに横になっているラシードの乳色に濁った眼が、すこし鋭くなった。ここに来てからはじめて、父親が耳を傾けていると、スルタンは感じた。

そのとき、ラシードがまた顔をそむけた。「おまえの計画がいくらすぐれているとおまえがいっても、なんにもならない。わたしはそれを見るまで生きていられない」

「そんなことはありません、父上。断言します。見ることができます……わたしたちの労苦が実ろうとしています」

「いつ？」

スルタンは笑みを浮かべた。「あすの晩、それがはじまると約束します」

アラブ首長国連邦首相のラシード・アル＝ハブシーは、感情をあらわにしなかったが、スルタンは父親の表情の微妙な変化を読むのに長《た》けていた。

ラシードの顔には、希望が浮かんでいた。息子の能力を信じてはいないが、それが思いちがいであることを望んでいた。スルタンは有頂天になって面会を切りあげた。

数分後、スルタンは父親の警護や介護要員のそばを通り、医師団とは話をせずにその前を通り過ぎた。弾むような足どりになっていたので、警護班は追いつくのに苦労した。

全員がエレベーターに乗ると、スルタンはまわりの人間にたったひとことだけいった。

その言葉には、目的意識、決意、満足感がこめられていた。

「ベルリン」

27

キース・ヒューレット、コールサイン〝ヘイディーズ〟は、ヨーロッパに到着してから二日しかたっていないのに、早くも、自分はこれから国際的な殺し屋の人生を満喫するはずだという気分にひたっていた。

民間軍事産業の分野で働いていたときには、自分をそういうふうに見なしたことはなかった。自分と部下が前線後背の悪党どもを抹殺したときも、暗殺ではなく戦争だと思っていた。

しかし、いまは自分の置かれている状況をじっくり考慮していた。もとは東ベルリンの中心だったアレクサンダー広場を通り、午前十時すぎの陽射しを顔に浴び、イヤホンをひそかに耳に付け、着心地のいい欧米の服を着ていた。ヘイディーズは、一時間半前にテンペルホーフ空港跡のすぐ北のロイターキウにある隠れ家近くのカフェで美味《うま》い朝食を食べ、チームの三人とともにレンタカーのメルセデスに乗り、ターゲットが住むフンボルト大学経済・経営学部の隣の小さなアパートメントへ行った。

ターゲットはフンボルト大学に通う二十四歳の大学生、カムラン・イラヴァーニーだった。ターリクがターゲットの名前とともに写真と住所をヘイディーズに渡し、イランのゴドス軍の不活性工作員《スリーパー・エージェント》だと告げた。

そんなわけで、ヘイディーズとサブ・リーダーのアトラスは、戸外のカフェに座ってコーヒーと甘い菓子シュトゥルーデルを注文し、イラン人工作員が学校に向かうのを待っていた。

ふたりがけさやってきたことはすべて、きのうやったのとおなじことだった。きのうは偵察だった。きょうは〝待って、見る〟。ただちに行動する必要はないが、その機会をうかがうことになる。

何年ものあいだ中東でほとんど切れ目なく戦ってきたアメリカ人のヘイディーズにとって、この二日間の朝はありふれた日常とはいえなかった。どんな戦場にいても、毎朝、暑さのせいで臭くなっている狭い寝棚から起きあがって、レトルトパックの朝食を食べ、昨夜の血と汚れを装備から高圧洗浄で洗い流し、あらたな死の予想に直面してきた。

ベルリンはまったくちがう。食べ物はふんだんにあり、シャワーをふんだんに浴びることができ、美しい女が掃《は》いて捨てるほどいて、エアコンまである。

そのうちに慣れるだろうと、ヘイディーズは自分にいい聞かせた。それに、この一時的な仕事でたんまり儲《もう》けられるように、ターリクのターゲットが数多くあることを願っていた。

ヘイディーズは、ほとんど迷うことなく殺し屋稼業にすぐさま転身できたが、部下たちにはかなり説得が必要だった。当然のことだが、ベルリンの警察に逮捕されることを、彼らは心配していた。イエメンでは、敵に捕らえられてもフーシが管理する拘禁施設から脱出できる可能性があったが、ベルリンではそれは見込めない。ここで逮捕されたら、容疑が殺人でも殺人未遂でも銃器の不法所持でも、まちがいなく長期間、拘禁される。

だが、ターリクが示した報酬が、彼らの恐怖を和らげ、最終的にベルリン・ブランデンブルク空港に着陸する前に、ヘイディーズとチーム全員が、作戦に参加することを決めていた。

ターゲットが、きのうとおなじ午前十一時に、住んでいる建物を出て、大学に向かった。〈ビーツ・バイ・ドクター・ドレ〉のコピー商品のブルートゥース・ヘッドホンをかけ、背後には注意していなかった。授業に出るらしく、まっすぐ歩いていた。アメリカ人ふたりは、カフェの勘定をすでに済ませていたので、そのまま立ちあがり、きのうとおなじようにターゲットのあとを跟《つ》けた。サングラスで目が隠れているので、一五メートル前方を歩いている、黒い髪を短く刈って、口髭《くちひげ》なしで長い顎鬚《あごひげ》をたくわえた若い男の背中を見つめていることができた。

ターリクはヘイディーズに、あまり注意を惹《ひ》かないようなやりかたでカムラン・イラヴァーニーを排除することが重要だと命じていた。街路での銃撃や公園での狙撃はだめだ。まして爆弾を使ってはならないと、ターリクは厳命した。

事故か自然死に見せかけろと、ターリクはヘイディーズにいった。

そのときは、なんでもいいだろうと、ヘイディーズは思った。自然死に見せかけて殺すのをどうやればいいのか、見当もつかなかった。いや、事故に見せかけるのが精いっぱいだ。

ふたりはきのう、イラヴァーニーを校内まで尾行した。イラヴァーニーは大学に数時間いてから、モスク（イスラム教徒の礼拝所）へ行き、それから帰宅した。夜もずっと室内にいた。大学の周辺にはいたるところに防犯カメラがあるので、アパートメントに忍び込んで襲うのは無理のようだった。

尾行をつづけながら、見られずに捕らえる方法を考えるというのが、ヘイディーズのきょうの計画だった。拉致《らち》して、自殺だと見なされることを願って、ビルから突き落とすという手もある。

ヘイディーズとそのチームは、ほんものの殺し屋ではなく、監視の専門家でもなかった。彼らは元特殊部隊員の傭兵だった。諜報技術《トレードクラフト》の訓練は多少受けているし、偵察しないと行動が可能ではない情報しかなかったときには、中東でターゲットを尾行したことも何度かある。しかし、ヘイディーズとその部下は、スパイ・チームではなかった。これは新しい仕事で、やりづらかったが、ターリクが払う金のために、成功させる方法を編み出そうと、ヘイディーズは心に決めていた。

けさ、彼らのターゲットは、習慣の奴隷であることを明らかにした。アパートメントをおなじ時刻に出て、ほぼおなじルートを歩いた。ヘイディーズは、きのうターゲットが歩いた道に部下ふたりを先行させ、防犯カメラと、カメラから死角になっている場所を探すよう指示した。べつのふたりが車で尾行し、数ブロック南で車の流れのなかをゆっくり進んでいた。

そして、ヘイディーズとアトラスが急いで逃げなければならなくなった場合のために、最後のふたりが徒歩で近くの通りの防犯カメラを探した。このふたりは、旧東ドイツの尖《せん》塔《とう》のようなテレビ塔近くの車庫に車をとめていた。

ヘイディーズとアトラスの一五メートル前方で、ターゲットがアレクサンダー広場の市電駅のそばを通った。黄色の長い路面電車は反対方向に向かっていて、ターゲットのそばで停車した。ターゲットは乗らず、歩きつづけ、まもなく市電もガタゴトと走り出した。

アトラスが、ヘイディーズのほうに顔を近づけていった。「あの電車の前に突きとばしたらどうかな？」

「そうだな」ヘイディーズが、小声で答えた。ターゲットにいったん近づいてから、五、六メートル離れた。

ターゲットのルートは、市電の線路に沿っていて、また黄色い路面電車が遠くから近づいてきた。先行チームのソールが、無線で呼びかけた。「いってくれれば、ボス。おれがやる」

だが、ヘイディーズは小声で答えた。「ここでやったら、カメラに捉えられる」

「たしかにそうだ。中止しようか？」

「ただ尾行して、ようすを見よう」

ふたりはさらに十分間、尾行をつづけて、シュプレー川に架《か》かる橋を渡り、獲物のうしろを歩きつづけた。ターゲットは電話で話をしながら、ヘッドホンで聴き、とくに急いでいるふうはなかった。

やがてふたりは、フンボルト大学周辺の迷路のような都市部を抜けて、南のクローネン通りを進んでいた。そこでは歩行者はまばらだったが、乗用車やトラックやバスがかなりの速度で轟然《ごうぜん》と通過していた。

大型の二階建てバスが前方に現われ、近づいてきた。ヘイディーズとアトラスは、イラヴァーニーに近づこうとして、足を速めた。

前進しながら、ヘイディーズはイヤホンのマイクを使ってそっといった。「ヘイディーズからソールへ。受信状態は？」

「感明度良好《ファイヴ・バイ・ファイヴ》」

ソールは、カメラを探す先行チームのひとりだった。一ブロックか二ブロック先にいるはずだ。「クローネンとシャルロッテンの角で実行するのに支障がないかどうか、五秒以内に教えてくれ」ヘイディーズはきいた。

「南側の〈エイヴィス〉にカメラがあるが、通りのほうは向いていないようだ。北側の歩道はあちこちから監視されている。通りのまんなかは安全だ」

ヘイディーズとアトラスは、クローネン通りの北側の歩道にいた。「くそ」ヘイディーズはつぶやいた。だが、そのとき、五、六メートル前方でイラヴァーニーが左に向きを変え、駐車している車二台のあいだを通って立ちどまり、道路を横断する前にバスが通り過ぎるのを待った。

そちらの側の二分の一ブロック先に〈スターバックス〉があるのを見て、イラン人不活性工作員は授業の前にコーヒーを飲むつもりだろうかと、ヘイディーズは思った。

アトラスとヘイヴィーズは、足を速めて、ターゲットのうしろで駐車している車のあいだを抜けた。

ソールの声が、ふたりのイヤホンから聞こえた。「あのバスが〈エイヴィス〉のカメラから隠してくれろし、通りの北側のカメラからは、歩道をはずれたあんたたちは見えない」

ヘイディーズは応答した。「了解」

アトラスがいった。「おれがやる、ボス」

「任せた」

大型の赤い二階建てバスが、三メートル以内に近づいていた。アトラスは小柄なターゲットに肩からぶつかった。ターゲットがよろけて、通りのまんなかに向けてつんのめった。バスが時速三五キロメートルでカムラン・イラヴァーニーに衝突し、即死させて死体を轢《ひ》いた。タイヤが悲鳴をあげ、車体下から煙を吐いて、バスが急停止した。

アトラスとヘイディーズは向きを変えて、クローネン通りの北側の歩道に戻り、東に向かった。

四十五秒後、ふたりはマーキュリーとマーズの車に拾われ、南にある隠れ家の方角を目指した。最後のふたりが乗ってきたもう一台が、ソールともうひとりを拾い、尾行がないことを確認するために、すこし距離をあけてヘイディーズの車についていった。

午後一時には、男八人はアルベルト通りにある隠れ家の壁に囲まれた狭い裏庭で〈ベルリナー・キンドル〉のピルスナーを飲み、よくやったと褒《ほ》め合っていた。ヘイディーズはその前にターリクに電話し、じきにつぎのターゲットをあたえるといわれてよろこんだ。

八人は、自分たちの働きぶりに得意満面だった。ろくでもないテロリストをヨーロッパの街で殺したのだ。じつにすばらしい任務だったし、早くもう一度やりたくてうずうずしていた。

28

ジェントリーは午後一時に、いつのまにかアルヒフ通りを歩いていた。狭い並木道で、イランの諜報員のアパートメントから一ブロック離れている。ベルリンにいるゾーヤが、その男を見張っていることを願っていた。ゾーヤがこの界隈《かいわい》にいるのか、遠隔操作のカメラやマイクを設置しているのか、あるいは監視チームを配置しているのかということもわかっていない。だが、いまはその住所しか糸口がないし、たとえターゲットを目視できなくても、ここの地勢を把握できるし、ダーレムドルフ地下鉄駅の付近の日常的な生活パターンを知って、今後の監視任務でリスクや異常事態に対する備えができる。

この手の諜報技術《トレードクラフト》は、あまり刺激的な生きかたではない。どんな行動や策略に携わっているときでも、何時間も、何日も、あるいは何年もじっと待ち、全体として楽しそうに見える他人の生活を眺めたり、見張ったりしなければならない。

ジェントリーは、体の具合が悪く、落ち込み、不機嫌だったが、厳しい規律と、ゾーヤを助けたいという意志の力でそれを克服していた。しかし、ゾーヤと連絡をとることは許されていない。

今夜、ドクター・カヤの治療を受けようと、ジェントリーは心に決めていたが、それまであと十時間耐え抜かなければならない。

ジェントリーは、ケーニギン・ルイーゼ通りに折れて、ジャヴァード・ササーニーのアパートメントがある側に横断し、両手をポケットに突っ込んで歩きつづけた。小さなジム用ダッフルバッグを片方の肩にかけ、顔を伏せて、三メートル前方の歩道に目を向けていた。いまは歩行者があまりいないが、ジェントリーは世界中で目立たないようにこっそりと移動することで暮らしを立ててきたし、いまもそうしているという自信があった。

とはいえ、まったく心配していないわけではなかった。ササーニーに自分の存在を見破られる気遣いはない。平日だし、家にいるとは考えられないが、仮にいたとしても、大使館に勤務する工作担当官に用心する必要はないと思っていた。対監視活動を用心しなければならない相手は、非公式偽装工作員《NOC》だということを、長年の経験からジェントリーは学んでいた。NOCは、大使館員のような公式の偽装なしで活動している。安全ネットがないのを彼らは知っているし、高度の諜報技術の技と被害妄想に近いようなふるまいによって、身の安全が保たれるのを知っている。取るに足らないと思えるような小さなミスひとつで、捕らえられ、何年も投獄され、ことによると命を落とすおそれがあるという前提のもとで、彼らは何年も生き延びてきたのだ。

ササーニーはNOCではない。スーザンによればイラン大使館員というまっとうな偽装の工作員なので、自分自身への脅威についてはあまり警戒していないはずだった。

ゾーヤの下で男ふたりのチームが働いていると、スーザンから聞いていたが、ジェントリーはそのふたりについても心配していなかった。彼らは音響技術者で、家屋への侵入を専門としている。不法侵入で情報を入手し、盗聴器を仕掛けてその音声を聞くというような仕事をやっている。作業中に探知されないようにする訓練はかなり受けているだろうし、対監視活動の訓練もすこしは受けているはずだ。しかし、諜報活動のそういう部分に携わっている人間はたいがいそうだが、自分たちを攻撃側と見なし、防御にはあまり注意を向けていないにちがいない。シュライク・グループがほんとうに民間企業なら、ゾーヤの配下のチームは、脅威を探しはしないだろうと、ジェントリーは考えていた。

自分たちの近くにいる人間すべてを潜在的脅威として詳しく調べることはしないはずだ。

通りには、縁石に乗りあげて駐車している車が並んでいた。ジェントリーは車種や型をよく見て、隠密活動に使われそうな車を探した。

一ブロック行く前に、車体側面に梯子《はしご》を取り付けた青いパネルバンが目に留まった。どういう業種の会社が所有しているのかわかるようなロゴがなかったが、塗装業者のバンか、そういうバンに見せかけようとしていることは明らかだった。ジェントリーはその横を通るときに、もう一度すばやくこっそり見た。車体がサスペンションの上で沈んでいたのは重量がかかっているからだし、ターゲットから一ブロック離れていて、監視に完璧な場所だった。ササーニーの三階のアパートメントの窓からは見えないし、駐車している車のあいだにうまいぐあいに挟まっている。

自分が監視用バンを使うとしたら、ここにとめるはずだ。

バンの前方二〇メートルほどにカフェがあったので、コーヒーを注文して見張るのに都合がいい席に陣取るために、ジェントリーはなかにはいった。

〈コルンフェルド・ダーレム・カフェ〉には店内と外の両方に席があったが、ジェントリーは窓ぎわの小さなふたり用テーブル席を選んだ。窓からの陽光の反射で、表から店内を覗《のぞ》いてもよく見えないが、そこからパネルバンを観察できる。バンのウィンドウも陽光を反射しているので、車内は見えないが、ジェントリーにはある目的があったので、作業に取りかかった。

湯気をあげているコーヒーを前に置いて座り、角砂糖二個くらいの大きさの小さなワイヤレスカメラをダッフルバッグから出して、電源を入れた。テーブルの窓ぎわに置いてある小さな活《い》け花のなかにカメラを差し込んで、塗装業者のパネルバンに向けた。携帯電話を出して、隠れたアプリを立ちあげると、ガーベラの白い花がスクリーンに大写しになった。ジェントリーは目の前の小さな花瓶に手をのばし、なにげないふうを装って、障害物なしにターゲットが映るように小さなカメラの向きを調整した。

アプリを使って、画像をズームした。二〇メートル離れたバンのフロントウィンドウがスクリーンいっぱいに表示されると、ジェントリーは録画ボタンをタップした。

そして、携帯電話を置き、コーヒーをゆっくり味わいながら、ぼんやりとスクリーンを見るふりをした。

二十分後に、ジェントリーは通りに戻っていた。目当てのものを数分以内に見ることができた。ズーム機能によって数メートルしか離れていないように見えるフロントウィンドウの奥を注意して観察すると、明らかに動きがあるのがわかった。よく見えたわけではないが、まちがいなく人の動きだった。

バンの車内に何人かいて、ときどき動いていることが、ジェントリーにはありありとわかった。

シュライク・グループのバンだ。ゾーヤもいるのか、それともチームの男たちだけなのだろうかと思った。ジェントリーは小さな磁石付きＧＰＳ追跡装置を持っていて、ふつうの状況であればバンに取り付けていたはずだが、ゾーヤが乗っているとしたらバンに近づくのは危険が大きすぎる。

監視は一定の距離を置いて行なうしかない——昔ながらのやりかたで。バイクを借りて、バンがここを離れる前に戻ってきて、追跡してもいい。間に合わなくてもさほどの害はない。ゾーヤはアドロン・ケンピンスキーに泊まっていると、スーザンがいっていた。いずれそこで見つけられるはずだ。しかし、五つ星のホテルで溶け込むためには、ある程度まで高級な服を買わなければならない。

ジェントリーがヨーロッパに持ってきたバックパックのなかの服は、色のちがうジーンズ二本、Tシャツ四枚、長袖《ながそで》のプルオーバー一着、フーディー一着だけで、あとは洗面用具しかない。都市部や工業地帯では、仕事帰りの建設労働者かトラックから自家用車に戻る配達トラックの運転手のように見えるから、なんの問題もない。髪が長めで、顎鬚《あごひげ》を生やしていて、年齢がわかりづらいから、学生のふりもできる。

だが、ドイツの首都の最高級ホテルで溶け込むのに役立つような服は持っていない。バイクのレンタルショップへ行くために、市電駅に向けて歩いているとき、ゾーヤがアドロンで目を見張るようなファッションで歩きまわっている姿を想像し、憧憬《しょうけい》がいっそう強まった。

どうしても、そういう気持ちになった。同僚が任務を終えるまで護るだけの仕事ではない。肝心なのは愛なのだ。それをみずから認めるたびに、ジェントリーは腹が立った。任務に集中するためにゾーヤへの思いを精いっぱいふり払おうとしながら、ジェントリーは歩きつづけた。しかし、その任務の中心にはゾーヤがいる。

歩きながら、ジェントリーはあらゆる種類の防犯カメラに目を配った。ベルリンではすべてのカメラのレンズを避けるのは不可能だと、最初からわかっていた。だが、精いっぱい注意して、ほとんどのカメラを避けていた。

しかし、アルヒフ通りの交通カメラには気づかなかった。ジェントリーの画像が記録され、クラーク・ドラモンドが構築し、シュライク・インターナショナル・グループのコンピューターにあるパワースレイヴのデータベースに自動的に入力された。

シュライクのコンピューター・アナリストが、そのヒットをクリックし、元CIA特殊活動部工作員コートランド・ジェントリーが、シュライクの現行の監視活動から数ブロックのところを歩いているのを確認した。

ジェントリーに関するデータは数すくなかったが、クライアントの要求によりパワースレイヴの確実な識別情報をすべて直接伝えるよう指示するルディ・シュパングラーのメールを、アナリストは前日に受信していた。

若い女性アナリストは、キーボードを叩いて、シュパングラーに目撃位置を伝えてから、そのことはもう忘れて、仕事に戻った。

ジェントリーはベルリンで正体を暴かれ、本人はそれにまったく気づいていなかった。

29

ゾーヤは、監視車両の後部であくびをして、何度か首をまわした。きょうはササーニーからなんの情報も得られなかった。盗聴器が拾った音から判断して、ササーニーは病気で欠勤し、午前中ずっとベッドに寝ているか、トイレを使っているか、どちらかだった。助手ふたりからも情報は得られなかった。モイセスとヤニスは、これまでよりもいっそう口が堅くなっていた。とにかくシュライクについてはそうだった。

男ふたりを刺激してしゃべらせようかとゾーヤが思ったとき、ハンドバッグのなかで携帯電話の着信音が鳴った。ゾーヤは携帯電話を出し、発信者の番号を見た。上司のエニスからだった。

ゾーヤは軽い口調で、「ハイ、リック」と答えた。

だが、いつも自信に満ちているエニスの返事はびっくりするくらい言葉すくなで、深刻そうに聞こえた。「そっちはなにも起きていないか?」

「いいえ。ターゲットはきょう仕事に行かないようだけど」

「どうしてだ？」

「病気だから。咳をしたり洟《はな》をかんだりしているのが聞こえる。下痢《げり》も起こしているみたい。さいわいヤニスはバスルームには無指向性マイクを仕掛けていなかった」

それを聞いて、若いふたりが笑った。

「ターゲットは電話を使っていないか？　あるいはノートパソコンを？」

エニスの声が不安げだったので、ゾーヤは怪訝《けげん》に思った。

ゾーヤはいった。「ササーニーは……病気だから休むと早朝に電話した。それだけよ。どうして急にこの男に興味を持つの？」

「いいか」エニスがいった。「中止……中止しなければならない。ただちに監視を切りあげろ。仕掛けた機器はそのままにして、接続を切れ。きみもチームのふたりも、そこを離れるんだ」

「どうなってるの？」

エニスが、何度かつらそうに呼吸した。ただ不安なだけではないと、ゾーヤは気づいた。恐怖もある。「これまでわれわれが監視していた人間が、べつの工作担当のターゲットが……」

「どうなったの？」

「死んだ。それから一時間もたっていない」

「ここで？　ベルリンで？」

「ああ。バスに轢《ひ》かれた。警察は犯罪の可能性もあるとしている」

「何者だったの？」

「その男は……それはどうでもいい。外国人だとしかいえない。クライアントに調査しろといわれていた。調査は終えていたし、ありがたいことにシュライクの人間はその男が死んだ現場にはいなかった。それしかわかっていないが、わたしたちの作戦に影響が出るかどうか、まだわかっていないから、二、三日ようすを見るほうがいいだろう」

　エニスの声には、ゾーヤがそれまで察知していた空威張《からいば》りや自己主張が感じられなかった。怯《おび》えた子供のような口調だったので、この話にはもっと裏があるにちがいないとわかった。

「死んだ男。イラン人だったんでしょう？」

「そうだ」

「工作員？　大使館にいるイラン情報省《VEJA》の人間？」

「ちがう。だれの手先だったかはいえないが、地元警察の対応を見届けるまで、現場のわれわれの工作員はすべて引き揚げさせる。あと何本か、電話しなければならない、ステファニー。もう切るよ」急にべつのことを切り出した。「今夜、食事をしながら話をしないか？〈ロレンツ・アドロン〉で。すてきな店だぞ」

ゾーヤが泊まっているホテルでもある。エニスはそれを知っているので、食事のあとで部屋に招かれるのを期待しているにちがいない。そうはいかないが、食事をするのはかまわないだろう。できるだけ情報を仕入れるのが仕事だし、これは絶好のチャンスになりそうだった。

「いいわね」ゾーヤは、さりげなくいった。

エニスは、まだ気が散っていて、ストレスを感じているようだった。「八時三十分に会おう」

ゾーヤは技術者ふたりのほうを見た。ふたりが見つめ返した。「プラグを抜いて」ゾーヤはそういってから、エニスとの電話に注意を戻した。「いまから接続を切る。つぎの指示を待つわ」

「それじゃ今夜」

ゾーヤは電話を終えて手をのばし、ササーニーの家のマイクのマスタースイッチを切った。それと同時に、ヤニスがヘッドホンをはずした。

モイセスがバンの前寄りにいたので、運転席に行こうとした。

ゾーヤはコンピューターのほうへ小さなスツールを滑らせ、ササーニーの携帯電話のマイクに接続しているスイッチを切ろうとしたが、そのときヤニスがまたヘッドホンをかけてさっと手をのばし、ゾーヤの手首をつかんだ。「電話がはいっている。切る？　それとも聞く？」

ゾーヤはいった。「もちろん聞く」自分もヘッドホンをかけた。ファールシーはひとこともわからないが、それでもターゲットの声を聞いておきたかった。

モイセスが急いで自分のコンピューターの前に戻り、バックグラウンドノイズを消す作業に取りかかった。

呼び出し音が数回鳴ったあとで、ササーニーが出た。疲れ、鼻がつまっているのが、その声からわかった。いかにも電話で話をしたくないような感じだったので、かけてきた相手は重要な人物かもしれないと、ゾーヤは思った。

電話をかけてきた相手が、大きな声でいった。早口で真剣な口調だった。ゾーヤはヤニスのほうを向いた。ヤニスが、ササーニーと電話をかけてきた人間の両方のいうことを通訳した。

『いまどこにいる？』

『家だ。四時間前に病気で休むと電話した』

『ニュースを聞いたか？』

『なにも聞いていない、きょうだい。ベッドに寝ていた』

アパートメントから聞こえてくる声は、多言語を操るゾーヤですら感心するほどの早口で、母音と子音が連なっていた。ヤニスはそれを聞き終えてから通訳した。『MeKの手先の学生だよ。モスクでドイツの情報部のために働いているやつだ。知っているだろう？』

『ああ、イラヴァーニーだな。それがどうした？』

『殺されたんだ、きょうだい。けさ。目撃者が警察に、大男の白人ふたりがバスの前にやつを突きとばしたといった。まちがいなく暗殺だ』

ササーニーの疲労が、たちまち消え失せたようだった。『われわれはイラヴァーニーを監視していたが、サイバーだけだった。見張りはつけなかった。だれかがやつを狙っている気配はなかった。いいか、アリー、われわれはこれとはまったく無関係だ』

『関係があってもなくても変わりはない。やつがMeKだというのを警察が知ったら、われわれが疑われるだろう。用心しなければならない。ジャヴァード』

そのあともやりとりはつづき、ステファニー・アーサーと名乗る工作担当に、ヤニスは逐一通訳した。だが、ゾーヤはほとんど聞いていなかった。こういったことすべてがなにを意味するかを考えていた。シュライク・グループが、MeKと略されるイランの反体制組織モジャーヘディーネ・ハルグの一員について情報を集めていたとすると、こうしてイラン政府のスパイを監視し、モイセスとヤニスがいったようにゴドス軍の細胞を監視していることにくわえて、シュライクは反政府勢力の工作員を監視しているように思える。

MeKは、テヘランの政権を倒そうとしている少数のイラン人活動家組織のひとつだった。そんなことをやる力はまったくないのだが、いまイラン政府を動かしている最高指導者や宗教指導者にとって敵であることはまちがいない。

そして、シュライクが監視していたその反政府勢力の一員が、ベルリンの街路で殺された。

ゾーヤはようやく心のなかでつぶやいた。おもしろくなってきた、と。

ジャヴァード・ササーニーが、VEJAとシュライクの両方が監視していたこの男の暗殺にリック・エニスとおなじくらい不安を感じているような声で電話を切ると、ゾーヤはヤニスに装置の電源を切るよう命じ、バンを運転してそこから離れるようモイセスに指示した。ジャヴァード・ササーニーがイランの工作員だというのをドイツの国内保安部門が知っているかどうかわからないが、知っているとすると、ササーニーに事情を聞くために連邦憲法擁護庁《BfV》がここに来るだろうと考えるのは、そんなに突飛《とっぴ》な憶測ではない。
それに、そんなことになったとき、近くにいたくはない。

30

ルドルフ・シュパングラーは、ポツダムのつつましいシュライク・インターナショナル・グループ本社のオフィスでコーヒーを飲み、コンピューターで自分のオフショア口座を上下にスクロールして見ていた。シュパングラーの会社は、運用経費がふんだんにあり、合法《ホワイト》と非合法《ブラック》の両方の雇い人に報酬を払ったあとも潤沢《じゅんたく》に利益が出ていた。そのときは、なんの心配もないように思えた。

しかし、数秒後に電話の鳴る音とともに不安が訪れた。

「シュパングラーだ」シュパングラーは電話に出た。

「ルディ、ミリノムよ」身の安全のために暗号名を使い、英語でいった。「カムラン・イラヴァーニーがけさ、大学の近くで殺された」

それを聞いて、シュパングラーの目が鋭くなった。「イラヴァーニー。きみのターゲットだったな？」

ミリアムがいった。「三週間前までは。いま彼は死んだ」

シュパングラーはいった。「では……われわれとは無関係だ」

ミリアムことアニカ・ディッテンホファーは、それに耳を貸さなかった。「イラヴァーニーはMeKよ。この街でドイツのためにイランをスパイしていた」

「テヘランに対して積極的にスパイ活動をやっていたのなら、イラン人刺客《しかく》に殺されたにちがいない」

「ちがう《ナイン》、ルディ。わたしたちが監視しているゴドス軍の人間に動きはまったくなかったし、わたしたちの知るかぎりでは、イランのスパイからのおしゃべり《チャター》（さまざまな手段で収集された音声・文字情報など）はなにもない。あの学生を殺したのは、べつのだれかよ。何者かがなんらかの理由でイラン政権を護《まも》ろうとしているのよ」

アニカの伝えた情報が重くのしかかり、シュパングラーは電話に向かって吐息をついた。

「なにかいってよ、ルディ！」アニカが大声を出した。

「わたしは……われわれはやっていない！　それしかわからない」

「でも、わたしたちのクライアントはどうなの？　彼がやったの？　わたしたちはカムラン・イラヴァーニーについて情報を得て、謎のクライアントにそれを送った。そしてイラヴァーニーが死んだ」シュパングラーが答えなかったので、アニカはいった。「ルディ、あなたはクライアントに、ドラモンド、ハチンズ、ブルストのことも教えたんじゃないの？」

シュパングラーはまたしても黙っていたが、それでアニカはすべてを察した。

「そういうことなら」アニカの声は、シュパングラーがこれまで聞いたことがないくらい低く、重々しかった。「いまわたしたちは知った。そうよね？」

シュパングラーはいった。「クライアントと話をするときに、きみの心配を伝える」

アニカが答えた。「心配？　あなたには、これが心配そうな声に聞こえるの？　ぞっとしているようには聞こえないの？」

「どちらかというと、あとのほうだな」

「イラヴァーニーは連邦憲法擁護庁《BfV》の情報提供者だった。ドイツの情報機関は、どうして彼が殺されたかを厳しく追及するでしょうね。わたしたちのクライアントが関係しているようなら、ルディ、あなたに的が絞られるはずよ」

「クライアントが関係していたのかどうか、わたしは知らない。クライアントと話をする。ほかになにができる？」

アニカは、間を置いてからいった。「用心して、ルディ。近ごろ、いろいろ質問する人間がどうなったか、知っているでしょう」

「馬鹿げている。わたしがシュライクを動かしているんだ。怖れるようなことは――」

「そうかしら、ルディ？　あなたがシュライク・グループを動かしているの？　あるいは、ほんとうに指揮しているのは、わたしたちが破産しないようにお金を注ぎ込んでいるクライアントじゃないの？」

アニカ・ディッテンホファーが電話を切り、シュパングラーは受話器をかけて、太い首のうしろをさすった。


ヘイディーズことキース・ヒューレトとそのチームは、対テロ作戦の成功を祝して、のんびりと午後を過ごしていた。

ソールがいった。「あれは簡単すぎた。まったく目立たずにあそこへ歩いていった。だれにも怪しまれなかった」

ヘイディーズは、白人の欧米人のチームだから、ことにこの手の仕事に適しているとターリクにいわれたことを思い出した。ターリクがいった以前の暗殺チームは、付け狙っていたゴドス軍の工作員か地元警察に発見される不運に見舞われたのだろうかと思った。

それはさておき、自分とチームがおなじ窮地に陥らないように用心しなければならない。けさの暗殺とおなじように、じっくり時間をかけて、静かにすっきりと実行する。あと腐れがないようにひそかにやる。

チームが囲んでいるテーブルに置いてあった携帯電話が鳴ったので、ヘイディーズはさっと取り、発信者の番号を見た。すぐさま立ちあがり、廊下に出て、すこしはプライバシーが守れる寝棚へ行った。

「こちらヘイディーズ」だれがかけてきたかわかっているので、ヘイディーズはいった。

「ヘイディーズ、こちらオマール」オマールはターリクの腹心の部下のひとりだ。

「はい。作戦は成功でした。悪党をひとり消しました」ヘイディーズはまだ成功の余韻にひたっていたので、自分と部下を褒《ほ》めるためにUAEから電話がかかってきたのだと思い込んだ。

だが、オマールは褒め言葉を口にしなかった。緊張した声でいった。「それはどうでもいい。また出動だ。われわれの作戦に脅威となる男が、ベルリンに到着した」

いいぞ、ヘイディーズは思った。また仕事だ。「何者ですか？」

「このあいだの晩に、おまえたちがカラカスで遭遇した男だと思う。写真をメールで送る」

ヘイディーズは背すじをのばして、広いリビングにいる部下のほうへ廊下を進んでいった。

「了解しました。そいつはいまどこにいますか？」

「ヨーロッパの同盟者が行なっている作戦の近くで、カメラが捉えた。わずか三十分前だ。そのあと、二分前にまた発見した。バイクを借りていた。そこから男は作戦現場にひきかえした」

「委細了解しました。作戦現場と、男とバイクの特徴を教えてください」

オマールが、ササーニーが住むダーレムドルフ駅近辺への行きかたと、バイクの型を教えた。そして、髪を肩までのばし、短い顎鬚《あごひげ》を生やして、黒っぽいTシャツとジーンズを着ている三十代の男の写真を二枚、秘話メールで送った。

「こいつですか？　このふざけた野郎が、このあいだの晩、おれの部下を殺したんですか？」

「そうだ。この男は単独で活動するが、抜群の技倆《ぎりょう》を備えているという情報を得ている。用心しろ」

「ああ、わかりました。おれにもちょっとは技倆があるし、単独ではやってません。こいつを始末しますよ」

電話を切るとすぐに、ヘイディーズは隠れ家のリビングに駆け戻った。「みんな車に乗れ！　ロニーのために仕返しをする！」

三十九歳のブロンド女が、午後三時過ぎにアドロン・ケンピンスキーにチェックインした。デンマークの家庭用品メーカーがクリスティーナ・ドルイーナの名前で四階のスイートを予約していて、ウクライナの正規のパスポートを所持していたので、すぐにルームキーを渡され、〈グッチ〉のスーツケースがカートに積まれて、エレベーターに案内された。

女はスイートにはいり、リビングの両開きのフランス窓をあけた。ブランデンブルク門の眺めがすばらしく、夜にはもっと壮麗なのだろうと思った。彼女の右斜《なな》め前方、ブランデンブルク門の正面の広々とした空間は、パリ広場だった。その両側はコンクリートとガラスのビルが並ぶ市街地で、アメリカ大使館が広場の彼女の側にあり、コンクリートの広場を渡ると右側にフランス大使館がある。

ホテルの前からずっとタクシーが並んでいるウンター・デン・リンデンを、彼女は見おろした。カフェの前にテーブルが出ていて、レストランやバーが両方向にある。

ベルマンがノックしたので、女は部屋に戻った。ベルマンが、ウクライナ人の客に指示されたとおり、スイートのリビングのラックにスーツケース二個をそっと置いた。

ベルマンが去ってから数分後に、またノックがあった。ブロンド女は覗《のぞ》き穴から見て、ドアをあけた。

ロシア人刺客《しかく》セミョーン・ペルヴァークが、廊下に立っていた。キャメルのスポーツジャケットを着て、白いデザイナージーンズをはいていたが、どちらもがっしりした体つきを引き立たせてはいなかった。

ペルヴァークが、スイートの玄関の間にはいり、女のほうをろくに見ないで話しかけた。

「マクシムがいない。携帯電話にかけても出ない」

ウクライナ人クリスティーナ・ドルイーナと名乗っている女は、インナ・サローキナというロシア人で、ゾーヤ・ザハロワを狩るために派遣された四人編成の暗殺班の情報担当官だった。

インナはドアを閉めて、ペルヴァークのあとからスイートの奥へ行った。ペルヴァークがチーム・リーダーのマクシム・アクーロフを見つけられなかったことに、驚いているようすはなかった。いつものことだからだ。

インナは、淡々とした口調でいった。「午後三時に電話に出ないのなら、バーで酔っ払っているんでしょう」

ペルヴァークがいった。「アーニャに隠れ家の近くのパブを見にいくよう指示したが、店はごまんとある」肩をすくめて、ジャケットを脱いだ。「どうでもいい。早くとも今夜まで、あいつに用はない」

「そうね。でも、用があるときにはしらふでいてもらわないと」

「まあいいさ。なんとかしよう」

インナは、唇《くちびる》を嚙《か》んでからいった。「飲みに出かけているんじゃないかもしれない」

中年の殺し屋が、インナのほうを見てから、すぐに首をふった。「いや、インナ。マクシムが自殺するつもりなら、任務に就いているときにはやらない。人生のその部分があいつは好きなんだ」銃口を口に突っ込むのは、仕事をやっていない時だ。このあと、おれたちは六週間、仕事がなくなるから、あいつが川に浮かんでるのを見つけることになるだろう。だが、仕事があるあいだは、マクシムはこの世にいる」

ペルヴァークがインナから顔をそむけ、リビングの窓からの眺望に目を向けた。

その話をしたくないのは明らかだったが、インナはいった。「これがどういうふうに終わるか、あなたにはわかっているはずよ。マクシムのせいで、わたしたちのひとりか、もしくは全員が殺される」

大男のロシア人殺し屋が、大きく鼻を鳴らした。「マクシムに指揮をとらせるとモスクワがいっているあいだは、おれはそれでいい」

「指揮をとらせる？」インナは語気鋭くいった。「いつ彼が指揮をとったっていうの？」

ペルヴァークが眺望に背を向けて、インナと向き合った。「チームで第三位の人間が、チーム・リーダーの権威を揺さぶってるって、マクシムにいってもいいんだぞ」

それを聞いて、インナが笑った。「バーのスツールで酔いつぶれているマクシムに、いまそういったらどうなの。彼はどうせ聞きやしないし、気にしないと思うわ」

ペルヴァークが肩をすくめたが、リビングに置いてある荷物のほうに注意を向けた。

「嘘だろう。〈グッチ〉か？　買うのを本部が承認したのか？」

インナは、一個目のスーツケースをあけた。「コピー商品よ。みんなでニューヨークにいたときに買った。値段は七十五ドル」ノートパソコンとケーブル数本を出して、キッチンのバーエリアに設置した。ペルヴァークがべつのスーツケースをあけて、カメラと聴音機器を出した。

一分後、またドアにノックがあった。ペルヴァークがドアに向かいながらウェストバンドに手を入れて、CZ75・P‐01オメガ・セミオートマティック・ピストルのグリップを握った。さきほどインナがやったように覗き穴から見て、銃から手を離し、ドアをあけた。

アーニャ・ボリショワは、黄色と赤のサンドレスを着て、大きな縁のミラーサングラスを頭の上にかけて、ウェッジヒールをはいていた。小さなハンドバッグを肩にかけているだけで、なにも持っていなかった。

だが、見かけとはちがって、明るい《サニー》気分ではなかった。

「マクシムが見つからないの。大酒を飲みにいったんだと思う」

ペルヴァークがいった。「ドイツのビールを飲んでるんならいいが。ウォトカよりましだ」

アーニャが、ペルヴァークの体ごしにインナを見た。「まあいいわ、インナ。いま射手は必要ないし。どうすればいい？」

インナはいった。「ホテルの宿泊客リストに侵入できる？」

「ダー。もちろんよ。ホテルにはいらなくてもできる」一瞬、床から天井までの大きなフランス窓を見て、手摺《てすり》の向こうのウンター・デン・リンデンを眺めた。「でも、ここはすてきだから、文句はいわないことにする」

「宿泊客の名前すべてと、予約した会社を調べて、これまでにわかっている関係者と照らし合わせて。シレーナのいまの状況は胡散《うさん》臭いと思うの。偽装があまりにも薄弱だし、西欧で情報会社に雇われるようなことをせずに、どこかで身を潜めているのが当然だから。うまくすると、共謀している仲間を見つけられるかもしれない。彼女を護《まも》るために、その連中もここに泊まっているかもしれない」

アーニャが作業をはじめた。ほんの数分でホテルのサーバーに侵入した。すべてのカメラの画像、宿泊客リスト、従業員の予定にアクセスできるようになった。ホテル内のカフエやレストランの予約状況もわかる。

モスクワの工作担当官から、ザハロワがステファニー・アーサーという偽名で長い廊下の先の405に泊まっていることを知らされていた。

シレーナがいま三〇メートルしか離れていないところにいることに、インナは驚きを禁じえなかった。

アーニャがさらにべつの宿泊客を調べ、既知の諜報員の名前と照合した。対外情報庁の^{S}データベースを使い、モスクワの調教師を通じて処理しているはずだった。

データをすべて手に入れると、アーニャはインナとペルヴァークにざっと説明した。

「九カ国の情報機関の人間二十四人が泊まっている。でも、それは予想どおりよ。大使館や領事館がいくつもあるから。それに、連邦議事堂まで二キロメートルだし」

インナは、リストを見た。同僚が見つけたそれらの関係者についてわかっていることを考慮し、ようやくいった。「いちばん下のこの名前は?」

「リック・エニス。アメリカ人。CIAの工作担当官^{V}だったけど、いまはシュライク・グ$_R$ループで働いてる。ゾーヤが雇われてる会社で、ここに本社がある」

「このホテルに泊まっているのね?」

「いいえ。でも、今夜、レストランを予約してる。人数はふたり。八時半。下の〈ロレンツ〉というお店よ」

インナが探していたようなものではなかったが、重要な情報だった。インナはいった。「セミョーン、〈ロレンツ〉のバーに八時十五分に行って、位置について。かわいいゾーヤがミスター・エニスといっしょに現われるかどうか、見届けて」

ペルヴァークは、インナに指図されるのが不愉快だった。厳密にいえば、自分のほうが上官なのだ。しかし、インナは情報担当官だから、こういうことを決める権限がある。ペルヴァークは腕時計を見た。「マクシムを見つけるのに、五時間ある」

インナはいった。「そのときになったら、あなたがやらなければならないかもしれない。ゾーヤがわたしたちといっしょにモスクワへ戻ることはありえない」

インナにそれを決める権限がないことを、ペルヴァークは知っていた。「彼女が降伏しないだろうという意見には賛成だ。遺体袋に入れないかぎり、ここから連れ出すことはできないだろう。しかし、指揮しているのはマクシムだ。代理をつとめろとマクシムがおれに命じたらやる。そうでなかったら、おれたちは待ち、ターゲットを見張る」

ペルヴァークのいうとおりだった。レストランは、こういうことをやるのに適した場所ではなく、時間も都合が悪い。インナには、べつの腹案があった。

インナは、アーニャの肩ごしにデータを見た。「ルームサービスの注文は見られる？」

「もちろん」

「これまでに彼女はなにか注文した?」

アーニャが、データを呼び出した。「ええ。ここに二週間泊まってる。毎朝朝食を注文し、ランチは一度、ディナーは二度、注文してる。ここに泊まってるだけじゃなくて、スイートで仕事もやってるようね。朝食の注文からして、だれかと会ってるみたい。コーヒーをポットで何回も頼み、女ひとりにしては多すぎる料理をとってる」

インナはうなずいた。「わかった。これはDCでやったみたいにやれる」

「DCでなにがあったの?」アーニャがきいた。このチームに彼女がくわわる前のことだった。

ペルヴァークがいった。「デュポン・サークル・ホテル。一年半前。われわれのだいじな大統領について政治的問題を引き起こすような事実にまったく反する記事を書いた、ロシア生まれの記者を抹殺した。マクシムがルームサービス係の制服を着て、そいつの部屋にはいった。おれはあとからついていった。そいつは酔っ払ってたから、もっと酒を飲ませて、ベッドポストに顔を叩きつけた。おれたちは逃げて、事故死と判断された。酔っ払って倒れ、ベッドポストに激突したのだと。おれたちがいたことは、だれにも知られなかった」

インナはいった。「彼女の部屋にカメラを仕掛けて。独りのときにやりたいし、まちがいなく独りだと確認したいから」

アーニャがいった。「ドアの鍵をあけることはできるけど、コンピューターを持って彼女の部屋に行き、掛け金の下の電池交換口につながないといけない」

「厄介《やっかい》なの？」

アーニャが笑みを浮かべた。「いいえ。廊下のカメラから録画された画像が送られるようにするし、ドアの前に行ったら、一分もかからない」

ペルヴァークが、インナのスイートを見まわして、天井、設備、レイアウトを確認した。

「カメラは二台仕掛ける。リビングと寝室の上のほうの壁だ」インナのほうを向いた。

「バスルームにも仕掛けるか？　念のために」

インナは答えた。「馬鹿なことはいわないで」つけくわえた。「なにか記録装置があるかもしれないから気をつけて。カメラやレコーダーに。これはわたしたちがやってきたいつもの作戦とはちがうのよ」

ペルヴァークか、インナにのしかかるように立って、一本指を顔に突きつけた。「これはおれがやってきたあらゆる作戦とまったくおなじだ。おれもプロフェッショナルなんだぞ」

インナは、それを聞き流した。ペルヴァークが優秀だというのはわかっていたし、この任務では精いっぱい努力する必要があるという考えを植えつけるために、できるだけのことはやったのだ。

ペルヴァークがこれをしくじったら……痛い目に遭うのは彼自身なのだと、インナは心のなかでつぶやいた。

31

アーニャ・ボリショワは小型ノートパソコンで電子ロックを解除し、電池交換口からすばやくコードを引き出した。のしかかるように立っていたペルヴァークが、アーニャの横をすり抜けて部屋にはいった。

すぐさまひとつの装置を目に当てて、それを覗《のぞ》きながら、スイートのなかを進み、プロフェッショナルがカメラをこっそり仕掛けるような場所をすべて見ていった。小さな装置はコンピューターを内蔵していて、数ミリ程度の大きさのレンズでも光の反射を捉えることができる。それと同時に、遠隔操作のカメラのほとんどが発信している周波数を探知できる。

ペルヴァークが捜索しているあいだに、アーニャはリビング、寝室、バスルームの写真を撮り、椅子をスイートのドアの前に持っていった。その椅子に乗って、魚眼レンズ付きの小さなピンホールカメラを出し、剝《は》がせるエポキシ樹脂を裏にくっつけて、壁にカメラを取り付けた。

カメラにはマイクがない。マイク付きだともっと大きくなる。相手がそういう装置を探す訓練を受けているので、隠すには小さいカメラを使うしかなかった。部屋にいて、独りきりだということがわかればそれでいい。監視任務ではなく、ただの暗殺なのだ。

アーニャのイヤホンから、インナの声が聞こえた。「監視カメラ1作動。画像はよくない」

「了解」アーニャはささやき声で応答してからきいた。「廊下はいまも敵影なしね？」

「ダー」

ペルヴァークが、電子機器の捜索を終え、スイートにはふつうではないところはなにもないとわかった。アーニャが二台目のカメラを、寝室の窓の隅に取り付けた。ふたりともゾーヤの荷物をあけたり、引き出しやクロゼットを調べたり、持ち物に触《さわ》ったりはしなかった。ターゲットが、だれかが侵入したりなにかを動かしたりしたら察知できる訓練をじゅうぶんに受けているとわかっていたからだ。スーツケースのジッパーに髪の毛を通し、きちんと並んでいるものの横にヘアブラシを斜《なな》めに起き、家具をかすかに動かしておいて、注意深くない侵入者がもとの位置に戻したくなるようにするといった仕掛けがありうる。

ゾーヤはカメラを自分の部屋に仕掛けていないかもしれないが、アーニャとペルヴァークがよっぽど慎重にやらないと、客があったことを確実に知るはずだった。

六分後、スイート405を出たロシア人ふたりは、401に戻った。ゾーヤが仕事から早く戻ってくるのを怖れて、インナはそのあいだずっとロビーのカメラも含めて、ホテルの防犯カメラの画像を見ていた。

ほどなくチームは襲撃計画について話し合った。いつもならアクーロフがくわわるのだが、インナが情報担当官なので、それが適切だと見なしたときには、任務のこの段階はインナが務める。

「セミョーン、ルームサービス係の制服とワゴンが必要よ。マクシムのために用意しておかないと」

「いいか」ペルヴァークがいった。「まず降伏するチャンスをあたえろと、本部が命じている」

「対決する機会を探す。うまくすると、今夜、彼女と話ができるかもしれない」インナはちょっと考えた。「もちろん、彼女はロシアに帰るのを拒むでしょうね。結局、すばやく行動しなければならないでしょう。わたしがそれを済ませば、マクシムがあすの朝、仕事をやれる」

アーニャがノートパソコンの時計を見ていった。「それじゃ、マクシムを見つけてしらふに戻すのに、あと十四時間ある」

ペルヴァークが、白髪《しらが》頭を手で梳《す》いた。「その半分の時間でやったこともあったじゃないか」

「そうね」インナがいった。「でも、マクシムはいつもよりひどいどん底に沈んでいるようね」

コート・ジェントリーは、シルヴァーのバイク、BMW・G310GSを借りて、ササーニーのアパートメントの近くにひきかえした。塗装業者のバンはすでにそこにはなかったが、アドロン・ケンピンスキーに向けて猛スピードで走るうちに、車の流れのかなり前方にちらりと見えた。ホテルの前でとまるのを見届けたかったが、ブランデンブルク門の近くでUターンしたときに、バスにさえぎられて、ホテルのエントランスが見えなくなった。バスが視界をさえぎらなくなったときには、ブルーのバンはホテルの屋根付きのエントランスを離れていたので、ゾーヤは監視チームに送ってもらってスイートに戻ったのだろうと、ジェントリーは判断した。

こうした動きがあったのは、午後二時過ぎだったので、どうしてターゲットの監視を早々と切りあげたのだろうと思ったが、ジェントリーにとっては好都合だった。ゾーヤの偽装身分がステファニー・アーサーで、スイートは405だとわかっている。ロシアの暗殺チームを見つけるほうに専念しろと、自分にいい聞かせた。

厳密にいうと、それだけでは済まない。アドロン・ケンピンスキーのすぐ横にあるアメリカ大使館の前をBMWで通過しながら、ホテルの敷地内のカメラを避けなければならないと思った。いまはバイク用の黒いヘルメットをかぶっているから安全だが、長期の監視活動を行なう場所を見つけなければならない。

それにはひとつしか方法がなかった。ロシアの殺し屋たちがすでにアドロンにいるかどうかわからないので、どこかの時点で、ホテルにはいり込むしかない。

それには、きょうの午後、洋服屋を何軒もまわって、ヨーロッパの最高級ホテルにいても場ちがいではないような服を手に入れなければならない。

それに時間をとられているあいだ、ゾーヤを護《まも》れないことを思い、ジェントリーはヘルメットの下でうめいた。だが、今回はいつも以上に、諜報技術《トレードクラフト》のためのきちんとした偽装が不可欠だった。偽装を維持するのは、自分だけではなくゾーヤの安全のためなのだ。

キース・〝ヘイディーズ〟・ヒューレットとそのチームは、シルヴァーのBMWのバイクを追跡していた。バイクと乗っている男が、クアフュルステンダムの〈ヘルマン・メンズ・

ウェア〉でカメラに捉えられたことを、信号情報局《ＳＩＡ》の連絡員から伝えられていた。

ヘイディーズは、顔認証のことはよく知らなかったが、凄腕《すごうで》の殺し屋のいどころを、一日のあいだに三度突き止めたことに驚いた。ターリクはドイツ政府に人脈があるのか、それともＳＩＡはそれほど優秀なのか。

どちらだろうと、ヘイディーズにはどうでもいいことだった。テロリストひとりを殺したうえに、部下を殺したやつを報復攻撃すれば、プロフェッショナルとしてだけではなく、個人的にも高得点をあげることになる。

ターゲットが最後に目撃された位置から二ブロック離れた時間貸し駐車場にセダン二台をとめると、ヘイディーズとそのチームは、ふたりずつ四組に分かれ、三組は界隈《かいわい》の小売店や飲食店をくまなく調べに行った。アトラスとマーキュリーは、ターゲットがそこを離れようとしていた場合に備えて、バイクを探した。

ふたりは三階建ての駐車場を二カ所調べてから、ターゲットの最終位置から数ブロック離れた地下駐車場にはいった。

レベルＰ３で、ふたりは階段近くにとめてあるシルヴァーのＢＭＷのバイクを見つけた。地下なので携帯電話の電波が届かず、発見したことをヘイディーズに知らせることができなかった。だが、そういう事態も予想されていて、隠れ場所を見つけ、ターゲットが逃げようとしたときに行く手をさえぎれと命じられていた。ふた手に分かれることにして、ひとりは階段のドアの内側の暗がりに潜み、もうひとりはバイクの横の小型車二台のあいだに位置した。

配置につくと、ふたりともバックパックをあけて、サブマシンガンに似た型のスロヴァキア製九ミリ口径セミオートマティック・ピストル、ストリボーグSP9A1を出した。二挺ともサプレッサーと折り畳み銃床付きで、接近戦でロニーを殺した男をばらすのにうってつけだった。

セレクターを〝安全〟から発射位置に入れ、肩付けすると、あとは埃《ほこり》っぽい駐車場で待つしか、やることがなかった。

〈ヘイディーズとソール〉は、午後三時四十分に〈ヘルマン・メンズ・ウェア〉にはいり、精いっぱい行きずりの客のふりをした。高度な諜報技術《トレードクラフト》の訓練を受けていた人間なら、店そのものにはいるのはまずいということがわかっていただろう。通りや人混みを離れて、品物を見はじめたら、ターゲットに発見される確率が高くなる。だが、〈ヘイディーズ〉は、まだ店にいるかどうかをたしかめるだけだと考えていた。発見したら店を出て、外で待ち伏せればいい。

店にはいると、ふたりは商品が陳列されているフロアをちらりと見てから、壁ぎわへ行き、ドレスシャツの棚を眺めた。ふたりがいかにもアメリカ人らしく見えたので、店員がなにかお探しですかと英語できいたが、ヘイディーズは追い払った。

ふたりは数分かけて、ターゲットの姿を探しながら店の奥へ進んでいった。やがて、相談することなく、もっと念入りに店内を調べるために、ふた手に分かれた。あとのふた組がなにも発見できていないと報告するのが聞こえたが、ターゲットがすでに店を出てクーダム通りをどこかへ向かったのではないかと不安になった。

通りにいたふた組は、マーキュリーとアトラスとの連絡がとれなくなっていたが、地下駐車場に行ったせいだろうと判断していた。

ヘイディーズはメリノウールのセーターの棚を見にいき、一〇メートルほど離れたところで、ソールがマネキンのはいているズボンを見るふりをした。

コート・ジェントリーは、試着した濃紺のスーツとドレスシャツを両腕に抱えて、試着室を出て、靴売り場に向かった。靴を買って服といっしょに代金を払い、アパートメントに帰って着替えてから、大急ぎでアドロンへ行くつもりだった。

毎分ごとにひどくなる疲れをふり払おうとしながら、ゾーヤが泊まっているホテルを偵察したら、ドクター・カヤのところへ行くまで何時間かやり抜けるようにコーヒーを飲もうと、ジェントリーは自分にいい聞かせた。

服飾店の商品フロアに戻ろうとしたが、靴売り場まで半分行ったところで立ちどまり、ひきかえして試着室にはいった。

男ふたりが目にはいっていた。ひとりはうしろ姿を、もうひとりは横からの姿を見た。ふたりともカジュアルな服装で、半袖シャツの裾《すそ》をズボンにたくし込んでいない。背中を向けている男は肩がたくましいし、横向きの男は遠くからジェントリーに見分けられるくらい二頭筋と三頭筋が盛りあがっている。

ふたりともサングラスを額の上に押しあげていた。ふたりとも顎鬚《あごひげ》を生やし、ジェントリーやその業界の人間がＦＡＭと呼ぶたぐいの男だった。戦闘適齢《ファイティング・エイジド》の男性《メイル》。

アメリカ人の戦闘員だというのは明らかだった。それに、まちがいなく武器を持っている。

ジェントリーは試着室のなかで立ち、選択肢をじっくり考えた。

ふたつのことを意識していた。選んだ服は必要だ。それがないと、ゾーヤを尾行するのはかなり難しい。だが、ここからさっさと逃げ出さなければならない。あのふたりが追ってきたことはまちがいない。

彼らが何者なのか、だれがよこしたのか、どうして正体が暴かれたのかを考えても時間の無駄なので、それは省いた。いま、そんなことはどうでもいい。あのふたりのそばをどうやって通過するか、表にいるはずの仲間からどうやって逃げるかということだけを、ジェントリーは考えていた。

それに、服を持ってここから逃げ出さなければならない。

方法はふたつある。レジのそばにいるあのろくでもない射手ふたりと撃ち合って切り抜けるか、あるいは万引きするか。

ジェントリーはすばやく選んだ服を探って、店を出ると警報が鳴るセンサータグを探した。なにもなかったので、Tシャツとジーンズを脱ぎ、新しい白いシャツと濃紺のスーツを着た。ドレスシューズはないので、焦茶色《こげちゃいろ》の〈メレル〉の靴をそのままはいた。

数秒後、ジェントリーは試着室の際に立ち、店内を見た。顎鬚の男ふたりがうしろ向きだったので、ジェントリーは駆け出した。

走り出した客に向けて店員が叫んだが、とめようとはしなかった。スーツを着た男がフロアを走り抜けて、ガラス戸を肩で押しあけ、よろけながら通りに出たとき、店員は口をぽかんとあけて、フロアのまんなかに立っていた。

店員は、ドアに向かおうとしたが、一歩しか進めなかった。その瞬間、万引きして逃げる男を必死で追いかけようとした大男がぶつかってきて、店員は押し倒された。若い店員は起きあがって膝《ひざ》をつき、このふたり目の男がドアを押しあけて通るのを見守った。そのとき、うしろからやかましい足音が聞こえた。店員が床に伏せたとき、三人目の男がその上を跳び越え、前のふたりにつづいて、陽射しの明るい通りに出ていった。

32

ジェントリーは、全力疾走できる状態ではなかったが、すこしは走ることができたので、倒れるまで全力をふり絞った。

それまでは、どうして正体が暴かれたのか、敵は何者かということは重要ではなかったが、いまはそれをもっとも強く意識していた。ほかにも仲間がいるかどうかたしかめる必要があるし、彼らの交戦規則を知る必要もある。ベルリンの中心部でほんとうに背中を撃つつもりなのか？　すべてが、追跡してくる人間の身許と、彼らが雇い主にあたえられた指令しだいだということを、ジェントリーは知っていた。

背後の直接の脅威ふたりだけが、自分に向けられた脅威ではないはずだと、ジェントリーは推理した。ほかのだれかがバイクを発見したか、バイクがあるのを知っているかどうかはわからないが、地下駐車場で待ち伏せていると予想しておかなければならない。

だが、行くしかない。バイクとのあいだにいるやつを排除する。そして、ＢＭＷのバイクで突破して逃れる。

ジェントリーは、とまりかけていたブルーの大型観光バスのすぐ前を駆け抜けてヴィーラント通りを渡り、高級店やしゃれたカフェが並ぶ舗装された歩行者専用広場のヴァルター・ベンヤミーン・プラッツにはいった。

速度が鈍るのがわかり、自分があえいでいるのが聞こえたが、前のめりになって路面を勢いよく蹴り、両腕をふりつづけて、必死で追っ手をふりきろうとした。


ヘイディーズは、獲物の四〇メートルほどうしろにいて、距離を詰めていたが、そのときターゲットが車の流れに跳び込み、観光バスのすぐ前を抜けて、道路の向こう側に見えなくなった。ヘイディーズがバスに近づいたときには、ターゲットとのあいだでバスのドアがあき、歴史的名所のクアフュルステンダム大通りを見学する小学生たちが、ぞろぞろおりてきた。

子供たちは一列で移動していたので、ヘイディーズはそのあいだを突っ切ろうとしたが、教師たちと列を作るためのロープを全員が握っていることに気づいた。

ヘイディーズは足を滑らせてとまり、向きを変えてバスの後部に向けて歩道を走り、ターゲットを追って道路の向こう側へ突進した。

ＤＨＬのトラックが猛スピードで走ってきたので、ヘイディーズは跳ね飛ばされないように、駐車してあったマセラティのボンネットに跳び乗り、その上を転がって、小学生たちとは反対側の歩道におりた。

よろよろと立ちあがり、進みはじめながらうしろをたしかめると、ソールが子供たちとロープに巻き込まれて、かなり遅れているのが見えた。

大きな広場まで行くと、ターゲットにかなり引き離されているのがわかった。ターゲットの速度が鈍っていたが、それでもつぎのブロックの角を曲がる前に追いつけそうにはなかった。ターゲットはどこかの駐車場にとめてあるバイクまで行って、逃げるにちがいない。

マーキュリーとアトラスがターゲットを殺《や》るのをあてにすることはできない。追跡をつづけるしかない。

ターゲットが視界から出る前にもう一度見えるはずだと思い、ヘイディーズは拳銃を抜いた。ロニーの仕返しをするチャンスが一度ある。ヘイディーズは拳銃を前で構えて歩度をゆるめ、五五メートル離れた小さなターゲットに狙いをつけた。

だが、引き金を引く前に思いとどまった。

ここはイエメンの荒れ果てた集合住宅街ではない。カラカス郊外のいまにも崩れそうな屋敷ではない。ヨーロッパの中心地のどまんなかなのだ。カフェが広場にテーブルを出しているし、おおぜいに見られていることに、ヘイディーズはすぐさま気づいた。

ヘイディーズは、拳銃をホルスターにしまい、歩度をゆるめた。きびきびとした足どりだったが、広場の向こうを逃げている男ほど速くはない。

ソールが、観光バスの子供たちのなかから脱け出して、広場に来ていた。ヘイディーズとおなじように、すこし速い足どりに落とし、三〇メートルほどうしろを歩いていた。パン屋の角を曲がって見えなくなったターゲットとは、一〇〇メートル近く離れていた。


ジェントリーは、吐きそうになっていたが、そのために速度を落とすわけにはいかなかった。吐く時間もないような状況は、これまで一度も経験していなかったが、パン屋の横を駆け抜けて、バイクをとめてある地下駐車場にはいる一車線の入口をおりたときには、まさにそういう状況だった。走る速さは、ジョギングくらいに落ちていたし、徒歩で追ってくるふたりとどれくらい離れているのかわからなかったが、そのふたりのことは忘れろと自分をいましめた。それよりも、前方の未知の状況に注意を集中しなければならない。

入口の斜路を離れて、階段に向かって走り、レベルP3へおりていくとき、胸が苦しく、ジェントリーはあえいでいた。そのあいだずっと、ここにだれかが潜んでいるかもしれないということを鋭く意識していた。

スーツ姿の顎鬚《あごひげ》の男が窓の外を突っ走っているのを目撃して、ユルゲン・ライヒェルト巡査はヴァルター・ベンヤミーン・プラッツとライプニッツ通りの角にあるパン屋〈バッケル・ヴィーデマン〉を出た。異様な出来事だったので、職責でもないのに歩道に出て調べることにしたのだが、男が走っていった方向を見ても、なにも見当たらなかった。

店にはいったか、あるいは二軒先の地下駐車場に行ったのだろうと、ライヒェルトは思った。

肩をすくめてパン屋に戻ろうとしたとき、くだんの男が行ったのとは逆方向の角をまわってきた男が目にはいった。ライプニッツ通りにはいると、男は全力疾走でライヒェルトのほうへ走ってきた。

「とまれ《ハルト》！」ライヒェルトは叫んで、片手をあげた。最初の男は、この男に追われているのだろうと思った。筋肉が盛りあがっている男が立ちどまらなかったので、多機能ベルトから警棒を抜き、前にかざして、突進してくる男に向けた。

「警察《ポリツァイ》だ！」

腰のホルスターにはヘッケラー&コッホSFP9セミオートマティック・ピストルが収

まっているが、当直中に抜いたことは一度もなかったので、いまも抜こうとは思わなかった。

ヘイディーズがまた走りはじめたとき、行く手に警官がいるのに気づいた。判断に迷ってすこし速度を落としたが、警官が警棒を抜くのを見て、また突進した。もうターゲットは見えなかったので、つぎのブロックへ行ってしまったのだろうと思った。

警官が行く手をさえぎろうとしたので、ヘイディーズは速度を増し、まっすぐ突き進んだ。警官が警棒をふりあげて殴ろうとしたが、ヘイディーズはそれを道路に叩き落とし、ターゲットに逃げられる前につぎの角へ行こうとして、ライプニッツ通りを全力疾走した。

ソールが、歩行者専用のヴァルター・ベンヤミーン・プラッツから角をまわって、ライプニッツ通りに出た。いまではヘイディーズとおなじくらいの速さで走っていた。真正面にぎこちない格好で立っている警官が目にはいった。こちらに背を向けて、つぎの角へ突っ走っているヘイディーズを見ている。警官が多用途ベルトに手をのばすのが、ソールの目に留まった。最初は、無線で応援を呼ぶのかと思ったが、若い警官がおぼつかない手つきでヘッケラー＆コッホを抜いたので、ソールはびっくりした。

若い警官が着装武器《サイドアーム》を抜いたのは、ヘイディーズのシャツの下の拳銃がちらりと見えて、命懸けの戦いのたぐいに巻き込まれたことを、遅ればせながら突然気づいたからにちがいないと、ソールは判断した。

警官の動きから判断して、戦えるようには見えない。だが、ソールは自分がやらなければならないことを、はっきりと知っていた。うしろから突進しているのをできるだけ警官に気づかれないように、あまり足音をたてないようにして歩度を速めた。そして、警官が拳銃を構えて、ヘイディーズに向かって「とまれ《ハルト》」と叫んだときに、その背中に肩で体当たりした。

拳銃が乾いた銃声を発し、警官が前のめりになって、どさりと倒れた。ソールは警官の体の上を転がって、歩道に落ちた。

ソールは仰向《あおむ》けになり、警官の拳銃がすぐそばに落ちていたので、手をのばしてつかみ、立ちあがった。

チーム・リーダーのあとから全力で走りながら、器用にヘッケラー&コッホを分解して、部品を地面にばらまいた。

うしろでは歩道で警官が苦痛にのたうち、通行人が急いで助けにいった。

ヘイディーズは、〝公園駐車場入口〟と記された看板の前を走って、通り過ぎた。その地下駐車場の一車線の入口がわかりにくい造りだったので、気づかずにモムセン通りまで行ってから、歩度をゆるめてあたりを見まわした。

ソールがようやく追いつき、横で立ちどまった。息を切らしていった。「やつはどこだ?」

あとはアトラスとマーキュリーしだいだと気づいて、ヘイディーズはいった。「車に戻ろう。あとの連中を支援するために、ここへひきかえす。一分後には警官《ファイヴ・オー》だらけになる」

ふたりは、逃げるのが巧みな獲物を追っていたときとおなじ速さで、二ブロック離れた駐車場がある東へ走っていった。

33

駐車場のレベルP3に通じる金属製のドアに近づいたとき、ジェントリーはHK・VP9セミオートマティック・ピストルを抜かなかったが、脅威に遭遇したときにはいつでも抜けるように、手をそこに近づけていた。

地下におりていくときに、上から銃声が聞こえた。どういうことなのかわからなかったが、どうしても撃たなければならなくなった場合はべつとして、ここで発砲したくはなかった。悪党どもと警官の両方が地上で捜索しているようなら、この駐車場から脱け出す前に注意を惹《ひ》きたくはない。

ドアをあけると、金属がきしむ大きな音がした。ジェントリーはBMWの方角へ角をまわった。

照明が明るく、車がぎっしりとまっている駐車場のなかごろまで、視線を走らせた。だが、そのとき、顔のすぐ前でサブマシンガンらしき銃がジェントリーのほうに向けられた。

それを持っている男は、銃の負い紐《ひも》を首にかけたままだったので、ジェントリーとおなじように不意を打たれたにちがいない。男が銃口をあげて狙おうとしたが、ジェントリーは左手をさっと突き出して、サプレッサーを握った。

男がなにかを叫んだが、ジェントリーは聞いていなかった。円筒形のサプレッサーを力いっぱい下に押した――ストリボーグSP9A1だと、一瞬のうちに見分けていた――銃口を自分からそらすと同時に、男の胸に蹴りを入れた。

呆然《ぼうぜん》とした戦闘員が膝《ひざ》をついたが、ジェントリーがまだサプレッサーを握っていて、ストリボーグの負い紐が首にかかっていたので、倒れなかった。

ジェントリーはつぎに男の顔を蹴り、それが顎《あご》をかすめると、足を引いて、こんどは〈メレル〉の靴の先でストリボーグのロウワー・レシーヴァーを思い切り蹴った。ある部分を狙ったのだが、はずしたので、左手で銃身を完全に押さえたまま、四度目の蹴りをくり出した。

今回は命中した。ブーツがマガジン・リリースを蹴とばし、弾倉がはずれて駐車場の床に落ちた。ジェントリーは靴底で突き出しているチャージングハンドルをいっぱいまで押し、薬室に残っていた一発を排出《イジェクト》した。

撃てなくなったストリボーグを、ジェントリーは離した。

だが、膝をついていた男が回復し、右脇から拳銃を抜いてふりあげ、戦おうとした。

ジェントリーは左足を軸に体をまわし、ストリボーグが自分と男のあいだに来るようにして、右足で大きくうしろに蹴りを入れた。

男が銃を構えたとき、踵《かかと》が銃に命中して、それを吹っ飛ばした。ジェントリーはそのまの勢いで男の頭を蹴り、男の首がガクンと横に折れた。

意識を失った戦闘員が、埃《ほこり》の立つ舗装面にぐったりと倒れた。

そのとき、狭い駐車場で独特な銃声が耳に届いた。金属のドアのそばで壁からコンクリートが飛び散り、ジェントリーは膝立ちしながらHKを抜いた。

二発目と三発目が、一発目近くの壁に当たったが、ジェントリーは弾着点に関心はなかった。発砲の源《みなもと》を見極めようと、注意を集中していた。

そのとき見えた。バイクをとめてある列の突き当たりで、銃口炎が光った。

ジェントリーは体を低くして、階段近くにとめてあったVWゴルフの蔭を移動し、三〇メートル離れた射手からの隠蔽《いんぺい》に使えるものを探した。

そのとき、行動中にはじめて、体がいうことをきかなくなるのを感じた。アドレナリンが分泌されているにもかかわらず、力がかなり弱っているのがわかった。吐き気がこみあげ、ゴルフの助手席側のドアに吐いてから、回復すると、唾《つば》を床に吐き、もう一台先の車へ移動した。

位置も武器も劣位な敵を攻撃したくはなかったが、ここで撃ち合っていると、警察にせよ敵にせよ、じきに武装した男たちが押し寄せるはずだとわかっていた。

いま、相手の位置を強襲しなければならない。

ジェントリーは、壁とメルセデスのフロントグリルのあいだにはいった。体を低くしたまま、吐き気をこらえていると、前方の自分のバイクの近くから、ガサゴソという音が聞こえた。敵は位置を変えているようだった。側面にまわりこまれているのに気づかず、ターゲットを見つけようとしているにちがいない。

ふたりのあいだの車が二台だけになったとき、ジェントリーはふたたび敵の姿を見た。バックで駐車スペースにとめてあるオペルの4ドアの後部側でしゃがんでいる。

ジェントリーは、小さなフィアット500のエンジンブロック部分の蔭でひざまずいていた。立ちあがれば敵を狙い撃てるとわかっていたが、敵が相棒とおなじ武器を持っているとすると、拳銃から四、五発放つ前に、三十発入り弾倉からさらに多くがこちらに向けてばら撒《ま》かれるおそれがある。

ジェントリーが拳銃を構えて二台の車のウィンドウごしに撃とうとしたとき、サプレッサー付きの銃のうしろに男の頭が現われるのが見えた。男が最初に撃ち、フィアットのウィンドウを撃ち抜いて、ジェントリーはきわどいところで銃弾をよけた。

ジェントリーは、左肩を下にして倒れ込んだ。銃撃を避けるためではなく、ターゲットをちがう角度から照準線に捉えるためだった。

左鎖骨下の傷にあらたな激痛が走ったが、ジェントリーは戦意を保った。

フィアットの下から覗《のぞ》くと、四、五メートルしか離れていないところに男のブーツが見えた。ジェントリーはそれを狙って撃ち、男の右足首に銃弾が当たった。

その戦闘員が膝をついた。ジェントリーは男の左太腿《ふともも》を撃ち、横向きに転がった男に向けて五発目を放ち、首に命中させてようやく斃《たお》した。

ジェントリーはフィアットにつかまって立ちあがり、死んで転がっている男に拳銃を向けたまま、オペルの横をまわった。

バイクにまたがり、一度のキックでエンジンをかけると、車体を揺らして駐車場内を走り、タイヤを鳴らして階段のそばの斜路を目指した。

ヘルメットをかぶろうとしたが、左肩が痛むので、右手を使った。頭を保護するためだけではなく、カメラで顔認証されたと確信していたからだった。おそらくバイクを借りた店と紳士服の店のカメラにちがいない。ふたたび発見されることなく、急いでここを離れなければならない。

注意を惹かないように車の流れと速度を合わせ、その地域から遠ざかった。

この数分間の交戦でジェントリーが知ったことがいくつかあった。まず、ジェントリーのデータはパワースレイヴにはないとドラモンドは請け合ったが、データは入力されていた。そして、いま交戦した相手は、練度が高い。スパイの技術はないが、戦闘に慣れている。二日前にカラカスで遭遇した男たちのことが頭に浮かんだ。クラーク・ドラモンドを殺した戦闘員チームだ。

これもおなじ連中かもしれない。

また吐き気がこみあげたが、ジェントリーは我慢して、脈拍を抑えるために呼吸をコントロールした。左脇から血が垂れているのがわかった。だが、走りつづけ、東に向かいながら、最終的にシュパンダウのアパートメントに着くように、監視探知ルート《SDR》をとった。

ヘイディーズとソールは、マーキュリーを見おろしていた。首と両脚に銃創があり、明らかに死んでいた。意識を失い、血まみれになっていたアトラスは、さきほど見つけて、メルセデスのリアシートに運び込んである。

ソールがいった。「カラカスのときと似てる」

ヘイディーズがいった。「そうとも、カラカスのときと似てる。おなじやつだ」

「ああ……しかし……ロニーが殺《や》られ、こんどはスコットも？　ふたりとも腕が立つやつだった。こいつがこれをやったのは……運じゃない」

車に戻るために向きを変えながら、ヘイディーズはソールの考えていることを最後までいった。「技倆《ぎりょう》だ。やつは優秀だ。それは認める。だが、もう一度やるぞ」

「おれも」

「車に乗って、みんなを呼び出し、作戦を中断しろと伝えろ。アトラスの意識が戻ったら、このジェントリーというやつをどうできるか考える」

ふたりがメルセデスに戻り、出口の斜路を目指すとき、地上ではサイレンが鳴り響いていた。

34

午後八時三十分、ゾーヤ・ザハロワはエレベーターをおりて、アドロン・ケンピンスキーのロビーに出た。男たちの目を惹《ひ》くブルーのワンピースを着て、ローヒールをはいていた。小さなハンドバッグを肩にかけ、濃い茶色の髪はおろしてなびかせていた。

まばらなひとだかりを愛想のいい笑みを浮かべて通っていったが、それは策略だった。視線を左右に走らせ、胸は不安でいっぱいで、美麗なまわりの光景を心ゆくまで楽しむことができなかった。いまにも顔に銃を突きつけられるかもしれないからだ。

エニスをどこで見つければいいか、わかっていた。エニスは三十分前にロビーのバーから電話をかけてきて、ディナーの前に一杯飲まないかとゾーヤを誘った。支度をしているところだといって、ゾーヤは断わったが、ひとりで飲むよう仕向けたとはいえ、どのみち飲んでいるにちがいないと思った。

エニスが、四分の三まで飲んだビールのグラスを前に、バーで立ちあがり、ゾーヤの両頬にキスをして温かく出迎えた。

エニスはネクタイをはずし、シャツの襟《えり》をあけていた。ブルーのスポーツジャケットが、体によく合っている。ゾーヤは、挨拶《あいさつ》をする前にエニスの顔をじっと見て、危険の気配はないかと探したが、午後に電話をかけてきたときには崩れていた偉そうな態度をすこし取り戻して、落ち着いているように見えた。

「なにもかも順調？」ゾーヤはきいた。

エニスがうなずいた。「いまのところは、何時間か前にいったようなことすべてから安全だと思う。連邦憲法擁護庁《BfV》がわれわれを見張っているというような情報はない」レストランのほうを手で示した。「気持ちのいい晩だから、外のテーブルを予約した」

くそったれ《デリモー》。ゾーヤは心のなかでロシア語の悪態をついた。

混雑した場所の戸外で食事をするのが、ゾーヤは大嫌いだった。つねに身をさらけ出しているという気がする。今回はなおさらそう感じた。だが、エニスは強引だったし、今夜、もてあそばれていると気づかれないように情報を聞き出すには、導かれるほうへついていかなければならないとわかっていた。だから、エニスに従い、椅子を引いてもらい、ふたりで飲むワインを注文した。ボルドーの白、〈シャトー・パプ・クレマン〉二〇一六年。

だが、ウェイターがワインを取りにいく前に、ゾーヤはいった。「よく冷やしたウォトカをふたり分。このひとにはレモンを絞って。あれば〈ベルーガ・ゴールドライン〉を」

「かしこまりました、マダム」

エニスがにっこり笑い、小さく口笛を鳴らして、ウィンクした。「厳しい一日だったが、今夜はいい感じになってきた」

ゾーヤは笑みで応じた。アルコールで口が軽くなるよう仕向けたことは、前にもあったし、自分は酒にきわめて強い体質なので、ワインを飲みはじめる前にエニスに一杯か二杯飲ませてすこし誘いをかけるのも悪くないと思った。

エニスは数時間前には不安げだったが、いまの状態をゾーヤは読むことができた。自信に満ち、満足している。酒と美麗な環境と女性を相手にしていることで、打ち解けて話をするにちがいない。

飲み物を待つあいだに、エニスはベルリンについてしばらく話をした。ゾーヤは礼儀正しく聞いていたが、ようやく口をはさんだ。今夜はひとつの役を演じる。どんな舞台のどんな女優よりも上手に演じられるし、弱みがあるのを気にしているとエニスに思わせたかった。エニスがそれに色情を感じるだろうと思っていた。

「あなたにきかないといけない、リック」ゾーヤはまわりを見た。あらわにしている恐怖は演技の一部ではなかった。「シュライクのだれもロシアの官憲にわたしのことを教えていないといい切れる？」

エニスは激しく否定した。「ぜったいにありえない。きみはぜったいに安全だ」すこし前かがみになり、ふたりの肩が触れそうになった。「信じてくれ。きみの身になにも起こらないようにする」

ウェイターがウォトカのグラスを置くあいだ、ゾーヤはかすかな笑みを浮かべた。四方をきょろきょろ見たり、テーブルの下に潜り込んだりしたくなる気持ちと、精いっぱい戦っていた。

だれかがここにいてわたしを見張っている。

ゾーヤはそれを感じ取っていた。

コート・ジェントリーは、ウンター・デン・リンデンの〈ダンキン・ドーナツ〉の前のベンチで、ブラックコーヒーを飲んでいた。急いでエネルギーを取り入れるために流し込んだドーナツ二個のせいで、すでに胃がゴロゴロ鳴っていたので、食べたのを悔《くや》んだが、いま注意を集中しているのはそのことではなかった。

ジェントリーの目は、約四〇メートル離れた通りの向かいのレストランにロックオンしていた。具体的にいうと、だれも自分に興味を示していないことをたしかめるために周囲に目を配るときと、汗が額から目に流れ込まないときだけ、ゾーヤ・ザハロワにロックオンしていた。

ゾーヤといっしょにいる男は顔立ちが整っていて、物腰からして自信ありげだった。ジェントリーは恋愛の権威ではないが、しぐさや表情を読み取るのには長《た》けている。その男がディナーの相手のゾーヤに夢中になっていることが、ありありとわかった。

スーザンがリック・エニスだと識別したその男が、ゾーヤのほうに身をかがめていた。脚がテーブルの下でゾーヤのほうを向いていた。ゾーヤは顔と上半身をエニスのほうに向けていたが、テーブルの下の脚がまっすぐ前を向いていて、左のエリスのほうへ枉《ま》げていないのを、ジェントリーは見てとった。ゾーヤがエリスとはちがって、相手に寄り添おうとしていないことを示している。

それでも、ゾーヤが笑みを浮かべ、エニスの長いおしゃべりに熱心にうなずき、笑いながら何度も自分の胸に手を置くのが見えた。

ジェントリーは、その光景から目をそむけた。やるべき仕事がある。自分が愛する女が男と会っているのを見張るのが仕事ではない。肝心なのは、彼女を見張っているほかのだれかを見張ることなのだ。通りの向かいの女はゾーヤではなく、現場で最高の対監視活動工作員に見守ってもらう必要があるポイズン・アップルの資産《アセット》アンセムなのだと、自分をいましめた。なぜなら、彼女はほぼ確実に脅威にさらされている可能性があるからだ。まだ宵《よい》の口で、午後十時十五分を過ぎなければ、真っ暗にはならない。ジェントリーは双眼鏡をバックパックに入れてあったが、ここで出すつもりはなかった。いまは他人のために対監視活動を行なっている。自分のための対監視能力は持たないが、ことさらに目立つようなことは避けるほうがいい。

ジェントリーはジーンズに黒いTシャツという格好だったが、念入りに畳《たた》んだ濃紺のスーツをバックパックに入れてある。今夜、ホテルに侵入しなければならなくなるかもしれないが、カジュアルな服を着ているのは、通りの角のベンチに座っているときには、そのほうが溶け込みやすいからだった。

午後にSDRを行なったときに、ジェントリーはシュパンダウの古着屋で、ドレスシューズやそのほかの小物を買った。それからアパートメントに戻り、四十五分死んだように眠って、起きると夜の準備をした。

だが、いまじっと座って見張りながら、かなり憤慨《ふんがい》していた。ゾーヤに腹を立てている理由はいくつもあった。まず、戸外の席にいるのが気に入らなかった。防御の後方支援には最悪の状況だった。車、歩行者、窓、屋根から丸見えで、強力な攻撃から彼女を救うのは不可能だ。

ただし、ひとつだけジェントリーに役立つことがあった。人出がかなり多いので、なにかを仕掛けようとしたときには、数百人の目の前でやるしかない。殺しをやってから逃げようとするには、タイミングが悪すぎる。

しかし、まずアンセムをターゲットとして識別するはずだし、監視を開始するには都合がいい。そのあとは当然、暗殺しようとするだろう。

ゾーヤがウォトカをひと口で飲み干し、ウェイターを呼んでふたり分の二杯目を注文しているらしいことにも、ジェントリーは腹を立てた。おおげさな身ぶりで話をしているライトブルーのスポーツジャケットを着た男に、ゾーヤが笑みを浮かべたり笑ったりしているのも不愉快だった。あの男のことはよく知らないし、なにを話しているのかわからないが、腹立たしいようなことにちがいない。

ジェントリーは、顔の汗を拭いた。具合が悪く、疲れ、胃が痛かった。この世でいちばん大切な人間が、通りの向かいで人生を楽しんでいるのに、〈ダンキン・ドーナツ〉が自分の夕食だったことに怒っていた。

ジェントリーは、ゾーヤから目を離して、通りにふたたび視線を走らせ、どこかの馬鹿野郎が今夜、いいがかりをつけてくるのを願った。だれかの顔を殴りたくてたまらなかった。

35

午後九時過ぎに、スイート401のドアにノックがあった。キッチンのアイランド横のテーブルでノートパソコンを使っていたアーニャとインナが立ちあがり、ふたりともハンドバッグから拳銃を抜いた。アーニャはサブコンパクトのヘッケラー&コッホVP9SKで、インナのHK・P30SKとスライド形状がよく似ている（ただし、VP9SKはポリマー・フレームで、ストライカー激発式。P30SKはハンマー激発式）。

ドアの前に行く前に、アーニャがノートパソコンのキーをひとつ叩き、ドアの外にあるホテルの防犯カメラの画像を呼び出した。

一秒後にふたりとも溜息をついて、拳銃をしまい、インナがドアへ行って、チーム・リーダーのアクーロフを入れた。

アーニャは、スクリーンでリアルタイム画像を見つづけていた。「立つのもやっとじゃないの」

つぎの瞬間にはいってきたマクシム・アクーロフは、背すじをのばし、顎《あご》を突き出して歩き、ブルーのネクタイの結び目がわずかに曲がっていた。

見せかけだと、インナにはわかっていた。たとえアーニャがスクリーンで見ていなくても、酔っ払ってよろよろしているのを、アクーロフがインナに見破られないようにすることはできなかった。

インナは、何度となくこれを経験してきた。

アクーロフがインナのそばを通るとき、ウォトカのにおいが体から発散した。アーニャが、自分が座っていた椅子をテーブルから引き出したが、アクーロフはそれには座らず、壁ぎわの凝った装飾のソファへ行った。そこにどさりと倒れ込み、もじゃもじゃの赤茶色の髪をなでつけるふりをした。

「セムはどこだ？」

「見張りよ」インナは答えた。

アクーロフは情報に聞き入っているようなふりをしていたが、眩暈《めまい》をこらえ、行方をくらましていたあいだに吸収したアルコールの作用を抑えようとしているだけだろうとインナは思った。ようやく立ち直ったアクーロフがいった。「ターゲットの状況は？」

「下のレストランの戸外の席で、雇われている会社のべつの社員と食事をしている。セミヨーンはなかのバーにいるけど、そこから見張れる」

アクーロフが立ちあがったので、インナとアーニャはびっくりした。「わかった《ポーニャル》」といって、ドアに向かおうとした。

インナとアーニャは、アクーロフの両腕をつかんで、ソファに戻らせた。アクーロフは抵抗しなかった。「今夜はやらない」アクーロフが座ると、インナがいった。

これから話すことについては、よっぽど注意深く言葉を選ばないと、アクーロフが怒りを爆発させるにちがいないと、インナにはわかっていた。「もっと都合のいいチャンスがそのあとであるのよ。賛成してくれるといいんだけど」

アクーロフが、両肘《ひじ》をソファの背もたれに載せた。「わかった。どういう計画だ？」

インナはいった。「今夜、彼女が部屋に帰ったら、わたしが話をする。武器は持たない。彼女は武器を持っているはずだけど、わたしを撃ちはしない。ここでは」

アクーロフが、クッションに頭をあずけた。「いいだろう。危険を冒すのはあんただ。それで、降伏しろという提案を女が拒んだら？」

「考え直すのに四十八時間あたえるという」

「四十八時間も――」

インナはさえぎった。「もちろん嘘よ。わたしが出ていったあと、即座に逃げないようにするためよ。あすの朝、ルームサービスを使うという計画よ。DCのときとおなじように」

アクーロフは、それをすべて聞いていたようだったが、答えなかった。これまで目撃した泥酔して失敗した例のトップ5になるのだろうかと、インナは思った。クレタ島のときとはちがう。とにかく今夜だけは。アクーロフはよろけながら部屋に戻ってきて、質問をふたつした。クレタ島では、目を醒《さ》ますまで死体を運ぶみたいに持ちあげて移動しなければならなかった。

しかし、いまのアクーロフは体が汚れて酒臭い酔っ払いだ。

インナはアーニャにちらりと目配せをして、すこし時間がほしいということを伝えた。アーニャがそれを察し、テーブルへ行ってハンドバッグを持った。「下へ行って、セミョーンのお相手をするわ」

アーニャが出ていくと、アクーロフはインナに顔を向けた。「なんだ?《シトー》」ふたりきりで話したいことがあるのだと察していた。

「みっともないわよ」

「おれは今夜やれる。女が部屋に戻り、あんたが接触したあとで、アーニャがロックをあけられるし、おれが――」

「いいえ《ニェット》、マクシム。靴を脱いで、ソファに横になりなさい。あなたにはそれしかできない。それ以外のことをやろうとしたら、しくじるだけよ」

アクーロフが、両眉をあげた。長い睨《にら》み合いの末に、アクーロフはいった。「おれにそんな口をきける立場か――」

「この相手には気をつける必要があると、わたしはいったはずよ。それなのに、あなたはわたしの話も聞かないで、死のうとしている。ゾーヤと、何者か知らないけど彼女を雇っている連中に、あなたは殺される。あなたはそれでおおいに満足かもしれないけど、アーニャ、セミョーン、わたしは巻き添えになりたくない」

アクーロフが身を乗り出して、両手でしばらく顔をこすり、この話し合いをするあいだだけでも頭をはっきりさせようとした。「なんていえば気が済むんだ?」胸をふくらまして、わざとらしく溜息をついた。「頭がいかれちまわないように、仕事が必要だと思った。これまで、それでうまくいってた。だが、もうだめだ」肩をすくめた。「いまじゃ……どうでもよくなってる」

「それなら、本部にいいなさいよ。仕事人生の終わりに近づくのは、恥ずかしいことじゃない。みんなそうなるんだから」

「このあとは、なにもないんだ!」アクーロフはどなった。「あんたがいうとおり、おれは死のうとしてる。どんどん死に近づいてる」両手で髪をかきむしり、ジャケットのポケットの煙草《たばこ》を捍した。「でも、いざ死にそうになったらどうなるのか、わからない」

アクーロフは、徹底的に打ちのめされた男のように、インナ・サローキナを見た。目が潤《うる》んだのは、涙のせいなのか、それとも午後から夜にかけて浴びるほど飲んだ酒のせいでなにかがにじみ出したのか、わからなかった。インナはアクーロフの前で座り、やさしい声で話をして、仕事をやめたあとも未来はあるといおうとした。アーチストでも郵便配達でも、傷ついてねじれた心が命じる仕事に就けばいい。

だが、インナはそういうのを思いとどまった。だめだ。仕事をするためにここに来たのだし、ひとりでそれをやることができない。体調がいいときのアクーロフは、この手の仕事では世界最高なのだ。最後にもう一度、元気を回復させて、ゾーヤ・ザハロワを始末させる手立てを見つけなければならない。

インナはアクーロフの顔を思い切り平手打ちし、火をつけていない煙草を口からはじき飛ばした。「あなたはロシアにとって面汚《つらよご》しよ！　ブラトヴァにとって面汚しよ！」

アクーロフの顔が怒りでゆがんだ。「おまえを逮捕させせ――」

「あなたには、なにもできやしない！　朝になったらこれをもう忘れているでしょうね！　あなたは役立たずどころか、足手まといよ。眠りなさい、馬鹿。わたしたちはあなたを必要としていない」

インナは立ちあがり、向きを変えて、ダイニングテーブルの横を通った。

アクーロフが、インナのうしろから叫んだ。ようやくかすかな熱情が声にこめられていた。「おれにはもうできないと思ってるのか？　そうなんだな？」

インナは、怒りをこめて鼻先で笑った。「自分の姿を見なさい」

アクーロフがゆっくり立ちあがり、目をこすった。ようやくいった。「どこだ？　このわれわれのターゲットは、このスイートのどこにいる？」

インナには理解できなかった。「なんですって？」

「ターゲットを指させ」インナが、わけがわからないというような視線を向けると、アクーロフはいった。「キッチンにあるあれか？　部屋の向こう側にいるのが、その女か？」

ホテルがキッチンのアイランドに用意した果物の大きなバスケットを指さした。その向こうのカウンターにコーヒーメーカーがあり、横にエスプレッソの粉一キロの袋が置いてあった。

「ほら、そこにいる」

アクーロフは、芝居がかったしぐさで踵《かかと》を軸に体をまわし、バルコニーのほうを向いた。

その回転のせいで、すこしよろけた。

「なにをする——」インナがきこうとしたが、アクーロフの大声がそれに重なった。

「いちばん上のグレープフルーツだ。それがシレーナの頭だ」

インナは、アクーロフとうしろの果物のあいだにいた。いちはやく察して、右に一歩よけたとき、アクーロフがまた体をまわし、ジャケットの裾《すそ》がめくれあがった。インナの目にもとまらないような早業《はやわざ》で、アクーロフが腰のベルトに手をのばし、艶《つや》消しの黒い金属製ナイフを抜いて、手首と肘のスナップをきかせて、下手投げで力強く投げた。ナイフがインナの胸の五〇センチ左を飛び、目で追えないほどの勢いでアイランドを越え、バスケットのなかの大きなピンクグレープフルーツを切り裂いた。

だが、ナイフの役目は終わっていなかった。グレープフルーツに刺さってとまるのではなく、えぐっただけで、グレープフルーツの汁と身を飛び散らしながら勢いよく回転してキッチンの向こうに飛んでいき、ようやくエスプレッソの袋に突き刺さって、袋を破裂させ、キッチン中に黒い粉が靄《もや》のようにひろがった。

アクーロフは、明らかに眩暈《めまい》と戦っていた。両手を体から遠ざけて、安定させようとしてから、ソファに座り込んだ。とろんとした目の奥に、満足げな色が宿っていた。

インナは、アクーロフを睨《にら》みつけた。

アクーロフは、煙草を見つけて、火をつけた。「ターゲットを破壊した」

「だいぶ副次的被害が出たわね」インナはそっといった。「もう寝て。午前五時に起こして、エスプレッソの残りをあなたの喉《のど》に流し込む」

アクーロフが、ソファに足を持ちあげて、目を閉じた。皺《しわ》になったジャケットもネクタイもそのままだった。「わかった。おれなしでやるんじゃないぞ。わかったな？」

「わかっている《ヤ・パニマーユ》」

インナは、リビングの照明をひとつずつ消していった。出ていこうとしたが、アクーロフのそばに戻った。「最後に一度だけ、以前のマクシムに戻って。シレーナが逝《い》ったら、お酒か薬で好きなように自殺してかまわないから、このベルリンでお粗末な仕事のせいで死ぬのはやめて。あなたの国が、あなたの働きをあてにしているのよ」

アクーロフは答えなかった。数秒後にはいびきが聞こえた。

36

陛下の〈ロレンツ〉では、ゾーヤとエニスの料理が運ばれてきて、通りの向かいでは、ウンター・デン・リンデンの東行きと西行きの車線のあいだにあるコンクリートの中央分離帯の並木を透かして見ていたジェントリーが、視線をそむけた。感染症と戦い、心の痛みと戦っていた。ゾーヤがあの男を選んで付き合っているわけではなく、仕事をやっているのだとわかっていたが、そういう気持ちになるのを抑えられなかった。自分は暗がりに隠れ、独りぼっちなのに、ゾーヤはあそこで着飾ったひとびとのなかにいる。

ハンリーがベルリンに行かせるのを渋った理由はこれだろうかと、ジェントリーは思った。ゾーヤを見張ったら、見たくないものを見るはめになると思っていたのだ。

作戦のための情報を得るために、ゾーヤはエニスと寝るだろうかと思い、そういう考えを抱いた自分をジェントリーはすぐさま叱りつけた。とはいえ、頭の奥では、ゾーヤが現場でなにをやるのかわかっていないことを、認めざるをえなかった。

ジェントリーが視線を戻すと、ゾーヤがテーブルに置いた手に、エニスが自分の手を重ねていた。エニスが笑みを浮かべて話をつづけたが、やがてゾーヤが手を見おろすと、エニスは手をひっこめた。

ジェントリーは不愉快だった。自分の両手をもみ合わせた。一カ月前に肩の神経を痛めたせいで、左手がちくちくした。ここでいま立ちあがって、ゾーヤの手を握ろうとしたやつめがけて突進し、シュプレー川に投げ込もうかと空想した。

だが、ジェントリーはそこにとどまり、ベンチにもたれて、目を醒《さ》ましていることと作業に専念しようとした。

よけいな考えを頭から追い払うために、通りにもう一度視線を走らせた。右のパリ広場とブランデンブルク門、正面のウンター・デン・リンデンの車の流れ、そして左方向。ジェントリーは独りだったし、独りの目でこの地域すべてを監視し、だれかを危険から護《まも》るのは無理だとわかっていたが、精いっぱいやった。

和らぐことのない疲労をふり払い、注意を集中しようとして首をふった。ドクター・カヤのところへすぐに行って、エネルギーを補充するのに必要な〝活力〟剤をもらうという考えを、頭から追い出した。

ロシアの刺客《しかく》に狙われているのに、ゾーヤがヨーロッパの首都の戸外で食事をする必要があると考えたため、それはあとまわしにするしかない。

くそ！　ジェントリーは頭のなかで悪態をついた。

そして立ちあがり、〈ダンキン・ドーナツ〉に戻って、洗面所へ向かった。

洗面所にはいって、蓋《ふた》のない大きなゴムのゴミ容器の上によろよろとかがみ、そのなかに吐いた。

吐き終えると、洗面台へ行って口をすすぎ、冷たい水を顔にかけて店の外に出ようとした。

ドアから出るとき、ジェントリーはなんの気なしに首をまわしたが、突然、動きをとめた。よく見えるように、睫毛《まつげ》についたあらたな汗をぬぐった。四十代の男ふたりが、〈ダンキン・ドーナツ〉の数軒先の〈スターバックス〉のドアから出てきた。見ていると、ジェントリーに近いほうのビルのくぼんだ正面に向けて、そのふたりが歩いてきた。そして、そこの暗がりになかば姿を隠して立った。

男ふたりは、ジーンズと襟《えり》のあるシャツを着て、歩きやすい革のウォーキングシューズをはいていた。どちらも飲み物を持っていないが、ひとりがビルのほうを向き、もうひとりが通りの向かいに面して、アドロン・ケンピンスキー・ホテルとレストラン〈ロレンツ〉に目を向けていた。

ジェントリーはなおも付近に目を配り、自分のほうを見ている人間がいないことをたしかめてから、三〇メートルしか離れていない二人組に視線を戻した。

男ふたりが、月曜日の午後九時にコーヒーを飲みに来ただけかもしれないと、ジェントリーは気づいた。服装も行動も、大声で〝脅威だ〟と叫んではいない。ひとりが袖口《そでぐち》のマイクに向かってしゃべり、もうひとりが暗視ゴーグルを出すかもしれないと期待して、ジェントリーは二分ほど目を光らせていた。だが、それは諜報技術《トレードクラフト》に反する馬鹿げた行為だし、そういうことはありえないとわかっていた。

そもそものふたりに目をつけた理由はなんだったのだろうと思い、数秒見ているうちにジェントリーは気づいた。〈ロレンツ〉に顔を向けている男は、土産物店《みやげもの》の壁にもたれていたが、ビルに面している男はまっすぐ立っていた。だが、男が足を肩幅にひらき、膝《ひざ》をのばし切らず柔軟にして、体を揺らさず、体重を左右の足に均等に載せているのを、ジェントリーは見抜いた。男は両手を一瞬、うしろで組んでから離した。

男は整列休めの姿勢で立っていた——つまり、兵士か元兵士だ。

ロシアの特殊部隊スペツナズか？ ジェントリーには確信がなかったが、男は巨漢ではないが肩幅が広く、顎《あご》が角ばっていた。顔を見ると、スラブ系のように見える。ジェントリーはにわかに、あのふたりはモスクワから来た殺し屋ふたりかもしれないと疑っていた。

元ドイツ軍兵士で、大工や会計士のようなふつうの仕事についていることも考えられるので、先入観を抱いてはいけないとわかっていた。

だが、ふたりが周囲に目を配り、監視されていないかどうかたしかめるのを見て、ジェントリーは確信した。

くそ。拳銃はズボンに差し込んであるが、ヨーロッパでもっともにぎやかな首都の繁華街でGRU（ロシア連邦軍参謀本部情報総局）の刺客《しかく》ふたりと撃ち合う気にはなれなかった。

ありがとう、ゾーヤ。ジェントリーは心のなかでつぶやいた。彼女が楽しい夜を過ごしているのに、自分が正反対の状態に置かれているのが腹立たしいのだと、多少なりとも悟っていた。

ゾーヤは、ノルウェーのサーモンをまたひと口食べ、焼き加減も味付けも完璧だと思った。エニスはロブスターを楽しそうに味わっていた。これ見よがしに爪をポキリと折り、肉をバターにひたした。

食事をはじめてから九十分のあいだに、エニスが自分のことを話すのをつかのまやめたので、ゾーヤは口をはさむことにした。

「リック……ハズ・ミールザーは何者?」ゾーヤはきいた。

バターにひたしたロブスターを食べていたエニスが、目をあげた。驚いているようだったが、心配しているふうはなかった。ロブスターを飲み込んでから、エニスがきいた。

「どこからその名前が出てきたんだ?」

「ササーニーが、きょう殺された男はハズ・ミールザーのコンピューターをハッキングしていたといっていた」

エニスがうなずき、ゾーヤの肩ごしにブランデンブルク門を見やった。黄昏《たそがれ》が暗くなるなかで、巨大な建造物はブルーのスポットライトに照らされていた。エニスが口を閉ざすのではないかと、ゾーヤは心配になったが、エニスはワインをごくごく飲んでからいった。

「そう、きょう殺された男、カムラン・イラヴァーニーのことを、われわれは数カ月前に突き止めた。ゴドス軍の細胞のひとりを、この街で尾行していた。その細胞がミールザーというやつだ。とにかく、われわれのサイバー・チームがそいつを調べたが、悪事の証拠になるようなことは、なにも見つからなかった。ミールザーは何年か前に不活性工作員《スリーパー》としてイランから来た。リビア、イエメン、そのほかの国で戦ったことがあり、ゴドス軍に属しているのはまちがいない。だが、ミールザーの細胞は、ここでは活動していないように見える。ミールザーはここに来て、配下を雇い、全員がある運送会社に勤めているというのが、われわれの当面の推理だ。彼らはドイツでの暮らしが気に入っていて、ほんもののテロリストみたいに活動してなにかを爆破するつもりはない。ミールザーは当初、それに腹を立てていた。やつは真の信者だが、やはり、ここにいるうちに西側の暮らしになじみはじめたのではないかと、われわれは考えている」

ゾーヤは反論した。「電話のやりとりから悪事の証拠が見つからないから活動していないとはいい切れない。使い捨てのプリペイド携帯電話を使えばいいんだから、リック」

「もちろんそうだ。われわれは彼らのそういう携帯電話にも侵入している」

「ほんとう？」

エニスが、にやりと笑った。「聞かなかったことにしてくれ。とにかく、やつらの話に耳を澄ましていたが、なにもつかめなかった」小さく肩をすくめた。「この対イラン活動すべてが……正直いって、真意がつかめない」

「どういうこと？」

「ゴドス軍がいまヨーロッパで行動するわけがない。EUはイランへの経済制裁を緩和するという命綱を投げた。テヘランは、ベルリンでバスを爆破してそれをぶち壊しにするつもりはないだろう」

「イラヴァーニーとゴドス軍のつながりはどうだったの？」

「カムラン・イラヴァーニーに、ゴドス軍とのつながりはなかった。それどころか、べつの組織のために働いていた。イラヴァーニーはＭｅＫだ。なんだか知っているだろう？」

馬鹿にするような質問だと、ゾーヤは思った。「もちろん知っている。モジャーヘディーネ・ハルグ。テヘランの政権を転覆したいと思っている組織よ」

「ああ。ゴドス軍とは正反対だといえる。イラン人だが反政府だ。とにかく、われわれはミールザーを監視していたが、目当てのものが見つからなかったので、だれかがミールザーのコンピューターと電話にべつの裏口《バックドア》をこしらえたのだと気づいた。サイバー・チームが突き止めるのに何日かかかったが、フンボルト大学のサーバーまでたどり、それでイラヴァーニーを見つけた。そして、物理的な尾行をやった。イラヴァーニーはほんもののＭｅＫで、会合などにもすべて出ていた。ＭｅＫの幹部だとわかっている国外追放された人間と付き合いもあった。ハッカーでもあった。そんなに高度なものではなく、秘密で攻撃をやる程度だ。イラヴァーニーはいってみればサイバーパンクだったが、ミールザーの細胞がやっていることをすべて監視していた。彼らの携帯電話の一部にも、ハッキングで侵入していた。いまはだめだ。やつらはほぼ二カ月ごとに、プリペイド携帯電話を交換している」エニスはつけくわえた。「それに、イラヴァーニーが死んだから、もう終わりだ」

「ミールザーの手先の工作員の数は？」

るようだ」

「十人突き止めた。だが、いまもいったように、彼らはベルリンで正規の仕事に就いてい

ゾーヤはそれをじっくり考えた。「それじゃ、反政府活動家のイラヴァーニーをあなたたちが見張っていたのは、彼が暴く親政府の人間を見つけるためだったのね？」

エニスがうなずき、ロブスターを嚙《か》んで白ワインをすこし飲んだ。それからいった。

「そうだろうな。そこで、数週間前にイラヴァーニーの監視は切りあげた。われわれのクライアントは、われわれになにかをやれと指図する。理由がわかっているとはかぎらない」

エニスが、ゾーヤにウィンクをした。「イランのことはあまり心配しなくていい。あと何日かしたら、無関係になる」

ゾーヤはうなずいた。「わたしを雇ったときに、クライアントとの契約はもうじき満了するといったわね」

エニスがうなずいた。「やつらをアメリカの秘密施設にぶち込むのにじゅうぶんな情報を、もうじきクライアントがドイツに伝える。イランがまもなく起きるテロ行為に関与していることを示すのが目的だ。EU全体が制裁をふたたび強化する根拠になるような情報だ」

ゾーヤは、エニスが携帯電話について、さきほどいったことを考えていた。「イラヴァーニーが殺される前に監視を解いたといったわね。どうして？」

「やつを追っているのがわれわれだけではないと気づいたからだ。連邦憲法擁護庁《BfV》が物理的尾行とサイバー監視を行なっていた。われわれとおなじように、イラヴァーニーの安アパートメントにマイクを仕掛けていた。われわれの会社はベルリンで外国人を見張ってはならないことになっているので、仕掛けた機器はそのままにして、ドイツ連邦の情報機関にやっていることを発見される前に手を引いた。きょうササーニーの監視をやめたのも、おなじ理由からだ」

「シュライクのやっていることが、BfVにばれたと思っているの？」

ウェイターが来てワインを注いだ。それに乗じてエニスが答をいくつか考えていることを、ゾーヤは察した。ふたりきりになると、エニスがいった。「ふつうならイエスというだろうね。シュライクがイラヴァーニーをあれだけ追いかけて、おなじことをやっているドイツの情報機関にばれないことはありえない。でも、この件については、われわれは安全だと確信している」

「どうして？」

エニスが仕事の話をするのを楽しんでいることに、ゾーヤは気づいた。エニスは権威で、

〝新人の女の子〟にゴシップを教えている。

「なぜなら、イラヴァーニーに対する作戦を行なっていたシュライクの工作担当は、最高の腕利きだからだ」歯を覗《のぞ》かせてにやりと笑った。「悪く思わないでほしいが、彼女は最初からこの会社で働いていて、仕事に通暁《つうぎょう》している」

「彼女?」ゾーヤはいった。「ミリアムのことにちがいない」

エニスが食べるのをやめて、フォークとナイフを置いた。いくぶんいらだったようにきいた。「モイセスかヤニスだな? どっちがミリアムのことをきみにいったんだ?」

エニスはすでに、ゾーヤのチームのふたりよりもずっと多くの情報を垂れ流していたので、ふたりの些細《ささい》な違反を気にしているのは皮肉に思えた。

ゾーヤはいった。「話をしているときに、彼女の名前が出たの。仕事ができて、セクシーだということしか、わたしは知らない」ほんとうはイスラエル人ではないとモイセスがいったことは伏せた。エニスがどういうか、聞きたかった。

エニスは、それを聞き流したようだった。エニスがすでにかなりの量のアルコールを吸収して、その影響が行動に出ていることが、ゾーヤにはわかっていた。それで舌の根がゆるむかどうかはわからなかったが、せっかくの機会にあまり欲をかいてはいけないと自分をいましめた。

「彼女はものすごくセクシーだ。きみほどじゃないけど」ゾーヤは内心でうめいたが、かすかに顔を赤らめて、自分のグラスを手にした。

37

ジェントリーは、通りの向かいのアドロン・ケンピンスキーにいるゾーヤを見張っている男ふたりに、もうすこし近づいた。テーブルに向かって座ったり、そのまわりに立ったりして歩道でしゃべっている若者の群れの端で立ちどまった。人混みのなかで顔のないひとりになり、男ふたりの目に留まらなくなった。ゾーヤがよく見えなくなったが、男ふたりに気づかれずに視線をロックオンできる。

五分以上過ぎると、建物のくぼみにいた男ふたりがようやく話すのをやめたことに気づいた。壁にもたれていたひとりが、壁から離れてまっすぐ立ち、ジェントリーのほうを向いている男が、なんとなく身をこわばらせた。

ジェントリーは、前兆を読み取った。あのふたりは、別れの挨拶《あいさつ》をしているのではない。仕事があり、それをはじめる潮時だと判断したのだ。

さきほどまで壁にもたれていた男が、ポケットに手を入れて、小さなものを出し、右耳に押し込んだ。

もうひとりもおなじようにして、体をまわし、アドロン・ケンピンスキーのほうを向いて、ウンター・デン・リンデンの夜の往来を渡れるように、横断歩道へ向かった。

ジェントリーの具合の悪さと無気力が、消え失せていくように思えた——とにかく、そのときだけは——あらたなアドレナリンが分泌しはじめた。空《から》のコップをゴミ箱に捨てて、バックパックをあけた。スーツのズボンは出さず、黒いTシャツの上に濃紺のジャケットを着て、ドレスシューズをはいた。男とは逆の方向で道路を横断するために歩道を歩きながら、バックパックをかついだ。

セミョーン・ペルヴァークは、ターゲットの監視を切りあげるようにというインナ・サローキナのメールを受け取ったが、二杯目のスコッチを注文したところだったし、アーニャ・ボリショワも二杯目のコスモポリタンを注文したばかりだった。ペルヴァークは、インナのメールを受信したことは伝えたが、席に座ったままで、スコッチをゆっくり味わった。外の席で食事をしているゾーヤとその同僚を鏡で眺めるのはやめていた。

ペルヴァークとアーニャには、仕事以外の話題がほとんどなかったし、まわりに客がおおぜいいたので、飲み終えるまで黙って座っていた。父親と娘のように見えたので、その役割を演じて、おたがいを無視し、携帯電話に顔を向けていた。

飲み終えると、ペルヴァークが勘定を払い、アーニャとともにエレベーターに向かった。ふたりともアトロン・ケンピンスキーには泊まらないが、翌朝の作戦についてインナと話をして、マクシム・アクーロフをどうするのか、考える必要があった。

ふたりがあまり近づかず、いっしょにロビーを半分進んだとき、東のドアからホテルにはいってきた男にペルヴァークが目を留めた。ペルヴァークは三十五年にわたって、多数の人間を脅威かどうか推し量ってきたし、その男のなにかが五感を刺激した。年齢、引き締まった体格、物腰。ロビーにいるひとびとのほとんどとはちがい、あまり高級ではない服を着ている。そういったことすべてが、五十三歳のペルヴァークの頭のなかで警報を鳴らした。

男が何者なのか、ここでなにをやっているのかわからないが、バーに向かう男を目で追っていると、ペルヴァークがさきほどまで座っていた、ザハロワを見張るのに都合がいい席の近くへ行くのが見えた。男は座るとすぐに、ペルヴァークのターゲットだったザハロワのほうを鏡で眺めた。

ザハロワはこういう薄弱な偽装でシュライク・グループの仕事を引き受けるほど愚かではないという意味のことを、インナが力説していた。ザハロワには応援がいるか、あるいはもっと大がかりな作戦の一部にすぎないと、インナは確信しているようだった。

そのときは、ペルヴァークはインナのいうことを信じなかった。ターゲットの身上調書をインナほど高く評価していなかった。だが、あの男はザハロワになんらかの形で助力しているのかもしれない。

ザハロワに尾行がついている理由は、それしか考えられなかった。ザハロワがここにいることをドイツやアメリカの情報機関が知っていることを示すような情報は、彼女のファイルにはなかったし、SVRかGRUがおなじターゲットに対して同時にチームを派遣することはありえない。

その不審な男に興味が湧いたので、ペルヴァークは上に行く前にたしかめることがあるといって、アーニャをひとりでエレベーターに行かせた。

ペルヴァークは、ロビーを横切り、左にいるザハロワが窓ごしに見え、バーに独りで座っている男も見える場所に座った。

ゾーヤは、一時間半の食事のあいだに、エニスからそれ以上なにも聞き出せなかったのでがっかりした。ミールザーとイラヴァーニーについて情報をつかんだが、ミリアムのことを持ち出したとたんに、エニスはぴったり口を閉ざした。秘密を漏らすのをやめたのは、シュライク・グループの秘密のベールのことが心配になったのか、それともあからさまに口説《くど》きはじめるほうに気持ちが移ったからなのか、ゾーヤにはわからなかった。とにかく、エニスは仕事の話にはまるで興味がないようだった。

夜が更《ふ》けるにつれて、エニスはあまり情報を伝えなくなり、サンディエゴ州立大学でフットボール選手だったころの話や、CIAでの旅行と陰謀の話ばかりするようになった。離婚したことや、長期の仕事で淋《さび》しい独身生活を送っていることを話し、ワインの二本目を飲んで、食後酒に移るころには、上司ではなく、親しい友だちか、腹心の友か、なんでもゾーヤの好む相手として考えてほしいといい出した。

エニスは自分のことしか考えない嫌なやつだとゾーヤは思っていたが、つぎの言葉を聞いて、さらに嫌いになった。

「きみの秘密だがね、ゾーヤ。あらゆる秘密だよ。わたしに関しては、心配しなくていいというのを知っておいてほしい」

エニスには、モスクワにゾーヤを殺させる力がある。それはおたがいに知っている。エニスはそこを突こうとしていた。危険があるのをほのめかしながら強引に迫るというのはあまりにも不埒《ふらち》だと、ゾーヤは思った。

ナイフをつかんでエニスの頸動脈《けいどうみゃく》に突き刺すという考えにはそそられたが、ゾーヤはただ礼をいい、もっと重要な問題にエニスの注意を引き戻そうとした。あからさまにそうすることはできないので、知る必要があることを今夜すべて聞き出せなくても、あたりさわりのないことをしゃべらせておくしかなかった。

だが、最後にもう一度押してみた。「ハズ・ミールザーを追跡していたといったわね」

エニスがうなずいた。

「あなたが担当していたの？」

「どうしてきくんだ？」

さりげないふうを装って、ゾーヤは肩をすくめた。「きょうの調査でも、その男の名前が出てきたのよ。シュライクは水平の機構かもしれないけど、ミールザーを監視しているひとと連携すべきだと思ったの」

エニスが、オールドファッションドをごくごく飲み、オレンジピールをちょっと吸ってから、グラスのなかに吐き出した。「これまでの仕事の手順は忘れたほうがいい。われわれはまったくちがうんだ」それきり口を閉ざすのかとゾーヤは思ったが、エニスはつづけた。「ミリアムがミールザー監視作戦を動かしている。電話の盗聴だけだ。物理的な追跡はやっていない。きみの対ササーニー活動に関係があることがわかれば、ミリアムがきみに連絡するはずだ」笑みを浮かべた。「わたしを通じて」

「よかった」ゾーヤはいった。「それだけききたかったの」

ようやくエニスが会社のクレジットカードで勘定を払い、ふたりは立ちあがって、ホテルのロビーにひきかえした。

ポツダムにアパートメントがあるが、この二週間、イラン関連の仕事で毎日ベルリンに通勤しなくていいように、近くのヒルトンに泊まっていると、エニスはいっていた。ヒルトンは歩いて数ブロックの距離にあるが、エニスはそちらに向かわず、ゾーヤのあとからアドロン・ケンピンスキーのロビーにはいってきた。

どういう魂胆《こんたん》なのか、ゾーヤにはわかっていた。

そう思ったのが合図だったかのように、エニスがいった。「上で寝酒《ナイトキャップ》を一杯やらないか？」

午後十時だった。午前十時にモイセスとヤニスが朝食と打ち合わせのために部屋に来るとエニスがいったが、あしたどういうことになるのか、ゾーヤにはわからなかった。だが、あしたのことはどうでもいい。一日ずっと休みだとわかったとしても、今夜はもうリック・エニスといっしょに過ごしたくはなかった。

ゾーヤは丁重に首をふった。「あしたは早いから。ごめんなさい。おやすみなさい」

エレベーターに向かいかけたが、二歩進んだところで、エニスに二の腕をつかまれた。

ゾーヤはさっとふりむき、エニスの顔を見て、手を離すようにいおうと思ったが、そのとたんに薄気味悪い上司のうしろのなにかが目を惹《ひ》いた。ロビーの一五メートル離れたところをぶらぶら歩いていた男が、ゾーヤがふりむくと急に立ちどまった。男はそれまで向かっていた方角から四五度それて、ソファのほうへ歩いていった。ゾーヤは周囲の動きやパターンを察知する訓練を受けていたし、警戒を強めていたので、その見え透いた動きに気づかないはずがなかった。自分を付け狙っているロシアの殺し屋なのか、自分か作戦に対するそのほかの危険の兆候なのか、ふりむいたときにおなじようにエレベーターに向かっていただけなのか、ゾーヤには見当もつかなかった。

ゾーヤの頭のなかでそういう考えが駆けめぐっていることに、エニスはまったく気づいていなかった。「一杯だけ」エニスが頼み込んだ。「上で。そうしたら帰る」明らかにかなり酩酊《めいてい》していたが、弱みがあるロシア女を口説いて抱けるという自信にも酔いしれているようだった。

ゾーヤは、エニスの手を見おろした。まだ腕をつかんでいる。「リック、だめ」力強くきっぱりといったが、怒りはこめていなかった。

エニスが、のろのろと手を離した。ゾーヤが目をあげて顔を見ると、エニスは視線を数秒のあいだ捉えてから、かすかな笑みを浮かべた。「それじゃ、こんど」

こんどのことなど、ゾーヤは考えていなかった。エニスのことなど考えていなかった。ソファに座っている男のことを考えていた。背中をこちらに向けているが、窓ガラスに映るゾーヤの姿を見ることができる。

エニスに向かって、ゾーヤはいった。「楽しい夜をありがとう」そして、向きを変え、エレベーターに向かった。

こんどは、エニスもとめなかった。向きを変えて、レストランとウンター・デン・リンデン側の出口に向けて歩きはじめた。

ジェントリーは、ロビーのグランドファーザークロックの蔭になっている暗がりに立っていた。一八メートル離れたところで、ゾーヤがエレベーターのボタンを押すのを見守った。その前にゾーヤとエニスのちょっとした口論を見たが、グランドファーザークロックを挟んでいたために、ゾーヤが見たもの——見通しのきくところで尾行者らしき男の姿を捉えたこと——には気づいていなかった。

エレベーターを待つあいだにゾーヤがあたりに目を配ったので、ジェントリーは見つからないようにすこしうしろに身を引いたが、すぐにエレベーターが来て、ドアがあいた。ジェントリーは一瞬の間を置いて、また身を乗り出し、エレベーターのドアが閉まるのを見た。

ゾーヤの姿はなかった。ジェントリーはほっとした。ゾーヤは夜のあいだここにいるはずだし、こういう五つ星のホテルは警備態勢が整っていて、高性能の防犯カメラ・システムがあるはずだ。

ロシアはここで襲撃しないと、ある程度、確信が持てた。ゾーヤは現場で活動している。攻撃を成功させて、道路、地下鉄、市電、カフェを利用して逃げるチャンスはいくらでもある。どんな刺客《しかく》にとってもこのホテルは行動するのに最悪の場所だと、ジェントリーは思った。

いまのところ、ゾーヤは安全だと、ジェントリーは判断した。

グランドファーザークロックのそばから離れ、レストランを通ってホテルから出るエニスを見ようとして、首をまわした。

そのとき、べつのものが見えた。エニスに尾行がついている。

通りの向かいの〈スターバックス〉にいたふたりのうちのひとりが、バーのスツールからおりて、レストランを出ていくエニスのあとを追った。

おもしろくなってきたと、ジェントリーは思った。今夜はロシアの暗殺チームを追跡するこ とにはならないかもしれない。ロシア人がたまたまなんらかの理由でエニスを跟《つ》けているのならべつだが。

その可能性は低いが、まったくありえないとはいえない。ターゲットはゾーヤでも、行動する前にエースの役割を確認したいのかもしれない。

二人組のもうひとりが分かれたあとでどこへ行ったのか、知りたかった。それに、ゾーヤは、今夜はスイートのドアをロックしてそこにいるはずだから、そちらを見張るのはやめて、未詳の対象《サブジェクト》を追うことにした。

ジェントリーは、アドロン・ケンピンスキーの正面エントランスから出て、右に曲がり、エニスとそれに追跡している男が行った方角を目指した。

ゾーヤ・ザハロワは、西側の脇にあるドアから、アドロン・ケンピンスキーを出た。さりげないそぶりで歩いていたが、いまなおうなじに突き刺さるような視線が向けられているのを感じていた。

ゾーヤはエレベーターには乗らず、スイートには行かなかった。すばやくロビーを横切り、夜の闇に出ていった。

最適な行動方針を考えている時間が、ゾーヤにはなかったので、しぶしぶ決めたことだった。ほんとうに尾行者《シャドー》がいるのかどうか、知る必要があると判断し、夜のベルリンで監視探知ルート《SDR》をとることにした。かなり危険が大きい動きだった。それが刺客だとすると、夜の闇をぶらぶら歩いたら、さえぎるもののないターゲットになる。

すくなくとも、相手に行動するチャンスをあたえてしまう。

だが、いま手近に自分を監視している人間がいるのに、敵について重要なことを知るチャンスを利用しないのは嫌だった。この男かその仲間をあす人混みで見分けられれば、毒を仕込んだダートで撃たれるのを避けられるかもしれない。男はいま跟けてくるし、どういう意図なのか、いま知る必要がある。

ゾーヤは九ミリ口径のSIGザウアーをハンドバッグに入れていたので、この危険な散歩をするのに必要な自信を持つことができた。三十分か一時間、近くを歩いて、跟けてくる人間の性格を見極め、べつの尾行者《シャドー》に監視を引き継ぐかどうかたしかめようと思った。

その連中や尾行に使われる車を見分け、それに応じて作戦の警戒態勢を修正する。

動きを見張るために派遣されたのがあの男ひとりなら、ベルリンでCIAの任務を続行する。練度の高いロシアの暗殺チームだったら、ブランデンブルク空港の搭乗ゲートからスーザン・ブルーアに電話し、ベルリン発のつぎの飛行機に乗る。

ゾーヤはプロフェッショナルだった。任務は重要だと思っていたが、なにを最優先すべきかも承知していた。

ブランデンブルク門の下を通り、穏やかな八月の夜に散策しているひとびとのそばを通って、左に折れた。バスが通ったときに、そのウィンドウに映り込む光景を見て、だれかが跟けてくる気配を探した。

ひとりが目にはいった。遠かったので、ホテルのロビーでゾーヤが急にふりかえったときに、監視をしくじった男なのかどうかわからなかった。だが、ホテルのほうから闇のなかをたった独りで歩いてくる人影を見て、長年の経験から尾行である可能性が高いとゾーヤは判断した。

ゾーヤは歩度を速めながら、ハンドバッグのジッパーをさりげなくあけた。

セミョーン・ペルヴァークは、ゾーヤ・ザハロワを跟けている男のあとから、パリ広場のアメリカ大使館前を通り、ブランデンブルク門に向かって進んでいた。男がなにをするつもりなのか、ザハロワがどこへ行くつもりなのか、わからなかったが、連絡しなければならないと判断した。

夜の闇を歩きながら、ペルヴァークは携帯電話を耳に当て、チームの情報担当官のインナが出るのを待った。

一秒後に、インナの声が聞こえた。「なにかをたしかめるというのを、アーニャから聞いた。いま、応援のために階段をおりているところよ。単独行動はだめよ」

スイートに戻れという命令に従わなかったことで怒っているような口調だった。だが、ペルヴァークは、自分がインナを技倆《ぎりょう》でしのいでいることを見せつけたかった。

ペルヴァークはいった。「ターゲットが徒歩でホテルを出た」

インナはそれを聞いて驚いた。「なんですって？　どこへ行くつもりかしら？」

「わからない」ペルヴァークは、そこで肝心なことをいった。「彼女には尾行者《シャドー》がいる」

インナがすかさず答えた。「尾行者《シャドー》？　何者なの？」

「本人にきいてみようか？」

インナが、語気鋭くいった。「そいつを跟けて」だが、興味をそそられたようだった。

「ふたりが仲間の可能性は？　そいつはザハロワのために見張っていたんじゃないの？」

「未詳だ」ペルヴァークは、そう答えてからつけくわえた。「ふつうの徒歩での尾行のようだ。ターゲットに協力してるとは思えない」

「わたしは何日も前から、彼女は最高だとあなたたちにいってきた。彼女は尾行に気づいて、何人のチームなのか、どれぐらいの技倆なのかを判断するために、SDRをやっているのよ。ゾーヤの仲間でないとしたら、ドイツかアメリカの情報機関か……彼女が怒らせたどこかのだれかかもしれない。いいこと、シレーナにはわたしたち以外にも敵がいるのよ」

ペルヴァークもそれを考えていたので、ザハロワの五〇メートルうしろにいる男から五〇メートル以上距離を置くようにして、歩きつづけた。

インナがいった。「よく聞いて、セミョーン。わたしを彼女のところへ誘導してくれれば、わたしは今夜、降伏するチャンスを彼女にあたえるという義務を果たすわ」

「しかし、尾行者は？」

「わたしがそこへ行く前に、彼女が尾行を撒《ま》く必要がある。あなたはそれを手伝える」

ペルヴァークは、携帯電話に向かってうなずいた。「殺すのか？」

「いいえ。強盗に襲われたというような感じにして、そいつをチェス盤から排除して。武器を持っているかもしれないから気をつけて」インナは階段を駆けおりているような声になっていた。「電話をつないだまま、誘導して」

「ブランデンブルク門の下を通り、エーベルト通りに左折している。ホテルの南側から出れば、彼女の前に行ける」

「了解」インナはそういって電話を切った。

ペルヴァークは、体に合っていないスポーツジャケットの着ぐあいを直し、ロシア社会の敵ナンバー1《ワン》に視線を据えている男に視線を据えたまま、あちこちにいる男や女のそばを通って歩きつづけた。

38

ジェントリーは、アドロン・ケンピンスキー・ホテルの一ブロック半南東で、ベーレン通りを東へ進み、愛《いと》しいゾーヤとの食事を終えた男を尾行している男を跟《つ》けていた。この尾行者が何者なのか見極め、ロシアの暗殺チームの一員ではないことをたしかめるつもりだった。暗殺チームのひとりだったときには、どうにかしてその脅威を無力化する。

鎮痛剤と感染症が、それをくじけそうなくらい困難な仕事にしていたが、それでもジェントリーは無理をして進みつづけた。一歩一歩がつらく、一ブロックごとにすでに最低限になっているエネルギーと集中力が吸い取られた。

前方遠くでエニスが右に曲がって、モーレン通りまで南下した。通りの反対側を歩いていた尾行者《シャドー》が、すばやく横断して、三五メートルほどの間隔で追跡をつづけた。

エニスが急に向きを変えて、モーレン通りを渡り、ヒルトン・ベルリンのロビーにはいった。尾行者は西側の入口からホテルにはいった。

ジェントリーは歩くのをやめて、暗くなった通りに独りたたずんだ。脚がこれまでになくガクガクしていた。エニスは明らかにホテルの部屋に戻ろうとしている。跟けていた男は、エニスが乗ったエレベーターがどの階でとまるかを、こっそり見届けようとするにちがいない。

これが暗殺だということはありうるのか？　殺したいのなら、街路でターゲットに接近するチャンスは何度もあった。四つ星ホテルにはいっていって、カメラや目撃者の前でエニスを殺《や》るのは、どう考えてもまずいやりかただ。そうではないと、ジェントリーは断定した。これはゾーヤを監視しているのをジェントリーがさきほど見破った二人組の尾行者《シャドー》のひとりだ。ふた手に分かれて、この男はゾーヤの食事の相手のエニスを跟け、彼について情報を得ようとしているのだ。

エニスの尾行者に関する情報をジェントリーが得ようとしているのとおなじように。

靄《もや》が頭脳を乗っ取ろうとしていたが、ジェントリーは片方の目をなんとかあけて、〈スターバックス〉の外で最初に見つけた男に目を光らせながら、ぶらぶらしていた。ジェントリーはもう、二人組と遭遇することはあまり心配していなかった。ふたりが組んでエニスを尾行していたのであれば、ひとりがずっとエニスのうしろを歩いているあいだに、もうひとりが先まわりしてホテルを調べていたはずだ。

ジェントリーはこういう仕事のことをよく知っていたし、たいがいの人間よりも諜報技《トレードクラフト》術のややこしさに通暁《つうぎょう》していたので、今夜のショーは終わったと確信した。

ただし、エニスを跟けていた男が必要とする情報を手に入れて、相棒と合流するためにひきかえすまでここで待つという手もあると気づいた。

ドクター・カヤのところへ行って、薬をもらい、胸まで糖蜜に浸かっているような動きの鈍さをどうにかしたいというのが、ジェントリーの本音だった。一分ごとに体が弱り、眠気が目からこめかみにひろがって、前頭皮質を侵しているのがわかった。

まだ午後十時三十分なのに。

だが、任務が第一だった。しかもその任務は、ゾーヤを生き延びさせることなのだ。

とっくに閉店している銀行の回転ドアのそばに、ジェントリーはのろのろとうずくまった。暗い場所でウィンドウに背中をどさりとあずけて、戸口の暗い角の奥へ尻を滑らせた。

エニスを尾行している男が、はいったのとおなじドアを通ってヒルトンから出てきた場合には、はっきり見える。べつのドアから出てきても、アドロン・ケンピンスキー・ホテルの方角に向かうようなら、シャルロッテン通りを渡るときに視野にはいる。

ジェントリーは一瞬目を閉じて、眠りたいと思ったが、頭をふって目をあけた。あと一時間で、トルコ系ドイツ人医師のアパートメントに戻り、抗生剤とエネルギーをたっぷり注入してもらえると、自分にいい聞かせた。

当分のあいだなら、不快な状態に耐えられるともいい聞かせた。肉体と精神の両方の不快な状態に耐えるのは、自分の人生の本質なのだ。

だが、今回、それは思いちがいだった。

九十秒とたたないうちに目が閉じて、あかなくなり、まもなく首がガクンと横に倒れた。

ゾーヤの心臓は固めた拳《こぶし》のように縮《ちぢ》まり、口が渇いた。戦闘は回数を思い出したくもないくらい何度も経験しているし、SVRにいたころも、CIAの超極秘ポイズン・アップル・プログラムに数カ月前にくわわってからも、しじゅう死に直面してきた。

しかしいまは、脅威の性質がはっきりしないし、脅威を最小限にするための行動がはっきりしないので、裸になっているような心地だった。

ゾーヤは歩きつづけた。視界にいる人間すべての行為の動機を見分け、暗い窓すべての奥を見通し、通り過ぎる車に乗っている人間の目的を分類しようとして、五感が火を噴きそうなほど働いていた。

虐殺されたヨーロッパのユダヤ人のための記念碑に差しかかった。数千基の石碑が一ブロックほどの広さに並び、道路沿いに木立がある西側以外の方角は見通しがきく。昼間は観光客が詰めかけるが、今夜は本来のありようのまま、墓場そのものだった。石碑の多くは高さが一メートル以下だが、迷路のようになっているところを奥へ進むと、数メートルの高さの記念碑が聳《そび》えている。

ゾーヤは、はじめのうちは道路にとどまり、前方の交差点を左に曲がって、ウンター・デン・リンデン付近まで戻れる地下鉄駅を見つけるか、市電に乗るつもりだった。すべて、尾行者があとを追ってくるか、それともほかの人間に交替するかを見届けるための監視探知ルートの一環だった。

記念碑の周囲には人工照明があったが、二千七百十一基の石碑それぞれが影をこしらえている。危害をくわえる意図がある男に跟けられている女ひとりにとって、道路にとどまるのとはちがい、そこは迷路のお化け屋敷のようなものになるはずだった。それでも、ゾーヤは歩道を歩いていると身をさらけ出しているような心地がしたので、このほうが安全に思えた。

ゾーヤは、危険をチャンスに変えようと決意した。不意に向きを変えて、石碑のあいだにはいり、尾行している何者かによく見えるように、低い石碑のそばをゆっくり通った。

そこへ追いかけてくるとしたら、脅威にちがいない。

「さっさと片をつけるのよ」ゾーヤはつぶやき、石碑の迷路のなかに姿を消した。

セミョーン・ペルヴァークは、エーベルト通りを挟んで西側の歩道を歩いていた。いつもなら落ち着いて自信に満ちている戦術的な頭脳に、かすかな不安が忍び込んでいた。ゾーヤが通りの東にある暗くてひと気のない広い記念碑に曲がり込むのが見えた。だが、迷路のような石碑群にはいり込んだゾーヤを遠くから目で追っているあいだに、ペルヴァークは肝心な男のほうを見失ってしまった。男はそれまで、エーベルト通りの前方でおなじ側の歩道を歩いていた。

ザハロワを尾行していた男は、通りの西側の木立にはいり込んだのだろうと、ペルヴァークは判断した。自分のターゲットが石碑群の迷路で罠に誘い込もうとしていると思ったからにちがいない。大男のペルヴァークもその木立にはいり、しゃがんで道路の向かいの東を覗《のぞ》いている男にうしろから近づくことになるかもしれないと思って、用心深くゆっくり進んでいった。その男は、徒歩で追跡した場合の危険と、情報を集めるよう命じた上司の願望を、秤《はかり》にかけているにちがいない。

ペルヴァークも監視活動のあいだに、こういう瞬間を何度も生き延びてきた。

ペルヴァークは、ショルダーホルスターの拳銃を抜かなかった。今夜は、銃撃戦を開始するつもりはなかった。だが、ベルトバックルの裏の鞘《さや》に、鉤《かぎ》状の刃のナイフを隠していた。その上で左手を浮かせたまま、携帯電話でそっと伝えた。

「ターゲットは記念碑のほうへ曲がった」

「なんの記念碑？」ゾーヤ・ザハロワの前にまわろうとしているインナは、いまも息を切らしていた。

「死んだユダヤ人のための記念碑だ」「いまその南側を通っている。なかにはいって行く手をさえぎる。尾行者《シャドー》は片づけた？」

インナがすばやく応答した。

インナがそうきいたとき、ペルヴァークは自分が追っていた男を見つけた。真正面にじっとしゃがみ、木立のあいだから道路の向かいの石碑群に目を凝らしている。そこは真っ暗だし、男の注意はよそに向いているので、近づくのは容易だと、ペルヴァークにはわかっていた。

「片づけたと考えていい」ペルヴァークはブルートゥースのイヤホンを叩いて通話を切った。進む速度を落とし、暗がりをゆっくりと移動して、ザハロワの尾行者《シャドー》にそっと迫った。

ゾーヤ・ザハロワは、入り組んだ石碑群の奥へ思い切って進んでいった。手をハンドバッグに入れ、曲げた指でポケットホルスターから抜いてあるSIGザウアーP365のグリップと用心鉄《トリガーガード》をゆるく握っていた。

うしろにいるのがほんとうにロシアの刺客《しかく》なら、いま行動するのを控えているのは、罠に誘い込まれる可能性が高いと疑っているからにほかならない。たとえそうだとしても、追っ手をかけるのに暗殺者をひとりだけ派遣することはありえないから、右側の通りを進んでいるか、前方に潜んでいる人間を探さなければならない。

石碑がびっしりと並んでいるなかを抜けることは、だれにも予想できなかったはずなので、まったくひと気のない石碑群のなかでだれかが待ち構えていることはありえないように思えた。

その可能性について考えた直後に、ゾーヤは一メートル、二メートル、三メートルの高さの石碑のそばを通過した。かなり暗かったが、ブロックの端に近づいているのがわかった。右に曲がって、南側のハナ・アーレント通りに出ようとした。

だが、曲がったとたんに、数メートル前方で高い石碑の前に立ち、両手を挙げている女のシルエットが目にはいった。

女がロシア語でいった。「撃たないで《ニエ・ストレリヤーイ》」

ゾーヤは拳銃をハンドバッグから抜き、女の胸に狙いをつけてから、さきほど見つけた男がうしろから忍び寄っていないことをたしかめるために、肩ごしにちらりと見た。つぎの一瞬、恐怖のあまり歯を食いしばりそうになるのをこらえて、ゾーヤはいった。「あんたはだれ？」

女がゆっくりと両手をおろしたので、ゾーヤは腕をまっすぐにのばして、女の額に銃口を向けた。

女がまた両手を挙げながら口をひらいた。

ロシア語でいった。「旧《ふる》い友だちよ、シレーナ」

ゾーヤはそのとき、クレムリンに追いつめられたことをはっきりと悟った。

39

道路の尾行者のことがまだ心配だったので、ゾーヤは正面の謎の女に拳銃の狙いをつけたまま左右に目を配った。

ゾーヤは女に近づいた。ぞっとするような光のなかでもっとよく見るためと、背後の石碑群のあいだから現われるかもしれない男との距離を空けるためだった。

四歩しか離れていないところまで進むと、ゾーヤの正面にいる女の顔がはっきり見えた。だれなのかわかり、悪い兆候だとわかった。

女がいった。「久しぶり《プリヴェート》、ゾーヤ」

ゾーヤは、女の喉《のど》もとを狙いすましていた。「久しぶり《プリヴェート》、インナ。元気《カーク・ジラー》？」

インナは両手を挙げたまま肩をすくめた。「いつもとおなじよ。列車に乗ってどこかの町へ行き、ターゲットを抹殺し、列車で町を出て、つぎの仕事をやる」

「わたしが憶えているSVRとはちがうわね」

「もうＳＶＲじゃないの」

ゾーヤはうなずいた。インナ・サローキナだとわかった瞬間に、そうではないかと思った。ロシアの情報機関の高度な訓練を受けた情報将校を、ヨーロッパの首都で直接暗殺に関わらせるようなことは、ふつうはありえない。ゾーヤはいった。「ソルンツェフスカヤ・ブラトヴァ？　そうなのね？　彼らがやりそうなことだわ。もちろん、クレムリンの命令だから、おなじことよ。それは知っているわね？」

「それで、あなたはだれの命令を受けているの、シレーナ？」

「わたしは平和に暮らそうとしているただの女よ」

「わたしだっておなじことを望んでいる。平和の話ができるように、手をおろしてもいい？」

「武器を持っているでしょう？」

「グラチ（ＭＰ－４４３セミオートマティック・ピストルの呼称。〝ミヤマガラス〟の意味）。バックパックのなか」

ゾーヤはすばやくインナに近づいて、コンクリートの高い石碑に押しつけ、手早く体を探った。九ミリ口径のグラチをバックパックから抜いて自分のハンドバッグに突っ込み、携帯電話を奪って、地面に投げ捨てた。ほかにはなにもなかった。ゾーヤはインナをふりむかせ、拳銃の狙いを左右に向けて、暗殺チームのほかの人間を探した。

「独りで来たんじゃないでしょう」あたりを見ながら、ゾーヤはいった。

「もちろん、独りじゃない。あなたは恐ろしい女だから。独りで来るはずがない」インナが笑みを浮かべた。「落ち着いて。たしかに、あなたを跟《つ》けていた男がいた。わたしの仲間じゃない。仲間のひとりに、その男を排除させた」

「わたしを跟けていたのは何者？」

インナが肩をすくめ、手をおろしていいとはいわれなかったが、ようやく両手を下に下げた。「あなたが教えてくれるんじゃないかと思った。だれかがあなたを支援し、あなたのために監視しているんじゃないかしら。あなたの身の安全を図るために」

「そんなことをやる理由が、どこにあるの？」

「あなたが教えて。だれとも組まず、シュライク・グループで働くためにここに来たという話は信じられない。あなたの雇い主はだれ？　ドイツ？　アメリカ？」〝アメリカ〟という言葉に嫌悪を抱いているような口調だった。

ゾーヤはいった。「わたしを跟けていた人間はぜったいに味方じゃない」だが、心の底でコート・ジェントリーを思い浮かべていることに気づいた。

彼がここにいて、わたしを護《まも》っているということは、ありうるだろうか？

激情にかられて、ゾーヤはいった。「あんたの配下の悪党、わたしを追っている男になにをやったの？」

どうでもいいというように、インナが肩をすくめた。「殺すなといってある」薄笑いを浮かべた。「おたがい、ニュースにしたくないでしょう？」

ゾーヤは聞き流した。コートであるはずがない。そんなことはありえない。銃口をすこし下げたが、インナとそのほかの脅威に対し、五感すべてで警戒していた。「どうしてわたしと話をしているの？ うしろから忍び寄って、毒を仕込んだ傘で刺せばいいのに」

インナの顔に笑みがひろがったが、見せかけだとゾーヤにはわかっていた。おもしろがってはいないのだ。それでも、インナは「雨が降ってなかったから」と答えた。

ゾーヤは、SVRにいたころのインナ・サローキナを憶えていた。ブロンドのインナは、いくつか年上で、ずっと生真面目だったし、ゾーヤには付き合いきれないくらい、仕事に集中するたちだった。

インナが言葉を継いだ。「わたしはだいじなことを伝えるために派遣されたの。SVR《ヤセネ》本部《ヴォ》は、あなたに戻ってきてほしいと思っている」

「ほんとう？」ゾーヤは、控え目にいっても疑わしい口調で答えた。

「そうなの《ダー》。すべて許されるとはいわない。そういったら嘘になるし、あなたにも嘘だとわかる。でも、あなたも知らないような上層部のかなり上の人間が、あなたに危害はくわえないし、拘束するのは事情聴取のあいだだけだと確約している」

「信じられないくらい寛大な話ね」堅物《かたぶつ》のインナに皮肉が通じるかどうかわからなかったが、ゾーヤはそういった。

だが、インナも凄腕《すごうで》だけあって、ほかにも説得の材料を用意していた。「あなたの父親は伝説的人物だった。有名人だった。フョードル・ザハロフ将軍の娘を殺したいと思う人間はいないわ」ザハロフはかつてソ連軍参謀本部情報総局《GRU》長官だった。

ゾーヤはそれに答えた。「それで、わたしが拒否したら？」

「今夜、わたしがあなたと話をしたことを？　これはわたしたちの消極的手段よ。わたしたちといっしょにモスクワに戻るのをあなたが拒んだら、積極的手段に訴えるしかない」

ゾーヤは黙っていた。

「決めるのに四十八時間あげる。そのあと、わたしたちはあなたを見つけて殺す」

「どうしてそんな必要があるの？　もうわたしを見つけたのに」

「あなたがいますぐ逃げるからよ。わたしならそうする。でも、邪魔のはいらないところであなたを捕らえる。どこへ逃げても」

ゾーヤは、また左右に視線を走らせた。ふたりきりだとわかると、ゾーヤはいった。

「忘れないで。わたしを見つけるのは簡単でしょう。殺すのはそんなに容易じゃない」

「それなら、わたしがそれをやらずにすむのはありがたいわ」

ゾーヤは黙って待った。インナは、モスクワが派遣したチームの仲間について話そうとしている。

「あなたはわたしのことを知っている」インナが話をつづけた。「わたしが引き金を引く役目を割りふられるはずがないでしょう？　いいえ。わたしもそれなりに腕は立つけど、ゾーヤ・ザハロワとはちがう。わたしは知力《ブレイン》を使う。体力《ブローン》ではなく」

「あっちにいる男が体力《ブローン》？」ゾーヤは、うしろのエーベルト通りのほうを示した。ゾーヤを尾行していた男が、そこでインナの仲間によって無力化されているはずだった。

だが、インナは首をふった。「なかなかの腕利きで、マフィアの殺し屋。信頼できるという評判よ。でも、わたしたちの主要兵器ではない。ちがう、シレーナ。ヤセネヴォは最高の人間をわたしといっしょによこした。あなたが穏やかについてこないとしたら、血みどろの死にかたをすることになる」

ゾーヤはいった。「あなたをここで撃ち、チームをひとりずつ片づけてもいいのよ」

インナが笑みを浮かべた。「でも、あなたが怖れなければならないのは、わたしではないのよ、ダーリン」

ゾーヤには、それが心からの笑みのように見えた。自信と満足にあふれている。

「だれなの？」その情報をインナが明かすかどうかわからなかったが、ゾーヤはきいた。

インナが、ひとことで答えた。「マクシム」

ゾーヤは、インナを数秒のあいだ見据えてから、また口をひらいた。落ち着いた口調で応じた。「わたしを怯《おび》えさせるのに失敗したわね。わたしがSVRを離れたのは、そんなに前のことじゃないから、二年前にマクシム・アクーロフが強制的に精神科病院に送られたことは知っている。クレムリンは、そんな施設から使い物にならなくなった老兵を呼び出して暗殺を請け負わせているの？」

だが、インナは笑みを返さなかった。短く答えた。

「そうよ《ダー》。彼らはまさにそういうことをやった」

暗いなかでも、ゾーヤはインナの表情を読み取ることができた。インナは嘘をついていない。ゾーヤは英語でつぶやいた。「ああ、なんてことなの《オー・マイ・ゴッド》」

ゾーヤは、偉大なマクシム・アクーロフに関する逸話《いつわ》を知っていたので、想像を絶する恐怖に襲われた。


ジェントリーははっとして上半身を起こし、うしろの銀行のウィンドウに頭をぶつけた。眠っていたのだとすぐに気づいた。自分が尾行していた未詳の対象が上から見おろしているのに気づくのは、遅すぎた。

男が英語できいた。「おまえはだれだ？」

ジェントリーには、なまりが聞き分けられなかった。頭が眠りの靄《もや》からまだ脱け出していなかった。ウィンドウに寄りかかって立ちあがろうとすると、男が片腕をつかんで引きあげてくれた。

どういうことだったのか、ジェントリーは気づいた。エニスを尾行していた男は、はいったのとおなじドアから出て、アドロン・ケンピンスキーの近くにいるにちがいない相棒のところへ戻ろうとした。そして、暗がりで眠っている男を見つけた。仔細《しさい》に見ると、ホームレスではないのが明らかだった。ジェントリーは五つ星のホテルにはいれる服装なので、夜をしのぐ場所を探していたホームレスのふりをしても、だれも騙《だま》されないだろう。

だめだ、怪しい人間だとばれてしまった。感染症で弱っている体をちゃんと働かせることができなかったせいでそうなった。

そしていま、自分よりもずっと健康で優位な男を相手にしなければならなくなった。

ジェントリーは、ロシア語で返事をした。街でゾーヤを追っている暗殺チームのひとりなのかどうか、見当もつかなかったが、何者だと思っているのか、男の目つきから手がかりを得ようとした。それに、男がドイツ人かアメリカ人かその他の国の人間だとすると、ジェントリーのロシア語にまごつくだろうし、逃げたあと、謎の男の国籍を誤解するかもしれない。

逃げられるかどうかはべつとして。

「すまない。酔っ払って寝込んだ。あんたは警察か？」

男が首をかしげた。それだけでは、なにもわからない。また英語で男がいった。「あんたのバックパックを見せてもらおう」

ジェントリーはウィンドウに寄りかかり、瞼《まぶた》が閉じはじめたが、完全に閉じはしなかった。バックパックは背負ったままだった。

こういう馬鹿なことに付き合う気分ではなかった。

「おい」男が声を荒らげた。「そのリュックサックだ。よこせ」そこでドイツ語に切り換えた。ブルートゥースのイヤホンを通じて、だれかに話をしているようだった。

ジェントリーはドイツ語に堪能ではないが、男のいっていることはわかった。「おれを跟《つ》けてたやつを捕まえた。そっちも警戒しろ。どうぞ？」

セミョーン・ペルヴァークが、木立にしゃがんでいる男まで五歩に近づいたとき、その黒い人影が急に立ちあがってふりむき、腰の拳銃に手をのばした。音をたてていないという自信があったので、ペルヴァークはその動きに不意を突かれた。だが、一九九〇年代のモスクワの暗黒街で生き延びたのは、突然の脅威に適応するすべを知っていたからだった。ナイフが使えない距離だったので、CZ75をホルスターから抜き、男のほうへ向けた。

人影が拳銃から手を遠ざけて、両手を挙げた。

かなりなまりのある英語で、ペルヴァークはそっといった。「金をよこせ」

「金？」返事も英語だった。困惑しているようで、従うふうはなかった。

「そう。金だ」

男が恐怖をあまり示さず、魅入られたようにペルヴァークの拳銃を見て、肩をすくめ、ポケットの財布にゆっくりと手をのばした。

ペルヴァークは、こめかみを拳銃で殴りつけて気絶させるつもりで、男に近づいたが、そばまで行ったときに男が財布を地面に落とし、それで注意をそらして銃を抜こうとした。大男のペルヴァークは勢いよく突進し、男の手を拳銃から払いのけ、体当たりして地面に押し倒した。木立の小径でもみ合うあいだに、男の耳からイヤホンがはずれて落ちた。

ゾーヤ・ザハロワは、マクシム・アクーロフについては聞いた話以外のことはなにも知らなかった。アクーロフはGRUのスペツナズ工作員だった。その後、前線後背で活動する三角旗部隊《ヴィムペル》の刺客《しかく》として、チェチェン、ウクライナ、アフガニスタンで、ロシア政府のために働いた。SVRのための暗殺もやり、アメリカ、イギリス、リトアニア、ハンガリーで何人も殺している。ゾーヤが知っているのはその程度だった。アクーロフの顔写真すら見たことがなかった。

噂では、アクーロフは二十代のころから尋常ではなかったという。だが、二年前に人づてに聞いたところによると、アクーロフは使いものにならなくなったという。ありとあらゆることを見て、やってきたために、ふつうの社会ではどんな仕事もできない。頭がおかしくなって生計を立てるための殺しもできなくなったようなら、壁にクッションを貼った独房で一生鎖につながれたままになるはずだと、ゾーヤは思っていた。

だが、インナのいうことが信用できるとしたら、アクーロフはこのベルリンにいて、ゾーヤが彼のターゲットだった。

相手に銃を突きつけているわりには弱気な声で、ゾーヤはいった。「彼らはどうしてアクーロフを現場に戻したの？」

インナがいった。「マクシムは、ひそかに第一四精神科病院から出されたあと、このチームを一年ほど指揮している」インナはしゃべりつづけた。「いまいっしょに来なさい、シレーナ。さもないと、夜に食事をしているときに、マクシムがそばに現われる。甘いシュトゥルーデルを飲み込んだときに、そのかわいい喉《のど》を切り裂かれる」

　ゾーヤはさむけに襲われた。これまでの一生で一度も感じたことがなかったほどの孤独と弱気を感じた。南の道路に向かいはじめたが、銃の狙いはインナからそらさなかった。

「わたしはあなたが見る最後の友好的な顔よ」インナがいった。

　ゾーヤには、インナの顔はまるきり友好的には見えなかった。拳銃が細かくふるえ、インナがそれに目を留めた。

　年上のインナが、薄笑いを浮かべた。「わかったわね。たったひとつしかチャンスはないのよ。モスクワに帰って、わたしたちと話をしなさい」


　男がジェントリーの胸を片手で強く押し、銀行のウィンドウの前でまっすぐ立たせて、イヤホンで相棒を呼び出そうとしていたが、応答がないようだった。男が相棒のようすを見にいくために離れていけばいいとジェントリーは思っていた。よくある通信機器の不具合にちがいない。ジェントリーも何度もそういうことを経験していた。

　ジェントリーは、ロシアなまりを装って英語でいった。「おれはホテルに戻る。なにも面倒は起こしませんよ」

　男は聞いていなかった。空いている手でイヤホンを押さえた。「ノア？　ノア？」

ジェントリーはその隙に男の手を払いのけ、その動きで相手の向きを四五度変えて、左ジャブを顎《あご》に叩き込んだ。うまくすると倒れるか、せめて啞然《あぜん》とした拍子に逃げられるかもしれないと思った。ジェントリーが健康だったら、あっさりとそうなっていたはずだが、数週間前に比べると、速度も力も巧妙さも不足していた。

だから、ウィンドウに押し戻されてじっと立ち、どういう不具合で男が相棒と連絡がとれなくなっているにせよ、酔っ払いのロシア人よりもそのほうが重要だと思って、この男が闇のなかへ走り去ることを願っていた。

しかし、銃声が響いたとき、ジェントリーのはかない願いは消滅した。ひと気のない通りを、西から聞こえてきた。数ブロック離れていたが、訓練を受けている耳にはまちがいなく銃声だとわかった。明らかに拳銃で撃った音だった。

ジェントリーは、自分を押さえている男とおなじように銃声を聞いて驚いたが、男の反応を待たなかった。シャツをつかんでいる男の手を右腕で払いのけ、男の頭の横を殴ったが、イヤホンがはずれるくらいの効き目しかなかった。男が身をかがめて突進し、ジェントリーに激突して、銀行のウィンドウを突き破り、ふたりいっしょになかに倒れ込んだ。ジェントリーは仰向《あおむ》けに落ちて、ガラスが降り注ぐなかで、男が上に勢いよく落ちてきた。

ゾーヤは、背後の銃声のほうをさっとふりむき、拳銃の銃口をインナに向けた。暗いなかでも、SVRの元同僚のインナが、自分とおなじようにその銃声に驚いていることがわかった。

向きを変えて闇のほうへ進もうとしたとき、インナがロシア語で叫ぶのが聞こえた。

「最後のチャンスよ、シレーナ。あなたが速く逃げれば、それだけ早くわたしたちはあなたを始末する」

遠くで大きなガラスが割れるような音を、ふたりとも聞いた。銃声とは逆の方向だった。インナがそちらを向き、ゾーヤはその隙に拳銃をおろして、石碑のあいだを進んでいった。

周囲の磨き込まれた単純な形の石碑すべて——数千基——が、ゾーヤには脅威のように感じられた。闇に潜む見張り、すぐうしろに迫っている刺客《しかく》がいるような気がした。比較的安全なホテルの部屋に戻り、スーザン・ブルーアに連絡するために、閉所恐怖症に襲われ、パニックを起こしそうになりながら必死で逃げた。いまの時点では、それしか手立てがなかった。

ジェントリーは、割れたガラスが目にはいってよけいな問題を起こさないように顔からふり落とした。上になっている男に、両腕を押さえ込まれていた。ジェントリーは柔道とイスラエルの格闘術のクラヴマガを心得ていたが、力が弱っていたので、こういう状況でふつうなら使うようなあたりまえの動きでは相手を押しのけられないとわかっていた。

狭い銀行のなかでサイレンが鳴り響き、夜の闇に反響した。ひと気のない通りにまもなく野次馬や警官があふれるはずだった。

ジェントリーは、相手の下から脱け出そうとするのをやめて、体の力を抜いた。言葉はなくても降参するしるしだと上の男が解釈し、銀行の床にぶつかったときに抜け落ちた自分の拳銃を探した。床に仰向けになっていたジェントリーの頭の五〇センチ向こう側に落ちているのを見つけ、手をのばして取ろうとした。

チャンスだとジェントリーは思ったが、これからどういう目に遭うかわかっていたので、内心でうめいた。

ジェントリーにまたがっていた男が、拳銃を拾いあげるために身を乗り出したとき、ジェントリーは渾身《こんしん》の力をこめて、頭を上に突きあげた。額が男の鼻を直撃して、胸が悪くなるようなグシャリという音とともに、鼻がつぶれた。愕然《がくぜん》とした男が、横向きに転がって、ジェントリーの上からおりた。

ジェントリーは最後の力をふり絞って起きあがり、早くも大きな瘤《こぶ》ができている額をさすって、ウィンドウから脱け出した。ホテルの外の道路に男や女が何人も集まりはじめていた。

ジェントリーは、朦朧《もうろう》としてよろけながら歩いた。いまの出来事がどういうことなのか、よくわからなかったが、いまの目的は逃げることだけだと敏感に意識していた。

セミョーン・ペルヴァークは、そばの地面から財布を拾いあげ、死んだ男の体の上からおりた。一瞬前に拳銃を撃ったときの銃声で、耳鳴りが起きていた。木の幹に手をついて、体を安定させ、ショルダーホルスターに拳銃をしまって、西へ向かった。

ペルヴァークは、大ティーアガルテンの東端にいた。ベルリンの中心にあるティーアガルテン森林公園は、五二〇エーカーもの広さだが、その中央を広い六月十七日通りが東西にのびている。

アドロン・ケンピンスキー・ホテルは東にあり、もっとも近い地下鉄駅でここから遠ざかれることがわかっていたが、西の木立に囲まれた暗い小径《こみち》がもっとも好都合な逃げ道になる。楓《かえで》とオークのまばらな木立がなかったら、アメリカ大使館の裏側が見えているはずだった。そこにはカメラがあり、一部始終を捉えているはずだった。

ペルヴァークは闇のなかを小走りに進みながら、いましがた起きたことについて考えた。あの男を殺すつもりはなかった。拳銃で殴って気絶させ、インナが要求したように一時的に排除するまで、ずっと隠密性を保てると確信していた。

だが、うしろから忍び寄っている人間がいると警告されたような感じで、男は不意にふりむいた。動きが速く、力強かった。男が拳銃を抜こうとしたとたんに、殺すか殺さないかはともかく、それを阻止しなければならないと、ペルヴァークは悟った。

それで、闇のなかで男が拳銃に手をかけたとき、殺すことにした。

五センチほどの至近距離から、一発を胸の上のほうに撃ち込むと、相手は拳銃を落とし、動かなくなった。

ペルヴァークは、男の額にCZの狙いをつけたまま立ちあがり、男のHK拳銃を手が届かないところへ蹴とばした。すばやくひざまずいて、男の服を探り、最後に男が落とした財布を拾いあげた。

公園内を急いで抜けながら、左手にまだ持っていた財布のことを思い出し、中身を調べていると、携帯電話が鳴りはじめた。

「ああ」

「どうしたの?」

「殺した」

「いったじゃないの――」

「ああ、わかっている。やつが銃を抜こうとしたんだ。だれかと通信していた。ザハロワじゃないか？　ザハロワが警告したんだ」

インナも呼吸が荒かった。息を切らして、インナがいった。「わたしはザハロワといっしょだった。だれとも連絡していなかった」そこで、インナがきいた。「東のほうから、ガラスが砕けるような音が聞こえなかった？」

「あんたの声もよく聞こえない。拳銃で撃ったばかりなんだ」

「安全なの？」インナがきいた。ペルヴァークは、インナに辛抱できなくなっていた。

「あんたは自分の面倒をみろ。おれも自分の面倒をみる。朝にアドロンに戻る。マクシムを働けるようにしておけ。ザハロワも今夜はもう動きまわらないだろう」電話を切り、財布の中身に注意を向けて、いま殺したのが何者か知ろうとした。

ペルヴァークは、ふたつ折りの財布からドイツの運転免許証を出し、男の名前がノア・フィッシャーだということを知った。さらに財布をいっぱいにひろげると、ノア・フィッシャーがドイツの国内情報機関、連邦憲法擁護庁《BfV》の機関員であることを示す身分証明書が見つかった。

くそ、ペルヴァークは思った。

ドイツもゾーヤ・ザハロワを追っている。

40

ジェントリーは、ドクター・アズラ・カヤのアパートメントに十一時をまわったころにたどり着き、呼び出しボタンを押して、ロックが解除されるのを待った。一分後、もう一度ボタンを押したが、アズラが暗いロビーに現われて、みずからドアのロックを解除した。ジェントリーの姿を見たとたんに、アズラは黙って腕を取った。同時に帰ってきた住人が何人かいたが、アズラはだれも乗っていないエレベーターにジェントリーを入れて、だれかに見られないようにそのうしろに立った。

エレベーターが昇りはじめると、アズラはいった。「額をどうしたのかはきかない。氷で冷やせばいいわ。でも、熱がかなりある。見ただけでわかる」

ジェントリーは、つらそうな声でいった。「自分でもわかる」

「部屋にはいったら、ソファで横になって」

「どのソファ？」

「あなたが三年前に使ったソファよ」

「なるほど」

「抗生剤を点滴して、鎮痛剤をあげる。エネルギー源になるものもあげるけど、それは朝になってから――」

「その前に電話をかけたい。内密に」

「いまにも気を失いそうなのに」

「じつは気を失っていたから、よく休めたと思う」

正気の沙汰ではないというように、アズラはジェントリーを見た。「よく休めたなんて――」

「冗談だよ。頼む。五分間、電話をかけて、そのあとはいうとおりにする」

部屋がある階でエレベーターをおりると、アズラはジェントリーに木の階段を昇らせ、ビルの屋上に案内した。住民のために植物や椅子が並べてあったが、深夜なのでだれもおらず、静かだった。

アズラはそこでジェントリーを独りにした。ジェントリーは暗号化アプリの〈シグナル〉を使って、スーザン・ブルーアに電話をかけた。

スーザンが出ると、ジェントリーは身許認証を行なってからいった。「ゾーヤとエニスには、今夜、二人組の見張りが付いていた。ゾーヤが部屋へ行ったので、エニスの尾行をはじめたひとりを跟《つ》けた。見破られてもみ合い、おれは——」

「アドロンから二ブロックくらいのところにいたのね？」

ジェントリーは答えた。「ああ、そのぐらいだ。とにかく——」

「その男を殺したのね」スーザンがいった。

「いや。殺していない。怪しまれ、鼻がつぶれたかもしれないが、たいした怪我《けが》じゃない。ロシア人かもしれないし、あるいは——」

スーザンがさえぎった。「一時間半くらい前に、アドロン・ケンピンスキーから二ブロック離れたところで、男がひとり殺された。ＢｆＶの機関員だった。あなたが殺《や》ったのではないというの？」

「ＢｆＶ？」くそ。ヒルトンの前での遭遇を思い出し、ややあってジェントリーはいった。「銃声が聞こえた。おれが戦った相手には相棒がいた。そいつは相棒を呼び出せなかった。何者かが——」

「何者かが？　あなたではなかったとしても、どこかのカメラにあなたの顔が写っている。まずいことになりそうよ」

「そいつらはアンセムを狙っていたのかもしれない」ジェントリーはいった。「アンセムから連絡はありたか？」

スーザンはすかさず答えた。「いま話をしたばかりよ。無事よ。銃声は聞いたけど、スイートにいて、ドアをロックしているといっている」

よかった、とジェントリーは思った。

つぎにスーザンはいった。「よく聞きなさい、ヴァイオレイター。アンセムのホテルの周辺は、警備が厳重になる。大使館の周囲も」

「アメリカ大使館の近くで殺人があったから？」

「それもあるし……ほかにも理由がある」

ジェントリーは納得した。「ああ、ハンリーが何度もほのめかしていたことだな。イランを核攻撃でもするのか？」意識を保っているのもやっとの頭に浮かんだジョークを、ジェントリーは不機嫌にいった。

だが、スーザンはそれをジョークだとは受けとめなかった。「そんなふうなことよ」スーザンはいった。

「嘘だろう？」

「アンセムの監視を中止して、アニカ・ディッテンホファーを見つけて」スーザンは指示した。

「アンセムのことがなかったら、おれはここにいない」

「アンセムは安全よ。あすはずっとホテルにいる。現場には出ない」

「わかった」ジェントリーはいった。「アンセムが安全で、ベルリンにいるのをロシアに知られていないし、あしたはずっとホテルにいると、あんたが保証するのなら、おれはディッテンホファーを追う」

「保証するわ。仕事に戻って」

ジェントリーは電話を切ってポケットに入れ、暖かい夜気のなかで座っていた。ジェントリーはスーザンに事実をすべて話していなかったし、スーザンも事実をすべて話していなかったにちがいないと思った。アニカ・ディッテンホファーを見つけろというスーザンの指示には従う——すぐにではないが。しかし、現時点での正しい手順は、なんとかしてゾーヤと連絡をとることだ。これをいっしょにやることは可能だが、ゾーヤの偽装がばれないようなやりかたを見つけなければならない。

目を醒《さ》ますために頭をふり、ふるえる脚で立ちあがった。最初にやるべきことをやろうと、自分をいましめた。下のドクター・カヤのアパートメントへ向かうのに、片方の肩を壁にもたれるようにして、階段をおりていった。

スーザン・ブルーアは、ヴァージニア州マクリーンにあるCIA本部六階のオフィスで、電話を切ってから、顔をあげ、デスクの向かいにいたマシュー・ハンリーの顔を見た。午後六時だったので、いつもなら作戦本部本部長《DDO》のハンリーがネクタイをゆるめ、ジャケットを脱いでいるころだった。だいたいハンリーは礼儀作法の奴隷ではなく、ファッションを気にするたちでもなかったが、いまはいちばんいいスーツとプレスされた白いシャツを着て、ウィンザーカラーからはみ出さないように控え目なブルーのネクタイをきちんと締めていた。

スーザン・ブルーアはハンリーの部下だったが、揺るぎない自信の持ち主だった。いっぽうハンリーは、顔に迷いを浮かべていた。「アンセムがロシア人に見つかったら引き揚げさせるという話になっていた。アンセムがきみに電話してきて、ロシア人に見つかったといった」

スーザンは躊躇《ちゅうちょ》せずに答えた。「引き揚げさせるのは尚早《しょうそう》です。三十分前に電話してきたとき、わたしは彼女にそういいました」

「遺《い》憾《かん》ながら、それには賛成だ」そこでハンリーはきいた。「ヴァイオレイターは今夜、どこにいたんだ？　アンセムの背後を見張るはずだろう」

スーザンはいった。「現場を離れて、ほかのだれかを尾行していたのよ。アンセムになにがあったか、ヴァイオレイターは知りません」

ハンリーがいった。「今夜、アンセムがロシア人に遭遇したことをジェントリーにいわなかったのは、遺憾ながら正しい判断だった。いま、ゾーヤはどうしている？」

スーザンはうなずいた。「ベルリン支局に背後を警戒させると、彼女にいいました。それですこし落ち着いたようです」

ハンリーは溜息をついた。「そうか。しかし、それはできないだろう？」

「もちろんできません。ベルリン支局の人間はパワースレイヴで見破られるでしょうし、そうなったらアンセムの正体もばれる。それに、アンセムを追っているのが、ロシアの情報部員ではなく、モスクワの権益のために働いているマフィアの殺し屋たちだったとしても、ロシアの情報機関と戦争をすることはできません。今夜の銃撃事件で、なにもかもやりづらくなるでしょうが、なんとしても情報が必要だということに変わりはありません」

ハンリーが、時計を見て立ちあがった。「さて、ホワイトハウスに行かないといけない。今夜はずっとあっちにいることになりそうだ」間を置いた。「いいか、ポイズン・アップル資産《アセット》ふたりから得られる情報をすべておれは必要としている。あすの朝には、時間との勝負になっているだろう」

「今夜なにがあるのか、まだ教えてもらえないんですか？」

ハンリーは、首をふってから、小さく肩をすくめた。「われわれがやることは、これまでやってきたこととおなじように正当だといえる。しかし、このくそまみれの世界をより安全なところに変えることにはならないだろう」

ハンリーはブリーフケースを持って、ドアに向かった。

ひとりきりになると、スーザン・ブルーアは気を静めるために何度か息を吸ってから、ベルリンで起きている出来事すべてについて考えた。もちろんイランは敵だったが、アンセムとヴァイオレイターも敵だと、スーザンは考えていた。ポイズン・アップル・プログラムで彼らと協力して働くのは、まちがいなく出世の妨《さまた》げになっていた。だから、なんとしても、マット・ハンリー、ゾーヤ・ザハロワ、ザック・ハイタワーから離れ、コート・ジェントリーからさらに遠く離れたかった。それが前進する唯一の方法だった。しかしいまは、忠実な兵隊として、仕事をやらなければならない。

ジェントリーは、ドクター・アズラ・カヤの居心地のいい小ぢんまりしたアパートメントで、ソファに横になり、左腕に針を刺し、そばのフロアランプから吊るしてある抗生剤と点滴液を混合した袋から点滴を受けて、それが血流内にゆっくりと着実に滴《したた》っていた。額に氷嚢《ひょうのう》を載せ、拳銃は腰のうしろに入れて、アズラから隠していた。

抗生剤を点滴で投与されても、ジェントリーの具合がよくなるわけではなかった。よくなるには定期的に点滴して数週間かかる。しかし、アズラはべつの薬もくれた——抗炎症薬、麻薬性鎮痛薬、ビタミンB、ペットボトル入りの経口補水液——それが鈍痛、苦痛、不快感を和らげていた。

アズラは、負傷した工作員の食事の世話も引き受けていた。点滴がかなり進むあいだに、アズラがポークカツレツとマッシュポテトにザワークラウトを添えた簡単な食事をこしらえ、ジェントリーはそれをがつがつと食べた。アズラは近くのテーブルに向かって食事をした。

ジェントリーは、料理を経口補水液で飲み込んだが、つぎのひと口を食べる前にいった。「今夜、ひどいことが起きた。ここから遠くないところで。ニュースになるだろう。わかってもらいたい。おれはそれとまったく関係ない」額を指さした。「これはそのせいじゃないんだ」

ほんとうは、BfV機関員が今夜死んだことと、まったく無関係ではなかった。ジェントリーはもみ合った相手を撃ちはしなかったが、その男の注意を惹《ひ》かなかったら、殺された機関員は彼の支援を受けていたかもしれない。

それはなんともいえなかったが、仕事をやっていただけのドイツ情報機関の人間に怪我《けが》を負わせたのをいいことだとは思っていなかった。

「なにがあったの？」アズラがきいた。

「男がひとり殺された。ドイツ政府の人間だ」

アズラがフォークを置き、ジェントリーのほうを向いた。「それとなにも関係がないのなら、どうしてわたしに話すの？」

ジェントリーは、経口補水液をごくごく飲んで、肩をすくめた。「その答はよくわからない。おれがこういうことをやる人間じゃないというのを、知ってもらいたいのかもしれない」

しかし、そういう人間ではないのか？　ジェントリーは自分に問いかけた。

アズラがいった。「自分の能力を精いっぱい使って患者を治療すると、わたしは誓っている。あなたにもそうしている。あなたが何者なのか、なにをやり、なにをやらなかったかは知らない。関心を持たないようにしている」

関心があるのをジェントリーは察したが、こういった。「わかった。それでいい。でも、おれは悪いことではなく、いいことをやるためにここに来た」

アズラが空《から》になった皿の前で立ちあがり、ジェントリーの額の氷嚢を取って、痣《あざ》を調べた。ソファの奥の鏡に自分の姿が写っているのが、ジェントリーに見えた。氷が腫《は》れるのをかなり抑えていたが、やはり紫色になって盛りあがっていた。

アズラがいった。「そう思っていないひとが、まちがいなくいるわね」

ジェントリーは頬をゆるめた。「ああ、彼はそう思っていないだろうな」アズラのほうを見あげた。「わからないんだが」

アズラが氷嚢を取り換えた。「なにが？」

「どうしてこういうことをやっているんだ？　縁もゆかりもない最低の人間をこんなふうに家に入れるのは、どういうわけだ？　金はもらっているんだろうが、そういうことをやるような人間には見えない」

「あなたは最低の人間には見えない」

「ああ、最低だと保証するよ」

それを聞いてアズラが笑みを浮かべ、ジェントリーの質問についてしばらく考えてからいった。「三年前、医科大学の四年生で病院に勤めはじめたときに、家族の友人でやはりトルコ出身のお医者さまが、わたしを脇にひっぱっていって、学生ローンの返済を楽にして余分なお金を稼《かせ》ぎたくはないかときいたの。そのひとは引退してアンカラへ帰ることになっていた。そのひとが紹介してくれたフランス人が、毎月少額の報酬を出すから、いつでも病院の外で患者を手当てできるよう準備してほしいといった。

怖かったけど、お金が必要だったし、お医者のところへ行けなかったら、そのひとたちはどんな手当てを受けるのだろうと心配になったの。それに、犯罪者に医療措置をするのは違法ではない。だから、承諾した。

何年も自分から連絡がないかもしれないと、フランス人はいったけど、一カ月くらいたってから、夜に電話がかかってきた。わたしのところへ向かっている男がいるので、外傷の手当ての準備をする必要があるといわれた。

その夜は非番だったし、怪我をしたひとを病院にこっそり入れるのは不安だったけど、このアパートメントなら静かだし、必要なものは交替で勤めていた近くの診療所で手にはいる。だから、ここで待っていた」

ジェントリーは口をはさんだ。「そして、おれが現われた」

アズラはテーブルのほうへ戻って、椅子に腰かけた。「あなたはいいひとだとわかったから、手当てしてよかったと思った。それに、お金ももらったから、フランス人のためにその仕事をつづけた。もう三年以上になるわ」暗い顔になって、小さな溜息を漏らした。「これをやっていて、ふたり目のいいひとに出会うことはなかった」

「気の毒に」

アズラが、肩をすくめた。「送り込まれてくる人間が何者なのか、どこから来るのか、わたしは知らない。なにをやったかも。でも、これまで八人いて、みんなひどい怪我を負っていた。ひとりは生き延びられなかった」そのことに苦しんでいるようだった。「わたしはこの仕事を信じている。だれでも生きるチャンスをあたえられるべきだし、わたしにはそれができる。でも、ほかのひとたちは……もっと難しかった」アズラが、ジェントリーの顔を見た。「どうしてあなただけがちがうの？」アズラがきいた。

ジェントリーはいった。「あの晩。おれはああいうことに慣れていた。でも、きみにとってはつらかった。それがわかった。すまないと思った」すこし間を置いて、つけくわえた。「おれは孤独だ。それは仕事の一部だが、仕事以外でだれかと会うと、ふつうの人間がどんなふうかを思い出す。きみはふつうだった」

「いまも孤独？」

ジェントリーは口ごもった。「ときどきは」そこでつけくわえた。「淋《さび》しいからここへ来たんじゃない」

アズラが不安げな笑い声をあげて、また立ちあがった。「ええ、そうでしょうね」ジェントリーに近寄って、点滴のぐあいを調べた。

鎮痛剤が効いていたし、食事をして、ジェントリーは快適だった。エネルギーが満ちてくるのがわかった。睡眠をとらなければならないし、働きつづけるためにはアズラがくれる〈アデラルー〉が必要だったが、まだ飲むつもりはなかったし、眠るのはシュパンダウの小さなアパートメントに戻ってからにするつもりだった。

だが、なによりもゾーヤと話をする必要がある。それについてのハンリーとスーザンの考えはわかっていた。ジェントリーがゾーヤとじかに連絡をとるのは危険だから、それはできない。だが、方法はあるはずだと、ジェントリーは自分にいい聞かせた。ゾーヤがいまの偽装で作戦を続行するのは、危険が大きすぎる。

ドイツの情報機関員は明らかにゾーヤを尾行していたし、ロシアの刺客《しかく》がまもなくやってきてゾーヤを殺す可能性が高い。ジェントリー自身も、なんらかの軍補助工作員チームに発見されて殺されかけた。

なんとかしてゾーヤに会い、手遅れにならないうちにベルリンから脱出するよう説得しなければならない。

アズラが戻ってきて、点滴の針を腕からそっと抜いたので、ジェントリーは我に返った。すぐに立ちあがり、この一時間でだいぶ体力が回復したことに気づいた。「ほんとうに感謝している」

「明るい気分になって、活力が戻ったように思うかもしれない。でも、のんびりしたほうがいい」

「おれをのんびりさせるためによこす人間はいない」ジェントリーは、ポケットからユーロの札束を出した。「五千ユーロある。足りるかな？」

アズラが金を受け取った。「多すぎるわ。一週間分か、もっとここにいるようなら二週間分よ。わたしが必要なときは、いつでも連絡して」

アズラが手をのばして、テーブルから紙袋を取った。「必要なものはすべてはいっているわ。〈アデラル〉はすこしずつ飲んで。一回二〇ミリグラムが限度、一日に二回まで。目を醒《さ》まして、機敏でいるのには役立つけど、スーパーマンにはなれないのよ」

「わかった」

午前零時過ぎに、ジェントリーはドクター・アズラ・カヤのアパートメントを出て、近くでタクシーに乗り、シュパンダウへ行った。通りをしばらく歩いて、飾り気のない狭いアパートメントに戻った。まだやることがあるし、そのあと二時間ほど眠る。ゾーヤと連絡をとる計画を思いついていたので、あしたはそれを実行しようと決意した。

41

ヴァヒード・ラジャヴィ将軍は、白いシャツの袖《そで》をめくってダイヤモンドをちりばめたゴールドの腕時計を見てから、エアバスＡ３２０のキャビンの座席で背すじをのばし、スーツのジャケットの皺《しわ》をのばした。

イスラム革命防衛隊ゴドス軍司令官のラジャヴィは、テヘランで公式行事に出るときを除けば、軍服を着ない。私服で目立たないようにするほうがいいと考えている。しかし、警護班が十一人いるので、目立たないようにできるはずがなかった。

ラジャヴィは、イラン・イスラム共和国の諜報部門の長なので、さまざまな脅威にさらされているのは明白だった。したがって、ラジャヴィと警護班は、ありとあらゆる予防策を講じていた。

午前三時十五分にエアバスがバグダッド国際空港《BIAP》に着陸すると、ラジャヴィはイラク政府のシーア派代表に出迎えられ、一行は七台の車に乗って、一列縦隊で駐機場を離れた。

一分後、車列は空港通りの一番ゲートを通り、BIAPから東の市内に向かう連絡道路に出た。会話はほとんどなかった。長く退屈なフライトではなかったが、エアバスから降機したイラン人たちには、丸一日かかる秘密会議が控えていた。それに、ラジャヴィは会議を早くはじめたくてうずうずしていたが、警護班はエアバスに早く戻して、イラン領空にひきかえしたいと思っていた。

一行が沈黙したまま、車列は進んでいった。近くでシルクウェイ航空のアントノフAn－24貨物機が滑走路に着陸し、速度を落として誘導路に曲がって、ターミナルを目指していた。

空港の出口に近づいたとき、ラジャヴィ将軍はフロントウィンドウの前方に注意を向けた。

司令官の車に乗っていたゴドス軍の五人は、ヘッドライトに照らされた前方の道路をただ眺めて、それぞれの思いにふけっていたが、一瞬ののちには全員が地球上から消滅していた。

ゴドス軍司令官ラジャヴィ将軍と、随行していた男たちは、ミサイルが弾着したときの音や光を感じる前に死んでいた。

直後に光と音がひろがったが、ラジャヴィと随行員たちはそれを知る由《よし》もなかった。砂漠上空の高度二万五〇〇〇フィートを四二海里飛行したアメリカ空軍のリーパー無人機二機が同時に発射したヘルファイア・ミサイル四基が弾着し、空港を衝撃波が横切り、何本もの火柱が輝いた。

犠牲者のバラバラの死体が、道路とその左右の茶色くなった叢《くさむら》に散らばり、あちこちで火の手があがり、残骸《ざんがい》が燃え、煙を吐いていた。

ヴァヒード・ラジャヴィ将軍の死は、すぐに地元住民によって確認された。ちぎれた左腕の派手な腕時計が、燃えているSUVから六四メートル離れたところで発見され、その炎のまんなかで腕がもげた死体がじっと座っていた。


マシュー・ハンリーは、アメリカ合衆国大統領や国家安全保障スタッフとともにホワイトハウスの危機管理室《シチュエーション・ルーム》にいて、リアルタイム画像を見ていたが、正式な連絡を聞いたのはその二時間後だった。ベッド脇の秘話電話機が鳴って目を醒《さ》ましたとき、表では夏の嵐が吹き荒れていた。「はい」眠っていたせいで声がかすれるのをごまかしながら、ハンリーは電話に出た。

「本部長。終わった」

「戦死《KIA》は確認されたのか？」

「確認された」

「副次的被害は？」

「護衛とイラク政府の代表ひとりを含めて十八人が死亡。イラクの外交官もだ」

ハンリーは、電話に向かってうなずいた。「そいつらは地獄に落ちればいい」

「そうなったはずだ、本部長」

ハンリーは電話を切り、ワシントンDCの上を通過している暴風雨の雨と風と雷鳴の轟《とどろ》きに耳を澄ました。ゴドス軍の将軍がどうなろうと知ったことではなかった。何百人のアメリカ人の血で汚れているだけではなく、ほかにも数千人、数万人の男、女、子供を殺した男なのだ。ラジャヴィの邪悪な実力者集団に近しく、イラクで紛争を煽《あお》る任務のために車列に加わっていた連中が死んだことにも、まったく同情は感じなかった。

だが、不安にかられていた。これに対する報復を、イランは場所と時間を選んで行なうことができるし、ＣＩＡがそれにじゅうぶんに対処できるとは思えないからだ。

〔下巻につづく〕

寒い国から帰ってきたスパイ

The Spy Who Came in from the Cold

ジョン・ル・カレ

宇野利泰訳

〔アメリカ探偵作家クラブ賞、英国推理作家協会賞受賞作〕任務に失敗し、英国情報部を追われた男は、東西に引き裂かれたベルリンを訪れた。東側に多額の報酬を保証され、情報提供を承諾したのだった。だがそれは東ドイツの高官の失脚を図る、英国の陰謀だった……。英国と東ドイツの熾烈な暗闘を描く不朽の名作